我与一座城

人民日报文艺部 —— 主编

人民日报出版社
北京

出版前言

党的十八大以来，我国经济社会发展取得历史性成就、发生历史性变革。为记录伟大时代、讲好中国故事，《人民日报》大地副刊深耕现实题材，坚持人文视角，以一篇篇散文佳作展现城市发展和山乡巨变，彰显时代风貌与奋进精神。这里面，有“我与一座城”的相伴与成长，有“遇见一棵树”的欣喜与希冀，有“记得住乡愁”的追寻与感怀……城市与人、草木与人、乡村与人，细微之处见真情，在故事的娓娓讲述中，让人们触摸时代的脉动，聆听社会发展的足音。

书中文章的遴选与编排，大致遵循如下原则：以 2012 年以来发表的文章为主；同一本书中，同一作者一般只选取一篇代表作；文章以地理空间为依据排序。书中穿插精美图片，图文并茂，为读者提供更多的视觉享受。

可以说，遴选出来的这些文章，凝聚了《人民日报》大地副刊以文学作品讲好中国故事的探索与实践。诚愿这三本小书能让读者感受到向上的力量，获得情感的共鸣，并收获阅读的乐趣。

编　者

目 录

从“三条石”找到的创作灵感

武歆

我的籍贯是山东宁津，但我出生在天津，已经在天津度过58年时光，所以说天津是我的家乡，一点不为过。

1983年我写出的第一篇小说，便是从家乡入手，从“天津故事”启程。

大约20年前，我又开始专注“天津故事”的写作。远离熟悉的土地、生活、人物去写作，并不是明智的行为。尤其是像我这样一直生活在天津的人，我的写作怎么能够远离这座城市呢？然而刚开始创作的时候，我一直无法找到“第一笔”的灵感。于是我决定漫游“天津卫”。在这座城市的皱褶中，寻找历史岁月和现实生活给予创作的启发。

我骑着一辆单车，口袋里放着一沓稿纸和一支钢笔，脖子上挎着相机，开始在天津这座城市中漫游。我站在一座座建筑前，走过一条条小街，一边拍照，一边在纸上记下想法，思考着如何落下这“第一笔”。

当中的“遇见”，现在想来仍然颇有趣。比如在西关街烈女祠胡同时，一位穿着大红色毛裤的中年妇女，见我不住地转来转去，立即警惕地询问我。当她得知我寻访的用意后，目光马上变得温和起来，然后滔滔不绝地向我讲述这里的历史……寻访的过程中，天津这座城沧桑的历史与鲜活的现实，不断地发生着动人的碰撞。

这样的寻访将近一年。尽管身体疲惫，但精神上却很亢奋。一方面，我感慨着这座城市丰富的历史文化，给自己带来的丰沛创作素材；另一方面，又因曾经对这座城市的远离而感到惭愧。

后来，我的两部关于天津的长篇作品先后出版。我在后记中写下带着感情的文字，那是发自内心对天津这座城市的感激。许多想不到的感触以及创作的灵感，正是在与家乡的亲近中，慢慢集聚起来的。

从那时起直到现在，20 年来，天津对我的写作的馈赠，始终没有中断。

前年，我开始写一部有关天津工业题材的长篇非虚构作品。动笔之初，我思索着该从哪里切入这座中国北方重要的工业城市。

我想到了位于天津三岔河口的“三条石”。海河上游有五大支流，其中的子牙河、南运河、北运河汇聚之后变成一条河流，即海河。三河汇聚之处叫三岔河口。这里被称作天津发祥地，也是最早的居民点、水旱码头和商品集聚地。紧邻三岔河口的便是“三条石大街”，天津人简称“三条石”。

20 世纪 30 年代，“三条石”又被称作“铁厂街”。鼎盛时期，这条宽一丈长一里的弯曲街道上，竟然拥挤着 300 多家小工厂。新中国成立后，很长一段时间里，“三条石”和“三条石老工人”成为约定俗成的名称。到了 70 年代，这里建起了博物馆，上小学的我曾经多次前往参观。至今，“三条石大街”仍然存在，但是数百家工厂早已迁移，变成滨海新区的现代化大企业，往昔的记忆如今浓缩在“三条石历史博物馆”里。

于是，我又像 20 年前一样，在三岔河口、三条石大街一带寻访，寻找创作的灵感。这里地形复杂，交叉路口多。有一次，我因为心里想着创作的事，没有看清信号灯，违反了交通规则，被开着警车巡视的交警当场拦下。我向交警“诉苦”，讲了写作“三条石”的事，希望能给予通融。交警是个年轻人，一边真诚地抱歉，一边毫不犹豫地扣了我 3 分。交警还是个热心肠，马上给我讲了在这一带开车应该注意的事项，并飞快地拿出一张纸，给我画了草图。最后，又用天津人特有的幽默说，祝您开车不违章、写作倍儿顺利。

在频繁的驻足中，历史与现实的勾连在我的脑海中逐渐清晰起来，甚至历史人物与我自己，都产生了对照。

譬如三条石大街上第一个铁匠作坊“秦记铁铺”的老板秦玉清，原本是直隶交河的农民，1860 年来到天津，随着“秦记铁铺”生产规模不断扩大，他和手下的徒弟先后成为铸造机器的工人。了解他的经历后，我立刻联想到自己的经历，我曾经在天津一家国有大企业工作了四年，算是一名真正的产业工人。从职业上看，我与 100 多年前的秦玉清有着特别的联系，他仿佛就是我打过交道的一位老师傅。

带着感情，我深入了解天津工业发展的历史。“三条石”一带的早期铸造业、机器制造业，有“三义公”“三合”“金聚成”等企业，它们在河北、山东、山西等地赫赫有名，有的还在各地开了分号。

因为在“三条石”找到了创作的灵感，我的写作进行得非常顺利。天津，我的家乡，我写作的宝藏，我的精神原乡。

飞快奔跑的城市

黄军峰

“左拐！右转！对，沿着平安大街一直向前……”

初夏清晨，我和父亲驱车行驶在石家庄的街头。父亲年近八旬，两眼昏花，但仍旧热心做一名向导，生怕我走错了路。

一片高楼出现在眼前，父亲兴奋起来，用手一指：“看，以前这里就是我们的厂子……”

年纪大了之后，父亲时常忘事，刚说过的话，转眼就想不起来。但关于这座城市的记忆，却从未褪色。

下车，站在马路边。路面刚刚洒过水，宽阔，明亮。路两侧，国槐树叶密冠茂，与草坪、鲜花、万年青交相辉映。路边一块休闲空地上，人们三五成群，或轻歌曼舞，或谈笑风生，或踢毽打球，或练拳对弈，好不热闹。

“厂大门在这儿！”“那儿是厂俱乐部。”“这里是职工宿舍。”父亲抬手指向马路远处，“那里还有造纸厂、农药厂、纺织厂、配件厂、拖拉机厂……”父亲沉浸在回忆中，津津乐道。

收回目光，父亲跺跺脚：“还记得这条路吗？”

我回答他：“您讲过很多次啦！”

“那时，你就是沿着这条路往前走的。那么个小不点儿，足足走了一里地，也不知道害怕。要不是我在后面悄悄跟着，指不定走到哪去……”

父亲说的，是我第一次来到石家庄时的情形。那年我才 4 岁，对这“第一次”印象寥寥，唯一记得的，是奇怪的味道。那种味道浓烈而复杂，是煤炭燃烧的焦煳，是钢铁摩擦的火气，是汽车尾巴里吐出来的黑烟……

如今，将近四十年过去了。路已经不是原来的路，空气里没了当年的味道，父亲不再年富力强，我也从蹒跚的孩童走进人生的中年。

回忆童年，耳边总会响起父亲的自行车铃声：丁零零，丁零零……娘说：“快去，准是你爹回来了。”我就立刻扔下手里的玩具，冲到门外。

那时，父亲每周末从石家庄骑车回家，周一天不亮返厂，一年四季，风雨无阻。每次回来，他总要带些“馋人”的东西：糖纸包着的糖块、装在小盒里的点心，还有新鲜而遥远的故事……从那时起，“石家庄”三个字，便时常萦绕在我的耳边和梦里。

我 14 岁那年秋天，父亲因摔伤入院，母亲赶去陪护。一个周末，我不知哪来的胆量，突发奇想要去石家庄看父亲。我骑着自行车，沿着国道，一路向北。百余里路程，两个来小时，路上停了好几歇，那时我才体会到，父亲就是这样经年累月地完成着家与城的往返。

这也是我第一次真正认识这座城市。

“红楼”转盘入城，向北，我穿梭在时宽时窄的平安大街。环宇电视机厂、长途汽车站、洞天影院、市第一招待所……父亲口中常常提及的这些地方，成了我识途认路的标志。我感到新鲜而兴奋，对一切陌生又熟悉。彼时的石家庄，是个如我一样未脱乡村气的孩子，说是“市”，倒更像一个颇为繁华的大城镇。

多年后，我时常想起那次浮光掠影的经历，并感慨今昔的巨大对比。如今，当年的建筑很多已经不在了，取而代之的，是宽阔干净的马路、拔地而起的高楼、琳琅满目的商铺、树密花艳的绿化带。特别是交通的变化：公交延伸到城市周边，乡下老家也通了公交，再也不用像从前那样蹬自行车了。

时间的脚步迈进新世纪的大门。这一年，父亲退休，我加入“城里人”行列，我和父亲就这样完成了与这座城市的接力。

退休后的父亲，回到了乡下老家。开始几年，他几乎每个星期都要来一趟石家庄看我。我不想让他奔波，但父亲执拗得很。到我这儿后，父亲往往没坐一会儿就要走：“我到厂里去一趟……”我明白，他的心里一直装着这个厂子和这座城。

时光荏苒。这些年，石家庄变化很大。我当年租住的城中村已化身高楼大厦，父亲所在的工厂等重工业企业已远离闹市。我目睹着这座城市的日新月异。

生活好了，日子富了，我们利用空闲的时间，行走在这座飞快“奔跑”的城市。

向北，驻足滹沱河畔，举目四野，清水碧，虫鸟鸣，花木绵延。河对岸，正定古城与石家庄隔河相望，河那边藏着历史，这边写着未来。

向西，行驶在绿意葱茏的山前大道，村落摇身变为美丽的使者，用迷人的青山绿水、朴实的民风民俗、醇香的乡野美食，喜迎八方宾朋。

向南，看赵州桥横跨洨水，千年依然。

向东，现代化产业新城翘首昂姿，令人叹为观止，心生自豪。

父亲的脚步没有停下。那天，他悄悄地体验了一次开通不久的地铁。

回来后，他激动地说了一遍又一遍：“这地铁，那叫一个快啊，现在的石家庄，那叫一个大啊……”

父亲老了，我也会渐渐老去。但我们的城市正青春，诚如作为市花的月季，年年月月，次第绽放，鲜艳娇翠，清香弥漫……

老城新风记南皮

王蒙

1934年我出生在北京沙滩，一岁多回到河北省沧州市南皮县潞灌乡龙堂村老家，直到五岁返回北京上幼稚园。1984年，长大后我第一次回南皮，家乡的贫穷、落后给我留下深刻的印象。我回到幼年生活过的乡村，看到了泛着盐碱白霜的田地，喝下了用含有硝碱的苦水泡的茶，读到了县志上的民谣："羊粑粑蛋，上脚搓……"我感觉有点透不过气来。

是时，我正开始写《活动变人形》，书里人物的家乡，会让我时时想起故乡南皮。"故乡"，是鲁迅小说的题目，它总使人泛起乡愁。南皮的名称起源于古代皮城，位于现南皮县城北张三拨村西约三百米处。春秋时期（前664年），齐桓公北伐，在这里给军马修制皮革盔甲。南皮自秦朝（前221年）置县，历史悠久，涌现了许多俊杰。

新中国成立后，历史展开了新的篇章。1970年修起了京沪线上泊头/南皮火车站到南皮县城的沥青马路。只是那时候农民们常常徜徉在马路的中间，因为反正也没有几辆汽车在这里跑动。首次回乡，县城里出现了推着车卖肠子的小贩。县招待所重新修建，红砖平房渐渐有了新模样，县里出现了一些进口中巴车。几年以后，次生盐碱化的问题解决了，家乡土地的模样改变了，乡亲们的饮用水不再咸苦，温室大棚也出现了。南皮的医院办得越来越好，吸引了河北甚至是山东的患者来到南皮就诊。

“连胜酱菜”做得愈发多样可口，汽车配件工业蓬勃发展，电灯泡成为出口产品。县财政力量开始增强，20 年里增长了 40 倍。

2017 年，全县脱贫摘帽。2018 年，我又到南皮，家乡已经到处是高楼大厦，商店林立，车如流水马如龙。民营企业的商贸与文化服务中心，繁荣多样，硬件与服务方式向京津这样的大都市靠拢。2020 年再回南皮，更是恍如隔世。亲爱的南皮已经焕然一新，换了人间。小小的龙堂村，五百多户人家，有六十多辆汽车。每天上下班时间，县城红绿灯路口，已经有点堵车了。

尤其使我感动的是南皮县城里建成三处大公园。各处新建筑、新公共活动场所与县里数万名居民的衣衫一样，整洁崭新。生活富裕，奔向小康，人人脸上映着阳光和笑容，再没有了曾经的那股子作难相。

2018 年的一天，我清晨去了凤凰公园，今年又去了香涛（张之洞号）公园，沿着甬路，沿着栈道，沿着林带，沿着城南水系清澈的水波，经过亭榭桥梁，迎着朝阳，与县里早起晨练的乡亲们一道畅快地呼吸着、行走着、观看着、欣赏着。我感觉家乡在升腾，面貌焕然一新，变得幸福、富饶、美丽、生机勃勃！此外，还有姜太公钓鱼台公园、正大公园、老干部活动中心、青少年活动中心、体育场、图书馆、博物馆、张之洞纪念馆、民俗馆……这里有这么多的崭新的变化，这就是我的家乡。我为南皮肃立，我为南皮鼓掌。

南皮有了像样的工业：五金机电、纺织服装、玻璃制品三大产业群体初具规模。还有省级经济开发区、工业园，入驻二百多家企业。这虽然还比不上东南沿海一些先进市县、比不上那些富裕地区的著名城乡，然而南皮还是创造了从前无法梦见过的美景、没有见识过的绿地与建筑、没有享受过的高品质生活、没有想到过的发展图景。而这就是南皮，就是那个曾经到处是盐碱，人们食不果腹、衣不蔽体的古老南皮啊！

祖国处处是阳春。南皮是中国社会进步的一个缩影，这里有殷实的小康，有冒着热气的幸福新生活。我近期在南皮县城看了一家集生产利用太阳能、地源热能于一体的绿色节能环保企业，产品高端。先进的科技让我开了眼，我至今仍然需要费点劲去理解、去懂得、去学习提高。同时，传统文化的富矿在南皮被充分挖掘。这里有狮子舞、秧歌、剪纸、錾铜；有八极拳、太极拳、八卦掌等历史悠久的武术门类；还有民办红升文武学校：小学中学 12 年一贯制，德育先导，文化基础，武术特色，年年在欧美巡回表演，20 年培养了一级二级运动员五百人，近千名学生取得武士段位。我观看了少年儿童学员们的武术表演，顶天立地、虎虎生风、风驰电掣、鹰飞鹞翻，令我叹为观止。

虽然我的幼年只在这里待了有限的时间，我仍然牢记着家乡的梨树园，家乡的口音，家乡人对于河北梆子的迷恋，还有家乡人的执拗与豪迈，那种如火如荼的激烈，甚至，还有家乡曾经有过的贫穷与困窘。但是，我可爱可亲的家乡啊，你竟有了这样辉煌的今天，你也一定会拥抱无限灿烂的明天！

村庄外的梨树林

虽然我的幼年只在这里待了有限的时间，我仍然牢记着家乡的梨树园，家乡的口音……

邢台的桥

刘江滨

高庄桥路八号。三十多年前的初秋，我手持大学毕业派遣证到这个以桥为名的地方报到，从此开启了我的职场生涯。单位位于河北邢台市区北郊，门前是一条东西向的马路，不远处就是高庄桥。高庄桥是座普普通通的水泥桥，牛尾河从桥下流过，河畔长满了芦苇、蒲草。过了桥，北面是一大片沼泽湿地，野鸭水鸟在芦苇荡扑棱棱啁啾不停。很长一段时间，我喜欢晚饭后在这一带遛弯，后来不到两年，这片湿地变成了果园和菜地。

沿着河边往西走三四里地，有座桥叫豫让桥。周围有个以桥命名的市场，我常常去那里买些日用品。豫让桥与高庄桥一样，也是一座水泥桥，每日熙来攘往，川流不息。我无数次从桥上走过，并无什么特别的感觉。直到有一天晚上，我在床头灯下读《史记》，一个名字猛地跳了出来：豫让！我猛然意识到，豫让桥就是以他命名的呀！义士豫让，“慷慨悲歌”，堪称燕赵文化的一个重要符码。真是惭愧，我竟一直熟视无睹。

儿子五岁的时候上了一年的学前班，在离家最近的北关小学。这样，我又和一座桥旦夕热络起来。它叫北关桥，旧时叫鸳水桥。这桥打眼一瞧，即知是座古桥，单孔，拱形，桥身的石头历经岁月磨蚀、风雨侵袭，已经千疮百孔、凸凹不平了。桥面的石板被磨得锃亮。桥始建于元代，谁修的呢？郭守敬。他的家乡就在距市区几十里外的郭村，据说当时郭守敬才 20 岁，被邢州太守慕名请来治水修桥。郭守敬是邢台的标志性人物，达活泉公园里边建有郭守敬雕像、纪念馆和观星台。周末我和妻子经常带着儿子到这里玩，在这位古代科学家目光的注视下，科学的气息仿佛无处不在。

说起来，邢台是我平生抵达的第一座城市。20 世纪 70 年代，二哥在邢台上师范，母亲带我去探亲。那时，东围城路（今开元路）还有护城河，沿河还有一溜残破的城墙。邢台是一座被水汽浸润的城市，它和济南一样，也是泉城，有“百泉”之称，邢台市文联办的文学期刊曾经就叫《百泉》。水多，河流多，桥就多。以前我见过的桥都是跨河而建，这回却不是，桥上跑火车，下面过汽车和行人，人们叫它地道桥。也因为这座桥，邢台市被分作了桥东桥西。我在桥上第一次看见了火车——电影里见过无数次的火车，冒着浓烟，风驰电掣，呼啸而过，桥面被震得微微颤动。

10 年后，我成了邢台市民，继而又在这里工作生活了 14 年，娶妻生子，成家立业。我感觉生命的一条根须是扎到这里的。直到离开二十多年后的今天，我依然常常脱口而出：我是邢台人。前不久，我回了一趟邢台，去我原来的单位宿舍看望一位老前辈。原以为闭着眼睛都能找到大门，结果却因为周边参照物建筑都变了，而颇费一番周章。哪里还有门哪！只有一道墙。踮起脚跟儿往院子里瞧去，原来的房屋楼舍都不见了踪影。跟老前辈打电话才知道，这块地方已经整体拆迁，正准备盖新楼盘呢。我有意往东北深处走了走，高庄桥还在，不过已是全新的了，宽了，长了，漂亮了。桥北两侧的大块地带耸立着一座座高楼。这是我调离邢台后首次重返高庄桥，一时恍如梦寐，这是我待过的地方吗？短短二十余年，一切完全变了模样。高庄桥东面大约一百米的三角地带，草儿葱茏，花儿盛开，中间一片空地，矗立着一个偌大的凉亭，几位大妈闲坐在那里，脸上满是怡然满足的神情。

探望了老前辈，老同事兴奋地把我带到一座桥的跟前。东西飞架，巍峨、雄伟，现代化气息扑面而来。它叫莲池大街立交桥，是运用现代高科技桥梁转体技术修建的大桥，去年建成通车。我沿着大桥两侧的台阶登上桥面，站在人行道上，只觉视野更加开阔，天地一片敞亮，与凹下去的地道桥相比，时代发展与技术进步一目了然。老同事手机里存着许多当时大桥转体至合龙的照片和视频，他都一一展示给我看。很明显，他把这座大桥引为骄傲，而我作为一个老邢台人，也同样感到自豪。

邢台市还有白马河大桥、七里河大桥……一座座桥四通八达，将邢台与世界联通，也与现代化联通。桥东桥西已成历史，而襄都信都又从历史深处走来。桥是一个物质实体，又往往被人们赋予精神属性。从此岸到达彼岸，不断地跨越，不断地丰盈。邢台于我，又何尝不是一座通往诗与远方的人生之桥呢？

我出发的地方

陈晔

“记住西大桥，别走丢了！”

父亲千叮咛万嘱咐。他去党校学习了，我一个人去书店看书。

那时我 13 岁，第一次随父亲进城。

母亲去世后，33 岁的父亲带着 8 岁的我和 3 岁的妹妹在大山里生活。爷爷奶奶要照顾，书要教，地要种，一家人的衣服要他亲手缝，饭还要做。父亲咬牙坚持。

父亲是一名老师。那一年，他带我去了阜平城。从此，阜平城成为我命运的起点。

革命老区阜平，一座不大的山城，凹在太行山深处。那时城里只有三条小街，虽是县城，却赶不上平原上一个镇繁华。受父亲影响，我自幼喜欢读书。家里有限的书，我都读了很多遍。父亲告诉我，县城有书店，书多得读不完。于是，去县城成了我最向往的事。

我跟父亲到县城参加全县教师会。分散在全县大山里的老师，不少都是难得进一次城，但我的心思全在那南街千年老槐下的书店。父亲每天集中学习，我就一个人到书店看书。从书店两个售货员的闲聊里我知道，徐向前元帅少年时曾在阜平做过学徒，书店背后的小胡同是红军进城的地方。阜平还是《晋察冀日报》的诞生地，之后《晋察冀日报》与晋冀鲁豫《人民日报》合并，发展成为今天的《人民日报》。原来阜平还有这么厚重的历史啊！

进城买回的书很快看完了。暑假，我靠刨药材攒了几十元毛票钢镚，背着父亲偷偷坐上拉矿石的汽车，一个少年为了书独自进城。我脑子里被买书的兴奋塞个满满当当，直到买完书要回去了，才意识到搭不到回程的车。此刻偏偏又下起雷阵雨，急得我直想哭。好在，一个认识的叔叔雇拖拉机带孩子看病，遇上了我，才把我捎回。我爬上湿漉漉的车，在雨中用身体挡住书包，人湿书没湿。到了家，提心吊胆，却没见到父亲——他知道我去了县城，也想办法进了城去找我。我们错过了。

进城打开了我的视野，在我心里孕育出了作家梦。几年后，我以优异的成绩考出大山。考出去那年，继母带我到县里办上学粮食关系，天色已晚时还没办完，我们没车回家，母子流落街头。她想到一个过去的同事，便在人家借宿了一晚。刚上班那年冬天，继母生病在县城住院做手术。虽是继母，但我们感情很融洽，她希望我在她做手术时守在跟前。也是在县城，我跟当年的女同学重逢，后来她成了我的妻子……在外上学、工作，后来在省城成家立业，我的人生一次次路经县城，却又都是匆匆而过。城在我心底，我只是她的过客。

然而，县城的变化让我刮目相看。

2012 年 12 月 29 日至 30 日，习近平总书记在阜平考察后，向全党全国发出了脱贫攻坚的动员令。此后，山城一年一变。以前阜平人往外跑，现在阜平人往回走。

北漂几十年的表哥回来了，在县城开了一家饭店；姨姐从保定回来了，她们开了农家乐。山城也靓了。破破烂烂的平房盖成楼，县城正中架起一座雄伟的跨河大桥，把两岸连接。城边建成了美丽的环城公园。三条高速过阜平，我们如今开车两个多小时就到家。

我在县城街上，意外遇到中学同学，他承包了一个蘑菇大棚，由此摆脱了单身境遇，娶上了媳妇，在县城买了两套房，如今还做起了家具买卖。他告诉我，现在每一道山沟都有楼群，搬新家要置办新家具，他的家具好卖得很，每天要走几趟车。

我的中学语文老师如今供职于县里，他知道我当年的故事，经常把我的故事讲给今天的同事和家长们："一定要让孩子从书店开始人生的脚步！"我和老师去了南街，当年的书店还在，装修过，比以前大了。如果没有书店，我也许走不出去，写作更是无从谈起。这里正是我出发的地方！

几天里，我参观了表哥的饭店、姨姐的农家乐、同学的家具店，他们脸上洋溢着一种富足和朝气。山城不再是我少年时代的土气，有了现代城市的样子。我心里想："这还是我印象中的阜平吗？"一切都在变，人变，城变，思想也在变！我看了县城的规划，下一步更加宏伟。到时候我再回来，恐怕更认不出来了。

站在山顶看山城。依山势建起的县城，前面是玉带一样的大沙河，背靠迤逦的大派山，天空是纯净的蓝。当地一位朋友说："这是阜平蓝！"新中国成立前，孙犁先生在阜平见到土法染的靛蓝衣服，乐观的他就将之称为"阜平蓝"。如今，"阜平蓝"从百姓身上飘到了头顶的天上——真是一种美妙的"巧合"！

我和老师说："我想在县城买一处房，回来住。"

我的起点，也将是我归来的地方！

美丽的大同

常占库

一个人和一座城似乎有一种难以割舍的缘分。我出生在塞外古城大同市西北部的一个小村子里。小孩子总是向往城市的热闹光鲜，“成为大同城里人”的念头也一直萦绕在我幼小的脑海里。可是我也有些遗憾：在课本上看到很多城市都是绿树成荫、鸟语花香，但彼时在大同城里，能看到的绿色除了夏天的田野就是大同公园，只有那里才有为数不多的垂柳、碗口粗的松树、松软的草坪，至于男孩子们奢望的在草地上踢踢球、打打滚只能是一个梦想。

“一年一场风、从西刮到东”是过去大同气候的真实写照。那些年，一年中总有几场大风伴着黄沙，特别是春季的沙尘暴，似乎要把人吹走，把房子吹跑。印象中，人们总盼着夏天早早来临，因为那时候小草绿了、树叶绿了，大地绿了，风就小了。我也从小就盼望着大同有更多的绿地和绿意。“春风又绿江南岸”，课堂上学到这么美好的诗句，让我对“绿”更多了几分憧憬。我也去过其他的城市，南方城市的绿意盎然每每令我心生向往，也期待着春风从江南过来，把大同快快吹绿。

二十几年前，我拿着派遣证到大同市城区一所学校报到。从上学到参加工作，再到几个工作岗位的变化，我一直没有离开这座城市。在工作和生活中，我又从点点滴滴中逐渐了解大同的过去和现在，也在解读着这座古城两千多年的成长密码。我也一直想着、忙着，为她增添一些绿色，好让我的梦想早日实现。

也不知从何时起，“绿”开始在大同萌动了。报纸上“绿色发展”成为热词，电视上绿色的画面越来越多，眼睛里能看到的绿更是愈加茂盛浓密。过去老家村子旁的运煤马路，变成了布满绿荫的旅游专线公路；周边曾经光秃秃的山头如今树木葱茏，成为喜鹊、野鸡、野兔的乐园。近年来陆陆续续的古城修复保护工程，给黄色的土城墙重新披上青色的外衣。城门也都建好了，护城河水流淌起来了，青砖碧瓦、角楼林立、古色古香，与周边的带状公园相得益彰、浑然一体。城市里，人们再看不到黑色的运煤车了，几乎干涸的河流重新有了清水的滋养，像一条条绿带围绕在城市周围。已经成型的“一轴双城”城市框架、宽阔的街道、林立的高楼、新修的几大场馆、公园，使多少游子归来时居然不认识了回家的路，回来了又不想走。

绿，在大同人心目中渐渐清晰起来。周日，四岁的小儿子嚷着要去公园玩，我竟不知应该带他去大同的哪个公园，因为每个公园都有特色，我也带他去过好几个了。儿子说：“就去那次咱们一起看到的，阿姨不让淘气的小哥哥踩草坪的文瀛湖公园吧！”绿草有情，也一定不会辜负一个孩童的期待。

我和儿子来到文瀛湖公园，这里的湖水在十年前曾一度干涸见底，被不少人视作“荒郊野外”。如今，站在湖边，看到那一大片、一大片茵茵绿草，一簇簇争奇斗艳的花朵、相扶相依的老人、轻轻牵手的情侣、笑逐颜开的一家三口，湖边图书馆、博物馆、体育馆出出进进的人群，湖面上穿梭的游艇、湖心岛上茂盛的树林，我不禁感慨万千。这座城的变化太快了，这座城市的人赶上好时代了。

绿色又岂止在一草一木，更深入大同人的理念和生活。“公交车又换了”，从燃油车、天然气车到纯电动车，再到现在的氢燃料电池公交车，身为上班族的我和广大市民一起见证着大同公共交通的飞速变化，感受着这些改变带给人们的“绿色出行”观念。“锅炉房全拆了、黑烟囱不见了，会不会没有暖气？冬天大同人会不会受冻？”可我分明看到很多时尚的大同人，冬天在室内还穿着短袖。当年“冬天穿浅色衣服会被煤烟弄脏”的“衣着禁忌”已经成为往事，人们用光鲜亮丽的服装展现着新生活的美好，绿色生活已经渗透进大同人日常的方方面面。

我在日记本扉页上曾记录过这样一句话：“只要根在，生命之绿便永存。”一座座城虽然千姿百态、各不相同，却是很多人命脉所系。生于斯、长于斯、扎根于斯，大同的山山水水、一砖一瓦、一草一木，都为我的生活增添着色彩。我热爱大同这座古城，她就是我的生命之绿！

行走太行看长治

赵晏彪

1997 年盛夏，我去老诗人阮章竞家中拜访。老人身穿一件白色大背心，手摇一把大蒲扇，品着茶，听着音乐，悠然自得。见我到来，笑呵呵地说，这个季节如果是在太行山，一定是凉爽至极呀！

我知道阮老曾是八路军太行山剧团团长。抗日战争一爆发，他就从陵川县上了太行山，开始了他的革命根据地文艺生涯，创作了《赤叶河》《漳河水》等著名作品。我这次来，一则想听听当年太行山的革命故事，二则想约阮老为我们写一篇文章。

阮老笑笑说，我虽然离开太行山几十年了，可时常想起那段难忘的岁月。1938 年，我才 24 岁，在八路军晋冀豫边区太行山剧团任艺术指导员，那时候真是创作如泉涌啊……

我静静听阮老说着“我们的太行山”，讲述“当年抗日战争的艰苦和不易”，对眼前这位老诗人更加崇敬。他虽是广东中山人，却对千沟万壑、战火硝烟的太行山情有独钟。他不但学说山西话，还向当地老乡学说土语，他的许多作品都是用当地方言写就的。在太行山的 12 年，是他一生中作品出得最多的时期。

“你应该找机会去太行山走一走，体验一下那里的生活，见见那里的百姓，看看那里的山水，太行山具有雄浑的气魄，不见有憾，见了就会被迷住。我当年就是在这块火热的土地上，创作出许多连我自己都感到意外的作品，是太行山不屈的性格，是太行百姓如父母般的恩情，是八路军部队赴汤蹈火的爱国情怀，是日本鬼子的残暴侵略，让我们以笔作枪，唱出了心中深藏的爱与恨。”

阮老眼中泛着兴奋的光，似乎又回到了那个热血澎湃的年代。

“晏彪同志，我已经快九十岁了，再也不能去太行山了。如果有机会，你去山西的时候，一定要去长治看看，去八路军总部旧址看看，走一走太行的山，尝一尝太行的水，吃一碗香香的小米饭，千万记着代我向那里的乡亲们问好哟……”

5 年，10 年，20 年过去了，我曾经几次去山西，但始终无缘到长治。直到 2021 年 5 月，我突然收到邀请，赴山西长治采风。当时，我的心跳突然就加速了，我想，这个美好的日子，终于来临了！

从舷窗俯瞰太行，山势苍莽，绵延不断，果然是一派雄浑气象。下了飞机，我们第一站就去长治博物馆参观，了解长治的历史。徘徊于 1200 余件珍贵文物间，方知长治有着“古文化和古建筑博物馆”之称以及 2300 多年的建城史。

解说员介绍，抗日战争时期，八路军总司令部、129 师司令部、中共中央北方局等首脑机关曾在长治的武乡县王家峪村驻扎，朱德、彭德怀、刘伯承、邓小平、左权都曾在这里战斗和生活过。

那几日的天气，虽然没有下雨，但一直雷声隆隆，似乎为了让我们感受当年华北地区抗日战争的壮怀激烈。115 师首战平型关、120 师设伏雁门关、129 师奇袭阳明堡，打出了八路军的雄威。1938 年神头岭伏击战歼敌 1500 人。1939 年黄土岭战役击毙日军“名将之花”阿部规秀。

1940 年的“百团大战”，1943 年韩略村伏击战歼灭日军“战地参观团”少将以下军官 120 多名……八路军打破了日军不可战胜的神话，极大鼓舞了中国军民抗战的斗志。

在长治采访时，一位老人对我说：“长治是参加八路军非常踊跃的地方，我们每家每户都有青年人参军呢！”说这话时，老人脸上洋溢着自豪。是的，我知道老人所言不虚，当时长治武乡全县 13.5 万人，就有 9 万人参加抗日。许多家庭将自己的子女全部送去参军。长治，确实是英雄的故乡，长治人民的骨头像铁一般硬，长治人民的心比火还要热。

这一次来长治，我还瞻仰了八路军黄崖洞兵工厂旧址。这个兵工厂藏在群山之中，四周奇峰绝崖，巍峨雄浑。当年的兵工厂尽管只有 200 余人，主要生产步枪、手榴弹、马尾弹、五〇炮等，但却是当时八路军的主要兵工基地。1941 年 11 月 11 日至 19 日，5000 多名日军进犯黄崖洞，企图破坏兵工厂。八路军总部特务团 900 余名指战员奉命保卫兵工厂，凭借天险与敌血战八昼夜，歼敌千余人。

在长治，也有愚公移山的故事。长治市壶关县老百姓，在干石山上植树造林，经过几代人接续不断的努力，硬是把干石山区变成了生态绿洲，被誉为新的“太行奇迹”。壶关人不仅能吃苦，而且有智慧，他们运用“搬起石头垒石墙”的技术，竟然用石头垒成一道壮观的森林防火墙。

如今，长治已入选国家首批资源型城市产业转型升级示范区。站在山顶上，俯瞰长治市区，处处是崭新林立的高楼、整洁宽阔的马路、青翠葳蕤的绿树和花团锦簇的街区。城镇群托起晋东南，新农村遍布太行山……

从八路军浴血奋战抗击日寇的壮举，到新时代人们建设美丽长治的奋斗，太行雄风已经深深融入长治人民的血液之中。我想起了阮老曾经说过的话：“你应该找机会去太行山走一走……见见那里的百姓，看看那里的山水，太行山具有雄浑的气魄，不见有憾，见了就会被迷住。”诚哉斯言！

贴近自然的城市

艾平

我的家乡海拉尔位于呼伦贝尔草原腹地，是内蒙古东北部的一座小城。我在这里出生、成长，一直不愿意离开。

有时，我站在窗前，望着城中翡翠般的河流，突然看到几只野鸭、大雁，在游泳人旁边悠然徜徉，时而和游泳人一起潜入水中，又忽地扬起双翼。有时，三伏天，我走下西外环公路，守着湿地中的冷泉，掬一捧泉水入口，顿时浑身清凉，一起身，却发现自己正在马群的影子里。那些马儿和我一样，也酷爱这夏日如冰、冬天不冻的泉水。有时，我在农贸市场流连忘返，蓝莓、榛子、水葡萄、臭李子、白蘑、鸡血蘑遍布市场的每个角落。每当绣线菊和紫苑遍地盛开的初秋，我走下楼，不出几百米，就把这些芬芳欲滴的野花捧回案头。初冬的时候，我会买牛胸骨、细鳞鱼、大鲫鱼瓜子——这些美食仿佛约好了似的，准时来为海拉尔人输送抵御严寒的脂肪。在海拉尔，伸手便可触摸到大自然的天成之美，我就这样痴迷于家乡的每个细节，日复一日地被家乡感动着。

出海拉尔城向东，是高高的大兴安岭。这座绿色山脉为呼伦贝尔孕育了三千多条河流，其中南来的伊敏河在海拉尔城中穿过，东来的海拉尔河经城北西去。这两条河，从森林流到草原，一路绝尘，在大地上回环萦绕，收纳了众多的涓流小溪，留下了数不清的湖泊和大片的湿地，也为海拉尔城留下了清冽和碧绿。不知何年何月开始，在海拉尔城北的敖包山下，这两条河婀娜地牵手了，从此汇成一条更丰沛的大河，注入额尔古纳河，最终流向大海。

记得小时候，每当太姥姥说起“榆树开花不愁吃”这句话时，海拉尔野果野菜的盛宴季便开始了。忘不了她老人家牵我到伊敏河畔采摘榆树钱儿的情景。只见河两岸，长着大片的榆树林子。榆叶沉郁，在风中就像一匹匹黑马耸动着鬃毛。那刚刚绽放出来的榆树钱儿，一团团逐队成球，遮掩了宽阔的河床，融入碧蓝色的远天。五月，榆树奉献给我们美，更奉献给我们香甜的记忆。榆树钱儿可以和米煮粥，可以搅在玉米面里做饼子。在缺少粮食的年代，太姥姥面食里的榆树钱儿比重很大，这恰恰造就了糯糯滑滑的口感。

榆树耐寒、喜湿，属高海拔植物。海拉尔地处低温的蒙古高原，有两条大河的滋润，是榆树的福地。除了榆树钱儿，榆树成荫的林地、榆木、榆树皮的浆汁、榆叶，对于人类的生活，都有不少用处。

岁月荏苒，在海拉尔人的心底，始终心心念念着曾相依为命的榆树。大大小小的榆树或嶙峋沧桑，或青枝嫩叶，街头坊间无处不有其身影。记得 38 年前，海拉尔拓宽市区干道，改砂石路为沥青路。工程伊始，路边的榆树在一夜之间不翼而飞。我望着光秃秃的街道，不由黯然神伤。可是，几天后的一个早晨，我掀开窗帘一看——榆树悄然重现了，不同的是，变成了一株株等距离栽植的大棵榆树苗。有情怀的海拉尔人懂得，这座城市诞生在长有榆树的草原上，榆树与城市天长日久，人和自然密不可分。

后来，这些榆树长大了，棵棵硕壮高挺，枝繁叶茂。市政部门在这些榆树的枝干上挂上许多小灯泡。夏夜，榆叶被闪耀得忽明忽暗；冬夜，仿佛无数小钻石和冰雪大地相映生辉，城市也有了童话般的璀璨。后来旅游兴起，市区干道再次拓宽，直通外环。这一次，不舍榆树的就不仅是我们这代人了，还有那些和榆树一起长大的孩子们，他们穿上漂亮的衣裳，纷纷来到老榆树下留影。这些年，海拉尔的道路不断变宽，而榆树照旧留了下来。有老榆树绿荫如昔，人们便可以走进往日时光，获得岁月恒久的抚慰。

海拉尔所在的草原，因为高寒，无霜期只有九十多天。草本植物往往进化得茁壮油亮，不等长高就开花结籽，野韭菜就是其中一种。为什么羊群喜欢在野韭菜繁茂的地方流连？为什么长野韭菜的地方空气清新、蚊虫很少？因为野韭菜散发一种微辛辣的药味，羊吃后可调节口中其他牧草的苦味，还可以杀菌、健胃、驱虫。海拉尔人发现了野韭菜的好，把野韭菜花酱变成了餐桌上的美味。

榆树也好，野韭菜也好，都源于海拉尔的好生态。在这里，植物、流水、大地、动物、人类相栖而生，相辅而长，从而造就了城市里的美好生活，也带给海拉尔人不可磨灭的记忆。如今的海拉尔，正与世界同步前行。你看，每天有一百多个航班，接送远来的游客；牧马人一点手机，就可以巡视远在草场的畜群；古老的美食、歌舞、服饰，已然成为海拉尔的城市名片……

我的家乡海拉尔，这座贴近自然的城市，在草原的葳蕤中历久弥新。

多彩满洲里

吕阳明

满洲里，这座边境城市，风光旖旎，热闹繁华。尤其是到了夏季，游人熙熙攘攘，达赉湖（呼伦湖的俗称）景区外，常常排起外地车的长龙。

我的中学，是在满洲里的扎赉诺尔矿区学校念的。那时烟波浩渺的达赉湖，是学校组织野游的首选去处，今年去小河口，明年去拴马庄，毕业聚会去黄金海岸。每次野游回来，老师会让我们写作文，就写达赉湖。我从小喜欢文学。我印象很深的是，自己写达赉湖的作文，还被老师表扬过。

初中毕业那年，教育局举办作文比赛，要求在规定时间内现场完成命题作文。记得作文比赛题目是“家乡行”，写下自己心目中 20 年后家乡的样子。我在文章里写道，20 年后的我，作为一家跨国公司贸易代表团的代表，回到了阔别多年的家乡满洲里。此时的家乡已经成为一座现代化城市，高楼林立，市井喧嚣。那次作文比赛，我获得一等奖。其实，写那篇作文时我还没有去过满洲里市区。扎赉诺尔矿区距离满洲里市区近二十公里，每天只有一趟摇摇晃晃的大巴车，去一趟满洲里市区不是件容易的事。

我第一次来满洲里市区，是在 1988 年。那时我已经是高中生了，学校文学社组织我们到满洲里北湖公园游玩。当时的满洲里，城市很小很安静，整个城市只有一个红绿灯，几条不长的街道，一座不大的公园。

一晃十多年过去。2000年，我调到满洲里市区工作。再到满洲里市区，对比十多年前我写下的作文，除了自己不是跨国公司的代表，其他的描述大都变成了现实。

如今，又是20年过去。满洲里这座城市日新月异地变化着。飞机场通航了，外环路通车了，别具特色的猛犸公园、套娃广场建起来了，满洲里学院也开始招生了。到了夜晚，在城市灯光的映照下，街头景色仿佛童话世界。

多元文化的交融，深刻地影响着满洲里人的生活。就拿我自己来说，我们一家人出去吃饭，也会争论一番。我在草原牧区长大，喜欢吃蒙餐，媳妇是土生土长的满洲里人，喜欢吃达赉湖全鱼宴，女儿则喜欢吃西餐。满洲里的早餐店里，就有奶茶、列巴、黄油、大米粥、布里亚特包子、奶干、奶皮子，美食让外地人啧啧称奇，而满洲里人对此早已习以为常。

作为一座口岸城市，这里有很多与之相关的故事。一位在满洲里经商多年的同学，曾给我讲过口岸上背包客的故事。这些从外地来满洲里的打工者，特别能吃苦。他们每天背着沉重的货物，在海关排队几小时甚至十几小时。口岸尚未24小时通关时，有的背包客舍不得住店，就睡在车里，这样既省钱，还能看车。我听了后很感动，也很震撼。原来满洲里这座闻名遐迩的口岸商贸城，正是这些平凡的普通人，用自己勤劳的双手一点点打拼出来的。

那一刻，我少年时代的文学梦，又重新萌发了。于是，我开始有意识地走到这座城市中去，感受每一个生命的跃动，挖掘动人的故事。我去找开旅馆的朋友，在他旅馆的吧台聊了一整晚，听他讲背包客的故事；我去采访海关和检验检疫系统的老前辈，听他们回忆转运抗美援朝物资时的那些峥嵘岁月；我在通河路老街小市场里，要上几个肉串一杯扎啤，和老板聊聊当年旱獭子街上的往事；我在步行街上和兴致勃勃的外地游客攀谈，听他们谈谈在满洲里的感受和见闻……

我还查阅了关于满洲里的大量资料，探寻那些湮灭在历史深处的故事。有最早来呼伦湖打冬网的渔民的故事，有像牧歌一样悠扬的草原传说……我把这些素材写到自己的文学作品里。慢慢地，这些故事汇聚起来，我心中的满洲里不再只是口岸、湖泊、草原，不再只有城市风光、异域风情；一个个有血有肉的人物，一桩桩悲欢离合的故事，在我的心中凝结成了另一个更加丰富多彩的满洲里。

我不停地写，乐此不疲。其实不只是我，还有很多人都在写。我相信，终有一天，满洲里也会像很多地方一样，在文学地理中成为一个脍炙人口的名字。

大海连着大海

李皓

关于大连名字的来历，有各种各样的说法。但在我看来，这个名字很好解释，就是大海连着大海。黄海和渤海各自伸出一只巨手，在旅顺口老铁山紧紧相握。左手黄海，右手渤海，就是海天一色、浪漫动感的大连。

我出生在大连市下辖的普兰店区，那时候大连市叫旅大市，普兰店区叫新金县。18 岁之前，我没到过大连市内。我家所在的乡下离黄海尚有四五十华里路程，离大连市内就更远了。18 岁那年，我家搬到附近一个名叫城子坦的镇上，镇子离黄海岸边不太远。那时我在镇上读高中，看着地图，心里知道，我离大连越来越近了，沿着黄海岸边一直往南走，就是了。

1988 年暑期，由于诗歌获奖，我被选中去北戴河参加夏令营。去北戴河，须从大连坐火车，无形之中让我提前抵达了这座我梦中的城市。

清晨，我在城子坦坐上从丹东开往大连的大巴。大巴是丹东产的“黄海”牌客车，动力十足，我们都叫它“大黄海”。“大黄海”经停城子坦，我提着爸妈打点好的旅行袋上了车，“大黄海”虎虎生风，一路向大连奔去。

车过金州，右边的车窗上赫然现出一片浩渺的大海，车厢里有人说：这就是渤海湾了。哦，时空真是奇妙，早上我还在黄海岸边，现在就到了渤海湾畔。呼吸着从车窗透进来的腥咸空气，凉爽的海风拂过因激动而燥热的面庞，一种恍若梦境的感觉笼罩着全身。一个没见过世面的乡下少年，平生第一次走进了“大城市”。我暗暗给自己鼓劲：将来，我一定要在这座城市成家立业，在这座城市拥有自己的生活。

20 世纪 80 年代的大连，尽管到处都是楼房，但绝少现在这样的摩天大楼，城市的整体面貌不像今天这样光鲜，但它是沉稳的，有底气的。我从汽车站下了“大黄海”，在城里人的指点下，坐上墨绿色的有轨电车，花一角四分钱买了车票。一张拇指宽、两三厘米长的薄薄的纸质电车票，一不小心就会弄丢的样子，我紧紧地捏在汗津津的手里，视若宝贝。

到了人头攒动的大连火车站，懵懂的我显然没有料到火车票有多紧俏。排队半天，没买到票，我心急如焚，眼看着有票的人已检票进站，这时一个戴着墨镜的大连小伙子递给我一张站台票，让我拿着站台票上车，然后到车上补票。我问他多少钱，他说：“小孩儿，一看你就是农村来的，真实诚。没几个钱，不用给了，赶紧上车吧，别耽误事儿。”他说完就走了，我甚至没来得及说一句感谢的话。我顺利地拿着站台票上了开往北戴河的火车，然后在车上补了一张站票……

从北戴河回来的第二年，我投笔从戎，辗转于鞍山、沈阳、徐州等地，度过了数年的军旅生涯。退伍后，又在家乡普兰店先后做过乡镇企业宣传干事、电业工人、机关秘书。一晃十年多，我已在小城普兰店娶妻生女，但我始终念念不忘年少时的梦，始终向往着大连那片迷人的海。

1999 年年底，大连晚报社面向社会公开招考编辑记者，我如愿以偿来到了大连。刚开始，我只能坐火车通勤，每天往返于大连和普兰店之间。尽管很辛苦，但一想到咿呀学语的女儿，我就浑身充满了干劲，一点也不觉得累。

一年后，我带着妻子女儿开始在市内租房子住。2002 年 10 月，我终于买上了房子，正式成为这个号称“北方明珠”的城市之一员。这时候女儿才四岁，她最喜欢去老虎滩和星海广场。

老虎滩是大连知名的海洋公园，很早就有水族馆和鸟语林，孩子去了大开眼界。后来那里又建了极地馆，白鲸、北极熊等难得一见的极地动物，极大地满足了孩子的好奇心。公园里还有各种精彩的表演，孩子看了简直乐开了花，小手拍得通红。

星海广场是妻子女儿遛弯儿的好地方。大连这座城市广场特别多，一个连着一个，各有特点，串在一起，简直就是一条美丽的珍珠项链。星海广场是“后起之秀”，没有中山广场、友好广场、三八广场等历史悠久，但美丽毫不逊色。这是一个亲海的广场，“面朝大海，春暖花开”这句诗简直就是星海广场最贴切的广告词。女儿最喜欢那串一直延伸到海边的“脚印”。那些铜铸的脚印，小孩子们在夏季都愿意光着脚上去一个一个踩。大人扶着孩童，学步的孩童边踩边咯咯笑个不停，在碧海蓝天之间，这幅画面是多么幸福祥和，让人不禁怦然心动。

想来我与妻子女儿已在这座城市生活了 20 年，从而立之年到知天命，是我人生中最美好的年华。有时候累了，我就一个人到海边走走，滨海路也好，新建的东港也好，看着浪花轻溅、海鸥翻飞，心情渐渐舒缓下来，所有的紧张和不快慢慢释然，满眼尽是令人欣慰的美好生活。

大连灯塔

　　有时候累了，我就一个人到海边走走，滨海路也好，新建的东港也好，看着浪花轻溅、海鸥翻飞，心情渐渐舒缓下来，所有的紧张和不快慢慢释然，满眼尽是令人欣慰的美好生活。

大地深处的温暖

任林举

长春的雪，从来都不是寻常的飘落，而是弥漫——无边无际的弥漫。

洁白的雪花飞满苍穹，天地之间就没有了界限。苍茫里，是谁在飞针走线？一针紧似一针，反复牵引着人的目光，一时竟分不清雪花是从天上落下，还是从地上飞起。街道、河流、田野、房屋等等，地上一应事物之间的边界和轮廓，都在雪中变得模糊。

四十多年前，1978 年 10 月，我还未满 16 岁，拿着一张大学录取通知书，第一次走在长春的大街上。那时候，年少懵懂，刚从一个偏远的小村庄出来，不知道要怎样应对这样一个高楼林立的城市和城市里熙熙攘攘的人群。好在，这座城市已经给我预备好了可以埋头阅读的书桌，还有可以倒上去酣睡的床铺。

仿佛一夜之间，一睁眼，我就遇到了那场雪。寒风退避，雪落无声，有几分暖意，有几分温柔，温柔得让人心软。过去，我是经常站在乡村的雪中向往城市的；如今，我开始站在城市的雪中幻想未来。

天已经断续下了两日的雪，仍无意停止。我和相识不久的同学们，手拉手走在雪中。积雪在我们的脚下吱吱呀呀，传达出时缓时急快乐的声音。

我们从长春电力学校的东门出发，穿过平阳街，穿过解放大路，一直向春城电影院进发。那天晚上要上演的电影我至今记得清清楚楚，名字叫《吉鸿昌》，当时各大中专院校和企事业单位竞相包场，一票难求，长春市仅有的几家电影院需要不间断播映。因为我所在的学校在院校里排位并不靠前，所以场次就排到了半夜。

时值午夜，市内的公交车已经全部停运。而那个年代，出租车等交通工具还没有出现，几公里的路程，只能靠双脚一步步丈量。从开放的儿童公园东门进入，西门穿出，进入最负盛名的人民大街，右行800米就到了大名鼎鼎的人民广场。广场上的纪念碑巍峨、高大，我们从纪念碑前走过，夜晚宁静异常，只有我们一行人脚下发出的沙沙踏雪声。

那天，回来的路上，大家毫无睡意，每个人都很兴奋，情不自禁地唱起了另一部电影的主题曲：“红岩上红梅开，千里冰霜脚下踩，三九严寒何所惧，一片丹心向阳开……”

转眼几十年过去了，中间相隔多少坎坷与周折，又相隔多少场风霜与雨雪，已经无法准确统计。当我再一次走在一场纷飞的雪中，长春这个让我一度成为过客的城市，慷慨地许给我一个可以躲避风雨的居所，我在长春住了下来，而且一住就是经年。我不再青春年少，却如一棵把根扎得很深的树，感受到了这片土地深处的温暖。

也是午夜，也是在人民大街，大街两侧高楼林立，夜晚的街道灯火通明，五光十色，大街上的车流拖着一条光的尾巴往来穿梭，将整条街道描述成一条色彩的河流。

那个晚上，我和曲有源老师在他的家中秉烛长谈。也许是因为我的新书《玉米大地》终于出版；也许是因为曲老师的新诗集即将付梓；也许是因为多年来的彼此相互关注、关心，以及那份与文学并无关联的情同父子的情谊……我静静地聆听着他对我的叮嘱，从生活到修身，从工作到文学，从现在到未来，从理想到信念……他让我清楚地看到了自己的局限和优长；懂得了放弃与坚守；学会了敬畏和勇敢。

我深深地知道，此夜不同寻常，却不知道窗外正无声地下着一场大雪。当我深夜离去时，曲老师执意要出门送我，并执意要站在大雪中陪我候车。雪花大朵大朵地落在他已经不再浓密的头发上，落在他已经微驼的背上和他表情凝重的脸上。那情景，让我感觉我可能正面对一次隆重的远行。但我心里想得更多的，是多年之后，当我回想起那晚雪中的情景，我的心会涌起怎样的波澜。

转眼又是十年，城市仍然像一张没有画完的图画，在扩展，在丰富，虽然还没有最后完成，却比以往更加丰满、绚丽。而我却单单因为它的雪，因为它纯净的白色，就心怀依恋。从最初的雪，到后来许多场雪，种种的情景、种种的经历、种种的故事，已经让我深深认定，长春的雪就是一种无法回避的美好机缘。

冬天再来的时候，我突然发现，一棵树如果在一座城市把根系扎得太深，就已经不再是一棵树，而是城市固有的一个部分。它在岁月中汲取的一切，如今都要反哺给岁月；它在城市中所得的一切馈赠，如今也将回馈给城市。

那天，突然接到老友的电话，不为别事，就是一份来自好友的关切。我们畅叙交流，一抬眼，又是一场纷飞的大雪，从天空飘向大地，又从窗外飘到窗里，在我的身前、身后、头顶以及生命深处——弥漫。

成长的边城

尚书华

40 年前，临江还是一个镇子，只有几万人。那时候，我家住在镇北卧虎山的后台儿村，居高临下，放眼就可以俯瞰全镇。

清澈碧绿的鸭绿江，从临江镇边缓缓流过。镇子里是一色的青砖鳞瓦平房；几座稀有的多层小楼，也因建筑年代悠久，显得斑驳古旧；横三纵五的几条土路街道，把小镇切割成棋盘模样。尽管镇卫生队有一辆马拉的洒水车按时浇水，但风一吹，路面还是免不了尘土飞扬。几棵百年老树分别点缀在镇子的不同角落，默默讲述着小城昨天的故事。那时，我曾不止一次地想：什么时候这些平房能变成一幢幢错落有致的漂亮楼房，该多好！再有数十辆甚至数百辆各种颜色的小轿车，在马路上穿梭来去，那就更好了！

如今，我离开临江已近三十年。想不到，少年时的幻想，一一变成了现实。现在的临江城区，几乎所有的平房都变成了楼房；柏油路早已取代了土路，并延伸到城郊的村村屯屯；牛马车换成了小轿车，何止百辆，上千辆车在街道上穿梭流动；江心岛公园、北山公园、沿江绿化带，成为临江一道道新的风景。每到晚上，热闹的正阳街夜市，人头攒动，游客如织，街两旁五颜六色的楼饰灯，霓虹闪烁，溢光流彩，把小城打扮得一片华美——这种魔幻般的巨大变化，令我有如做梦一般。

这些年，虽说人不在临江，心却一刻都没有离开。

临江是老区，具有光荣的革命传统。同时，临江也是一座资源型边境城市。早在计划经济时期，煤矿、铁矿、铜矿、铅锌矿等国有企业组成了这座小城的工业基础和城区框架。为了建设新中国，这些国有企业每天都把一车车优质木材、煤炭、矿石运往祖国的四面八方，运到最需要的地方去。

进入 20 世纪 80 年代，临江先是由镇变成了吉林省白山市的一个区。而后随着产值和人口的不断增加，很快又变成了县。几年后，又变成了县级市。这座边城不断地成长着，充满了活力和勃勃生机。

边城的成长，不仅仅是人们看得见的崛起的高楼、拓宽的街道和如虹的车流，还有人们看不见的理念及追求上的变化。20 世纪 90 年代初，国家开始实施“退耕还林”及“天然林保护工程”。临江的林业局因此由过去的采伐为主，转变为以营林抚育为主。森林的第一价值是生态作用，而不是木材利用。这一理念逐渐深入人心，而对林业职工来说，他们也因此迎来了事业的一次转身。

那时我已离开临江多年，但因曾在林业局工作，所以心也总是放不下，时时惦记着自己工作过的地方，关心着这座城市的发展，牵挂着生活在这里的亲朋好友。好在，就在临江寻求转型发展的关键时刻，国家有关扶持政策相继出台，给这里送来了强有力的支撑。

记得有一天，在林业局一起工作过的一位老朋友打电话来兴奋地告诉我，说他住进市里的取暖楼了。我听了十分惊讶，我知道，这些年他一直在林场当防火护林员，收入不高。对他来说，在市里买房可不是件容易的事。他似乎猜出了我在想啥，说：“政府按‘棚户区改造’政策建起了‘安居楼’。凡是符合政策条件的，购房时都享受优惠。”他说话的语气里充满欣喜。我听了心头一暖，真为老朋友感到高兴。

后来我又得知，不光是林场职工，矿区职工也享受优惠政策。一次跟一位老哥闲聊，他由衷地说：“这辈子做梦都没敢想，能住上这么漂亮的楼房！老了，方方面面都有保障，这才叫真有福呐！”如今，这些在生产一线、冰天雪地里摸爬滚打了一辈子的产业工人，都在这座秀美边城里安逸地享受着晚年生活。

前年夏天，陪深圳的一位朋友登长白山。返程时我特意挽留他在临江住了一宿，翌日陪他在城区转了转。朋友喜欢摄影，端个相机到处拍照，一天下来还觉得意犹未尽。离开临江时他说：“临江真是一个宜居的好地方。我印象最深的有三点：一是周边植被保护得好，二是蔬菜瓜果味道纯正，三是自来水可以直接喝。难得呀！”听他真诚地赞美临江，我心里真是美滋滋的，借机跟他“炫耀”道：“你看得很准。这些年临江发展的理念就是‘人护林，林蓄水，水养人’。不瞒你说，临江人喝的自来水都是从几十公里外的深山里引来的。”朋友听了，连连点头。

真想再回临江居住，与当年一起上学、工作过的老同学、老伙计们，在景色宜人的江心岛公园，近观碧波荡漾的鸭绿江水，远闻阵阵捣衣声；再去看一看年轻时我们亲手栽下的那些漫山遍岭长势旺盛的树木——在岁月的年轮里，它们和这座美丽而充满魅力的边城一同成长着……

冰城的时光

阿成

我先前并不知道城市是有味道、有旋律的。

一个老家上海的女同事说，当年她经过哈尔滨，一下火车就闻到了一股葱花味。这让我感到很震惊。外地人在嗅觉上对一个陌生城市的判断往往很准。的确，习惯使然，这座城市的人们几乎做任何菜都要用油先爆一下葱花。某年我到上海去，一下火车就闻到了一股浓重的菜籽油味……这真是非常有趣的事情。

说到城市的旋律，我想起女高音歌唱家张权。到哈尔滨之后，她经常驻足街头，听着从一幢幢楼房或小木屋里，传出来的用黑管、小提琴等演奏的乐曲声，也会欣赏太阳岛的游人们在手风琴和吉他的伴奏下引吭高歌的情景。这些让她感到温暖，在她心中，哈尔滨是一座有旋律的城市。这一点我也认同，哈尔滨的确是充满音乐气息的城市。这里很早就成立了交响乐队，并且演出了很多世界著名歌剧。这里也汇集了许多来自海内外的音乐家，他们不仅为哈尔滨培养了众多音乐人才，也提升了当地居民对音乐的欣赏水平。更值一提的是“哈尔滨之夏音乐会”——自 20 世纪 60 年代诞生以来，历经几十年的时光沉淀，给一代代人留下无数动人旋律，并已成为哈尔滨一张耀眼的名片，为这座“音乐之城”赋予了浓厚的艺术魅力。

来到哈尔滨，还要走走那条著名的中央大街。中央大街留下过很多历史人物的足迹，所以这条老街穿越过悠长的历史岁月，也承载着诸多的梦想与追求。

我是伴随哈尔滨这座城市长大的。哈尔滨开埠只有短短一百多年。我到哈尔滨时大约四五岁，现在已经70岁开外。我家在一条被称为“商铺街”的短街上。大约是这条街紧邻松花江的缘故，而早在20世纪中期，松花江是盛产“三花五罗”的天然渔场，所以这条街最早被称为“鱼市街”，而后改称“商铺街”，之后又易名为“花圃街”。街名也可以看作一段城市历史的小标题，背后包含着许多故事，是城市变化的小小缩影。

记得我刚到这座城市的时候，站在中央大街的街头，方石路面的两侧种满了绿树合荫的糖槭树，一眼望去极少见到人影。城市的幽静，犹如一支舒缓且抒情的小提琴曲。阳光从糖槭树的叶间洒落到地面上，斑斑点点，俨然闪烁的金色音符，充满文艺气息。难怪这座城市曾经出了那么多了不起的诗人、文学家、戏剧家、音乐家。

在这座城市里生活的每一天、每一个季节，都成为我的文学创作的巨大动力和坚实支撑。比如“冰城”之雪，即是我创作的源泉之一。雪，是大自然赐给哈尔滨人的别样“食粮”。有人说，哈尔滨的雪“是一封封天降的书信”。这诗一般的语言里渗透着人们对雪的亲近、对家乡的热爱。在下雪的日子里，几乎每家的栅栏院里、街道上，都有一个憨态可掬的雪人。只有伫立在雪中观赏，才能领会到这座城市的深沉，才能真正感受这白山黑水苍凉壮阔、豪迈放达的个性。赏雪、滑雪、滑冰之余，再尝一尝粗放且别致的烹大豆腐、渍菜粉儿、酱焖河鱼、野菜盒子和羊杂碎汤，真是欣然一饱，回味无穷。

我年轻的时候，几乎每个月开工资的日子里，都要去吃一次西餐。那时候，西餐馆里的人很少。我喜欢去对面的秋林商店，买一瓶价格不算贵的兰姆酒，然后拿到餐厅自斟自饮。这种酒我最早还是从一篇外国小说中看到的。不过，我第一次喝这种酒时，觉得有一股难以下咽的汽油味。我坐在餐厅里，喝着兰姆酒，在幻想和回忆中消遣时光。有时甚至在餐桌上记下心中流出来的诗句。

冬有冰雪，春有丁香。丁香是哈尔滨的市花，每年五月盛开。每到丁香花开时节，我都会欣喜万分，尽量推掉外出的事情，只为了留在哈尔滨欣赏丁香花盛开的美景，闻一闻那令人沉醉的清香。这样一种单纯的眷念，这样一种难舍的情怀，已然成为每一个哈尔滨人终生不舍的乡愁。

或是一种巧合，或是一种缘分，现在我又搬回到松花江边。站在凉台上，可将一泻千里的松花江水收尽眼底。晚上，我总要去松花江边散步。避开游人多的地段，溯江而行。即便是豪雨滂沱的黄昏，我也会撑一把布伞，独自一人踽行江边。在沉浮的烟雨之中，江边美景化成一幅水墨丹青的长卷，让人感慨万端。

而今的哈尔滨已经是一座繁华的国际大都市。我作为这座城市的见证者，为她美丽的容颜、文艺的品质、质朴的情怀，以及奋斗前行的坚实步伐，感到自豪和欣慰。

浦东在我心中

叶辛

我曾在书中写下这样一句话：上海和我相伴了 70 年。在那本书中，我把心目中的上海，方方面面都写到了。唯独写得少一些的，是浦东。一来因为零零星星应报刊之约，已写过一些和浦东有关的文字了；二来也因为上海浦东开发开放 30 年来，我一直密切关注着浦东，对浦东的一切，都太熟悉了。浦东新区的 36 个街镇，可以说我都走遍了。所谓熟视无睹，天天接触到的人和事，感受到的变化，反而显得平常了，没想到去书写。

但也正因如此，浦东始终在我心中。尤其是改革开放四十多年来，浦东大地上的变化，我是看在眼里，乐在心中。

记得半个多世纪前，作为生活在浦西弄堂里的孩子，我们是把“到浦东去”视作一次小小的、饶有趣味的踏青和游玩的。坐着电车、公交车到了外滩，只要坐摆渡船，就能到浦东去。来回的摆渡费，一共才六分钱，就能坐上轮船，在船上看黄浦江景，还能感受江风拂面时那种清爽的滋味。这不能不说是我们这代人少年时的乐事。回头想想，这可能是花费最便宜的“旅游”了。

不过到了浦东，除了岸边有一些造船厂、钢铁厂，只要坐公交车走出两三站路，眼睛里看到的就全是稻田、蔬菜地、棉花田了，当然还有一个一个绿树掩映下的村庄。

30 年前，我从贵州调回上海作协工作，就居住在浦东的潍坊新村。记得那时候带孩子走出新村散步，走不多远就能见到“小桥、流水、人家”的水乡景色。我们还走进农家小院，细看院子中清澈的水井。

今天呢，大概就是在农家小院的这个位置，耸立起了举世瞩目的高楼，浦东人引以为豪的金茂大厦、环球中心、上海中心，一座比一座高大，一座比一座壮观。最高的上海中心，超过了 110 层，其中第 52 层开办了全国有名的“高楼”书店：朵云书院。我常常走进去参观，哈！书店里总是生意红火，很多读者在那里看书、选书。附近的建筑更是鳞次栉比，街道之上车水马龙。如果没有导航，连我这个老住户来到这里，都会迷路呢！

中学生时代，我和几位同学曾骑上自行车，一次一次去往浦东的高桥海滨游览，既饱览大海的景色，又逛了江南风情浓郁的高桥古镇，有时还能在古色古香的老街上吃一顿农味十足的年饭。那些年所见这里的人们，不是在大田里摘棉花，采乳黄瓜，就是在古镇的老街上吆喝叫卖蔬菜瓜果和鱼虾。

而今天的新浦东人，很多在陆家嘴、张江、外高桥、临港新城的公司里上班，创造出一个又一个令人振奋的当代传奇。双休日的闲暇时光里，偌大的世纪公园、陆家嘴的融书房、滴水湖畔的书屋，则成了他们时常光顾的场所。

就拿陆家嘴金融贸易区里的融书房来说吧，它的位置就在著名的金茂大厦周边的马路上，又在浦东老百姓聚居的社区里。“融”书房，是融进居民们中间，融进普通读者中间，融进开发区的现代时尚和文化氛围中间。其实这融书房原本是一幢老式三层楼石库门房子，在听取了附近居民和文化界人士的意见之后，它的外墙全部被刷成了白色；而小楼里面呢，在不破坏主体结构的前提之下，全部改成了大大小小、风格不一、颇为优雅别致的阅读空间。如此一来，每个读者走进来，都能感受到书香的氛围，既舒适又惬意。在融书房里，目力所及之处，看到的全是书。不仅在书架上，在楼梯两旁，也满满地堆着书。如果其中有一本正好吸引了你，你想翻一翻，看一看，只要就地在楼梯旁边坐下，就可以阅读了。

不要以为融书房的功能仅仅只是读书。书房的角落里、靠墙处，都安装着电脑，方便读者随时查阅档案与资料。三楼还有一个专供小型会议与研讨使用的会场。更让人想不到的是，会场里的设备与上海、浦东新区的媒体及互联网连接相通，只要与会者同意，研讨的话题、会议的内容，可以同时让所有感兴趣的朋友听到、看到。我在这里参加过几次和读书、写作有关的活动，活动现场不过二三十人，但网络上的点击率少则二三十万，多则六七十万。

来到浦东的每一个人，浦东人和浦西人，上海人和外地人，中国人和外国人，几乎都会萌生登上金茂大厦、环球中心、上海中心顶层的想法，或是登上东方明珠，放眼眺望一下今日浦东的壮美景观，那种感觉，该是何其畅快啊！

我陪外地朋友和外国作家，无数次地在那上面俯瞰过今天的浦东大地。不止一位客人对我说："太壮观了！简直是楼房的森林啊！"无数高楼耸立在我们的眼前，而我小时候熟悉的水稻田、乳黄瓜地、棉田已经看不见了。

每次我都会提醒客人，别只顾看楼房的森林，还得转过身来，看一看浦东两岸尽朝晖的美景。瞧，黄浦江流到人们所熟知的外滩这边，在凸出去的陆家嘴优雅地拐了一个弯。浦西那边，是上海人的大客厅——外滩；而浦东这边，就是开发开放以来迅速崛起的陆家嘴。仔细观察，会发现黄浦江两岸的沿江步道已经贯通了，这可是上海近年来的一个大手笔。这得搬迁多少江岸两边的工厂与楼房啊！但是上海人做到了，浦东人做到了。沿江步道不但有人行道、车行道、绿地、小花园，还有特别的东西——

在庆贺沿江步道贯通的欢呼声中，有人提出问题了：什么人会沿着这么长的步道走个遍呢？这意见提得有点尖锐，但也有几分道理。于是乎，望江驿诞生了。每隔几公里，在步道旁，建一座望得见黄浦江景的玻璃房，玻璃房内有电视可供观看，有电脑可供上网，有便宜的茶水，还有咖啡和一些小点心。当然，更多的还是书与杂志。走累了的行人走进来，可以坐下歇息，也可以阅读。

绕来绕去，我又讲到读书上来了。一点没错，在浦东大地上创造出惊人业绩的当代浦东人，始终把学习和“充电”当作生活的必需。城区里的创业者们自觉地“充电”，乡村里也不例外。即便在相对偏僻的海滨地方，也有一个小小的书院镇。当地人家如今过上了富足安闲的日子，他们想要建美丽庭院，想要把农家乐文化办出书院特色来，于是举办了几次提升农家乐文化品位的研讨会，并且建起了书画展览馆以及文学馆。因为这浓郁的文化特色，我往书院镇跑得也更勤了。

这些年来，我一次又一次走进浦东的开发区，走进高科技园区，走进当代浦东人日日夜夜生活和工作着的街道和乡村，感受着他们的风姿、风采和风貌，触摸他们追随着时代不断拼搏的脉搏。就在我书写这篇文章的时候，一条既贯通高桥、又经过书院，并且连接上海中心城区的快捷大道，正在紧锣密鼓地拓宽和修建中，那是临港新片区的大手笔。我们很快又将迎来浦东大地的新风景。到那时，人们又会在诗意和春风中驰骋在浦东，感受浦东大地新的建设成果，寻找浦东大地更多的诗意。

哦，浦东在我心中，也在所有上海人的心中！

温馨美丽的城市

高洪波

我和上海这座著名的城市有着特殊的关系。20 世纪 80 年代中期，我以《文艺报》记者身份参加了上海市作家协会的一系列活动，逐一拜访上海的作家。那时候，中国作家协会主席巴金老人就住在上海，有了巴金，走访上海更有了一个正当的理由。

那之后我多次去上海。我曾陪同当时中国作家协会书记处书记葛洛先生，去上海看望巴金老人和吴强先生。途中葛洛先生告诉我，他和巴老一同在抗美援朝战场上生活过半年之久，是同一个采访团的战友。回来后，巴老写下了他那篇著名的小说《团圆》，后来被改编成电影《英雄儿女》。我记得我和葛洛先生去巴老家中拜访他时，聊得特别好。告别的时候，巴老坚持把我们送到院子门口。巴老挥着手，用目光注视着我们远去——那一幕深深地印在我的脑海中。

对于上海这座城市，我曾有过一次特别深入的访问，但那其实只是一次客串和偶然的造访。那次，中国摄影家协会主办了“上海一日”大型摄影活动，当时的《摄影报》主编陈淑芬大姐拉我去充当一名特约记者。那是 1991 年 7 月 1 日，从零时到 24 时，在这一天的时间里，一批知名摄影家拍摄下上海这座城市的各种珍贵镜头。摄影家们提前几天就进入各自的阵地，有的奔向宝钢工地，有的奔赴金山郊区，有的去往吴淞口炮台，有的在南京路的天桥上静静地等候，还有的准备乘上直升机在天上航拍……

记得6月30日那天晚上，我先赶到上海有名的“红房子医院”，那里有台剖宫产手术准备在24时也就是7月1日的零时进行。我到那里时，香港的老摄影家简庆福先生已经到达。巧的是，简先生在这家医院碰到了自己四十多年前的中学同学张惜阴教授，而这台手术的操刀者刘惜时医生，正是张教授带出来的博士研究生。在他们的帮助下，一名胖胖的女婴诞生了！产房外，我见到了正焦灼徘徊的孩子父亲，他说早给孩子起定了名字，叫“陈颖洁”，聪颖的“颖”，洁白的“洁”。在我看来，“颖洁”，不正是“迎接”的谐音吗？

小姑娘陈颖洁于是成为“上海一日”里的第一个有名人物，但她浑然不觉，只顾响亮地啼哭着。现在想来，她应该快三十而立了吧。

第二天早上，我们又来到新锦江饭店，观看飞机的航拍。当时，新锦江饭店是上海的制高点。站在43层的楼顶上，我抬眼望向天空，发现有雨丝飘落，不一会儿机声大作，直升机来到大楼的上空盘旋着。正凝望间，一位持话筒的小伙子过来采访我，原来是上海广播电台的实播记者。从采访者瞬间变为被采访者，角色的转换让我感到十分有趣。

离开新锦江饭店后，我们驱车直奔杨浦大桥。途中，车穿过一条隧道，这是江底的通道，头顶上就是滔滔黄浦江。当时的杨浦大桥正在建设之中，桥桩在工地上壮伟地屹立着。在上海的城市建设、经济发展中，这座桥举足轻重。

后来，我们又去了吴淞口，看到了古炮台。夜晚来临，南京路上灯火璀璨，刚下过一场小雨，明亮的霓虹灯光里多了一层绚烂的色彩。这个时候，摄影师们又兴奋地跑出去，拍下天地间这极其美丽的夜景。

那一天，我对上海这座城市有了一个深刻的认知，尤其是杨浦大桥的建设工地，以及大上海未来的轮廓，不仅在摄影家的镜头里，也在我的想象中矗立起来。

前不久，我又去了一趟上海。这次去是为了参加第八届中国上海国际童书展。这是国际性的大规模图书展览，在位于浦东新区的上海世博展览馆举办。眼下，虽然进入展区要经过四五道的证件检查、健康码验证，但是这丝毫没有影响到展区内熙熙攘攘的人流，以及读者们兴奋的阅读热情。

就在展览开幕的前一日，11 月 12 日，浦东开发开放 30 周年庆祝大会在上海市举行。30 年弹指一挥间，浦东的变化如此巨大，这片土地上的发展，体现了中国改革开放坚定的前进步伐。

我这么说是有根据的。在浦东期间，我知道了这里有全中国最高楼层的书店——上海中心朵云书店旗舰店。它是上海世纪出版集团在上海中心 52 层打造的一处空中文化综合体，涵盖了书店、演讲、展览、咖啡厅及简餐的功能。这座位于 239 米高处的书店，已经成为浦东的文化地标。

我还抽空参观了浦东图书馆，这里正在举办“百年上海儿童文学展”。这是一座极其现代化的图书馆，10 年前落成开馆，如今仍领时代之先。不说藏书之丰富和阅览之便利，仅馆中那巨大阶梯造型的“书山”，就让人惊叹不已。

在上海国际童书展上，浙江少年儿童出版社为我的一本儿童诗集举办了一场讨论会。令人难忘的是，上海当地一所小学的孩子们两个人一组，进行了三组诗歌朗诵。尤其是一个可爱的小女孩，穿着粉红色的鞋子，步伐庄重地走到舞台中间，声音洪亮地朗诵起我的诗。那一刻，我被深深地感动了。

更重要的是，会议结束的时候，浙江少儿社社长邵若愚先生送给我一份珍贵的礼物。那是一幅彩色的小动物图像，作者是一名 14 岁、患有自闭症的孩子。他以他的理解，对我笔下的小动物形象进行了色彩描绘。当我拿到这份礼物的时候，突然感觉到了沉甸甸的责任，还有无尽的温暖和感动。

这是我在上海所收获的一份珍贵的礼物。因为这份礼物，我更加感谢上海，感谢这座气魄宏大、色彩斑斓、无比温馨的美丽城市！

来到扬州

王向明

扬州，南邻长江，京杭大运河穿城而过，又得高邮湖、宝应湖、邵伯湖等大小湖泊浸润，自古就是一座与水结缘的城市。城市有了水，便有了灵性，尤其是到了春天，嫩柳吐芽，万花竞放，岸边的柔枝倒映在水中，风一吹，水面荡起涟漪，那光景正与扬州的精致典雅相得益彰。

我生长在中原地区的一个小村庄，平原地带一马平川，除了村西口外有一条约 10 米宽的河，很难再找到一条像样的水系。正是基于对水的强烈渴望，我长大后不管是上大学，还是找工作，都一心想着能到水系发达的南方城市。2011 年，妻子考上了扬州的公务员。当时我在镇江工作，为了方便妻子，我们把家安在了扬州。后来，得益于组织上“团圆计划”的政策，我也调到了扬州。

我到扬州的第一个工作岗位是交警，每天都要跟各种各样的市民打交道，语言是我遇到的第一个障碍。扬州话属江淮官话，与普通话区别不小。在路上执勤，经常是人家听得懂我说话，我听不懂对方说话。尤其是遇到上了年纪的老人，浓重的方言更是让我一头雾水。为了突破语言关，下班的时候，我喜欢在老城区转，那里老年人多，方言说得也最地道。半年下来，从最初的一点听不懂，到后来的一知半解，到现在零障碍交流，我这个客居扬州的警察，开始一步步融入这座城市。

扬州的朋友带我去吃早茶，特别讲究仪式感，每次都要选自己喜欢的那家茶楼，挑一个临窗的雅座，专程带上自己的好茶，点上几种馅料不同的包子，一口包子一口茶，望着窗外来来往往的游船，慢慢悠悠地享受着生活的乐趣。不过，他这种享受生活的方式，并不适合我们这些交警。每天一大早，我们就要到达执勤岗点，迎接城市交通早高峰的到来，抽不出时间慢慢悠悠地吃早茶，经常是过了早高峰，才饥肠辘辘地跑到路边的小馆子里点上一碗阳春面。

和美食一样同为扬州城市名片的，还有扬州的美景。但凡有空闲时间，我就骑上一辆单车，在城市的大街小巷里穿梭，穿过古色古香的东关街，坐在夜幕下的东关古渡口，看古运河两岸星光点点。它们如同这座城市的地标文昌阁一样，陪伴着这座城市坚守在历史的长河中，也正是有了它们，扬州这座城才更加厚重。这种厚重，吸引着成千上万的人，从全国各地来到这里，寻找着诗人笔下“烟花三月”的扬州。

交警除了早晚高峰站岗，也经常需要开车在路面巡逻，横跨京杭运河的那座大桥是我每天的必经之地。如今的扬州，高速公路路网发达，动车、高铁南北纵贯，交通十分便利，但已有两千多年历史的京杭大运河的航运作用并没有被取代，依然年复一年履行着使命，造福着当地的百姓。

运河之水养育了扬州，兴旺了城市，扬州人也对这条河流心存感念。每年金秋到来之时，一年一度的世界运河城市论坛都会在扬州如期召开，来自世界各国和国内各地的运河城市代表齐聚扬州。作为警察，我为他们在道路上保驾护航，参与守护着这座城市的安全；而妻子作为外事部门的翻译，用流利的英语向八方来客们讲述着属于扬州、属于大运河、属于中国的故事。

如今，踏上扬州的土地整整 10 年了，对这座城市的了解越来越多。每一条城市干道，每一条古街小巷，都曾留下我的足迹，我在这里寻找历史，也憧憬美好生活的未来。我逐渐发现，除了运河、美食、文化、宜居这些标签外，扬州还是一座英模辈出的城市。2017 年冬天，我专门去扬州下辖的宝应县氾水镇氾光湖警务区挖掘民警李树干的故事。两个多月的时间，我跟着老李走家串户，上渔船，下田间，不论走到哪，群众都是笑脸相迎，拉起手像是跟自己家里人聊天。63 平方公里的区域，一个人的警务室，老李一干就是 30 年，当选了江苏“时代楷模”、全国“公安楷模”。像老李这样的人，这座城市里还有很多，他们平凡、普通，走在人群里没有任何显眼的地方，但他们踏实、务实、为民的作风形成了一道光，照亮着这座城市。

现在，我在外地结交新朋友，每每说到我来自扬州，他们都会感叹：扬州是个好地方。的确，无论是历史人文、城市风貌，还是自然风光，扬州都是个让人心生向往和无比流连的地方。无论我走到哪里，不管到繁华的大城市，还是偏远的边塞小城，都会向身边的人宣传扬州，让瘦西湖的清秀婉丽、个园的池馆清幽、东关街的古朴繁闹，为更多人所知。如今，2021 年扬州世界园艺博览会正如火如荼地举办，我和被抽调到现场执勤的战友一起，用一个个标准的手势，一句句热情的引导，让每一个初到扬州的人感觉到：遇见扬州，就遇见了厚重的城、美丽的景、热情的人，遇见了人们对美好生活的热切向往。

扬州个园

无论我走到哪里，不管到繁华的大城市，还是偏远的边塞小城，都会向身边的人宣传扬州，让瘦西湖的清秀婉丽、个园的池馆清幽、东关街的古朴繁闹，为更多人所知。

情系第二故乡

杜怀超

徐州这座城，不像水乡苏州、花城广州等城市那样个性鲜明，你很难用一个精准的词语描述她。选择任何一个词语，都显得不够准确，似乎总有一些缺憾。

我对徐州最初的印象，是煤与火车。儿时，一位与我交好的小伙伴的父亲，就在徐州的煤矿上班。他常常向我们描述起火车。在他讲述的时候，那一瞬间，火车仿佛就已经出现在我们的眼前，甚至一个转身，我们就可以步入那长长的站台，钻进神秘的车厢。从那时起，徐州这座城市就落在了我的心田里，与燃烧的煤还有抵达远方的火车交织在一起。幼小的内心深处，也萌生出童年的梦想——到徐州，坐上绿皮火车去远方。

长大后，我真的从徐州坐上火车去了远方。那一年，为了亲身感受让人热血沸腾的升国旗仪式，瞻仰庄严的天安门和人民英雄纪念碑，我一个人背着行李，来到人海茫茫的北京工作。徐州，从此便成为我从故乡到北京的一次次行程中重要的中转站。一张张火车票，记录着我在北京和徐州之间的往返。

后来，我离开了北京，返回故乡。没想到，一次意外的招考，让徐州再次走进我的生命——我来到了这座城市工作。地锅鸡、菜煎饼、辣汤、柳琴戏……我与这些美食和地方文化，从曾经的邂逅变成朝夕相见。从此我变客为主，与徐州这座城市更加紧密地依偎在一起。童年时对徐州的种种印象变成了置身其中，对徐州这座城的认识和理解也愈加深刻。

“大风起兮”的徐州，历史上盛产煤和铁。据说北宋苏轼在徐州为官时，在城西南一座叫白土的镇子发现了煤，当时称为石炭，为此苏轼还写了首诗《石炭行》。徐州还有悠久的产铁历史，据《新唐书·地理志》载：秋丘冶有铁。

在徐州，历史上发生过的大大小小战役累计有六百多场。横亘于徐州西北郊的九里山前古战场，两千多年前刘邦曾在此布下“十面埋伏”围困楚霸王项羽。那场记载于历史册页上的生死厮杀，至今还有诗文在流传。

解放战争中，著名的淮海战役主要发生在徐州这片热土上。在那场载入中国及世界军事史册的战役中，中国人民解放军华东野战军、中原野战军，在以徐州为中心，东起连云港、西至商丘、北起枣庄、南达淮河的恢宏战场上，用枪炮和血肉，为国民党反动统治的土崩瓦解奏响了挽歌。

今天的徐州城，以一座淮海战役烈士纪念塔，铭记着这场不朽的战役。徐州人亲切地称淮海战役烈士纪念塔为淮塔。每当我坐在北上的火车上时，总会在峰峦叠嶂的画屏里，看到高高矗立着的淮海战役烈士纪念塔。

在纪念塔的基座上，有一面巨幅浮雕，雕刻的是那场战役里数以百万计的支前民工。多年以后，浮雕上的主人公已经离去，但他们曾经使用过的支前物品，被存放在淮海战役纪念馆陈列室里，成为历史永恒的记忆。看见它们，人们就会想起，它们的主人们曾经冒风雪、忍饥寒，推着独轮车，把淮海战役的军需粮食运到了前线。哪里有解放军，哪里就有支前民工的身影。那一件件文物，锻打的是煤的温度、铁的信仰，唱响的是淮海地区人民心中的红色之歌。

如今走在徐州街头，随便问一位本地人，无人不知当年发生在这里的淮海战役。它已经像种子一样植入大地，成为徐州这座城蓬勃发展、人民安居乐业的红色基因。

在“新徐州”的画卷上，这座城已从“一城煤灰半城土”变为“一城青山半城湖”，国家生态旅游示范区潘安湖湿地是它生动亮丽的一角。潘安湖的前身是煤矿塌陷区，从这里产出的大量的煤曾经输送到很多地方。煤炭枯竭后，徐州人再次以当年百万民工支前的豪迈气概，把偌大的采煤塌陷区变成了一片湿地湖泊。现在的这里，烟波含翠，树木参天，百草葳蕤，鸟鸣啾啾，鱼游水底。

而我，则喜欢站在矗立着巍巍淮塔的凤凰山上，向着潘安湖湿地深处眺望。一棵棵高耸的池杉，密匝匝地立于水上。当秋阳穿过晨曦，斜照在它们身上时，池杉的叶子如同腾起的烈焰，像极了当年猛烈的炮火，仿佛是为了纪念那场永不磨灭的战役。

从儿时对一座城市的憧憬到今天的生活其中，从昔日经过徐州的千万过客中的一个，到成为一名新徐州人——徐州，已经成为我生命里的第二个故乡。

盐城的海堤

徐向林

我的家乡江苏盐城是一座以“盐”命名的城市，也是有一道古海堤穿城而过的城市。

盐城东濒黄海，千百年来，盐城先民汲海水以煮盐，“烟火八百里，灶煎满天星”是当年煮海为盐的盛景。大海向人们奉献盐业、渔业资源的同时，也常给沿海居民带来飓风、海啸及海潮倒灌的灾难。北宋时，在盐城西溪任盐官的范仲淹，组织民力修筑了纵贯南北的挡潮大堤“范公堤”，此海堤也成为他“先天下之忧而忧，后天下之乐而乐”民生情怀的生动映照。

范公堤越过千年岁月，见证了黄海之滨沧海变桑田的奇迹。走进革命战争年代，它又见证了新四军的奋斗历程和为民情怀。1941 年，震惊中外的“皖南事变”发生后，党中央从抗战大局出发，在盐城重建由刘少奇任政委、陈毅任代军长的新四军军部。按照中共中央指令，在盐城组建由刘少奇任书记的中共中央华中局。

因为创作原因，我经常走进盐城新四军纪念馆查阅资料。一天下午，我在该馆一楼展陈厅的拐角处，偶然发现一块碑文模糊的汉白玉石碑。讲解员告诉我，这块石碑是“宋公纪功碑”，上面记载着新四军为民办实事的一段往事。石碑旁有一块展板，抄录着完整的碑文。我细读碑文，才知道了这段尘封的往事。

那是 1939 年 8 月 30 日，盐城北部沿海发生特大海啸，海潮所过之处，茅屋被掀翻，村庄被荡平，良田被吞没，死者 1.3 万多人，幸存者则家产全无，成为流民。海啸后，迫于汹汹民情，国民党江苏省政府下拨 20 万银圆修堤经费，可几经克扣，仅余 11 万银圆，草草修建了一道 1 米多高的小堤。第二年海啸又起时，此堤全部崩溃，沿海人民再遭劫难。

1941 年年初，在刘少奇、黄克诚等人的全力支持下，共产党员、阜宁县抗日民主政府县长宋乃德领受修堤重任。经预算，修建海堤需耗资百万。钱从何来？宋乃德与新四军在盐城成立的江淮银行行长朱毅等人商量后，决定运用金融手段，以盐税做抵押发行公债，解决资金难题。5 月 15 日，修堤工程开工。新四军三师官兵与盐阜区、阜宁县民主抗日政府的党员干部利用战争间隙，争分夺秒修筑海堤。筑堤民工从开始的千余人，迅速增加到 9000 多人，最多时达 1.5 万人。工地上，人影如潮，热火朝天；运输牛车，络绎不绝；劳动号子，此起彼伏。修堤即将告竣时，敌人加紧了破坏行动，先后暗杀了监工员陈景石、修堤副指挥陈振东等多名共产党员。血腥恐吓没有吓退共产党人，他们越是艰险越向前，海堤工程终于在 7 月 31 日全线竣工。

新修的大堤宛如黄海之滨飞起的一道长虹，护佑着这方滨海之土。大堤竣工的第二天，一场特大海啸就突然来袭，似在有意检验海堤。海啸水位比 1939 年的大海啸还高出 20 厘米，时间也延长 20 分钟。新堤屡经冲击却岿然不动。沿海居民万众欢腾，为铭记新四军在苏北兴建的这一水利工程，当地群众效法“范公堤”的命名方式，将大堤命名为“宋公堤”。爱国士绅杨芷江为此撰诗：“范公已往宋公继，拜罢先贤拜后贤。”

值得一提的是，工程实际支出只占工程预算的一半，体现出新四军精打细算的本领，也彰显新四军一心为民、公正无私的纪律作风。次年7月，新四军创办的盐阜银行将修堤公债全部兑付，无一遗漏。

范公堤、宋公堤，二堤均为南北走向，是当地人心中的“福祉堤”。今年金秋时节，我驾车穿过长长的范公堤，前往宋公堤采风。接近宋公堤时，一个繁华的海滨村落让我眼前一亮。这个楼房林立、村容整洁的村落叫正红村，是中国工人运动先驱、共产党员顾正红的家乡。村里一幢三间坐北朝南的泥墙草屋，就是顾正红故居。我路过时，正看到一群人神情肃穆地走向草屋，原来是当地群众走进顾正红故居参观学习。

沿着宋公堤一路走下来，真感觉风景美如画。曾经害怕海潮的盐城人，如今勇敢地面朝大海，依海图强、向海筑梦，日子越过越红火，也把盐城建设得越来越漂亮！

走在西湖边

苏沧桑

20 世纪 60 年代末，我出生在海岛玉环。少年时代，一直梦想着有一天能去一趟与父母结着深刻缘分的杭州。18 岁那年，我终于如愿以偿，来到弥漫着桂花芳香的杭州读大学。站在灵隐寺不远处的三生石旁，忽然觉得，我和杭州亦会有不解的情缘。

此后三十多年，我在西湖边读书、工作、生活、写作。杭州成了我的第二故乡，西湖则成为我认识杭州的支点。西湖于我是永恒的，我于西湖却只是永恒之一瞬。不奢望成为西湖的一句诗、一缕月光，能做它的一叶柳、一滴水也是好的。

西湖以东。那个碧树森森、苇花摇曳的“神秘园”，曾是杭州连接世界各地的航空港，也曾是我的家。

1990 年，我大学毕业分配到浙江省民航局工作，在杭州笕桥机场住了十来年。难忘一个雪夜，单位年会结束后，整整 13 个人挤在车里从市区回机场宿舍，一半大人，一半小孩，大家都乐疯了。到了机场，车里一个接一个“滚”出了大大小小 13 个“球”，“码”到了停机坪进口处一杆高耸的聚光灯下，一起仰望着鹅毛大雪，默默想了会儿远方的家，接着连滚带爬打起了雪仗，回家才发现谁在我衣兜里塞了一个大雪团。

2000 年 12 月，杭州萧山国际机场建成通航，笕桥机场整体搬迁那夜，我坐在指挥车后座，回头见浩浩荡荡的特种车队静静驶离了神秘园大门，承载着几代民航人光荣与梦想的笕桥机场慢慢消逝在视线中，一个巨大的、波浪形的、崭新的现代化国际机场梦境般向我们迎面而来，如杭州向世界张开的巨型羽翼怀抱。多年后，雪夜车里的大人们走上了更重要的工作岗位，有几个孩子正沿着父辈留在雪地上的脚印，延续着他们的梦想，驾驶舱内、舷梯旁、机坪上、空管塔台荧屏前，都有他们忙碌的身影。

西湖以西。如果西湖是杭州善睐的明眸，西溪则是她另一只没有化过妆的眼睛。“由松木场入古荡，溪流浅窄，不容巨舟，自古荡以西，并称西溪”“一片芦花，明月映之，白如积雪，大是奇景”“早春花时，舟从梅树下入，弥漫如雪”，明清时期，西溪与灵峰、孤山并称杭州三大赏梅胜地，拥有独一无二的千眼湖塘、十里梅花、明月蒹葭和底蕴深厚的文化。2004 年，一位朋友辗转找到我，诚恳地邀请我为西溪写一本书。两年后，我出版了一部以西溪湿地为文化背景的长篇小说，也是我的第一部长篇小说，叙写当代杭州人关于爱与生命的情感故事。我期盼着有一天，我在文字里写到的世外桃源能成为现实中使人与人、人与自然和谐共处的地方。

2019 年初秋，我再次来到西溪，寻访一位在西湖和西溪上漂泊了 30 年的船娘。感觉三百年前的西溪又回来了，已成为国家湿地公园的西溪如此让人惊艳，祖祖辈辈生活在此的船娘说，全部整治清理过了，原住户搬离西溪了，很不舍，但看到西溪现在这么美这么干净，心里高兴。更神奇的是，就在这里，人们享受着古意，也享受着“刷脸消费”“AR

导购”等科技最新最时尚的体验感。

船娘带我泛舟西溪，将船泊在湖心吃午饭，我们相约，等下雪了，乘她的摇橹船看雪落，梅开，吃火锅，喝酒。

西湖以南。西湖风雅无边，钱塘江水则浇注了杭州的铮铮风骨。多年前一个初春时节，我们带女儿到当时还较为荒凉的钱塘江北岸南星桥放风筝，没想到多年后我们把家安在了这里，而我的生命也抵达了江水般从容的岁月。

窗口往南一百米，就是钱塘江，如果夜夜开着窗，就夜夜能听到夜航船的汽笛声。钱塘江上的夜航船，和任何江河湖海上的一样，摆渡着世间的一个个悲欢离合。农历八月十八，钱塘潮声如雷鸣，气吞山河，潮头如千万匹灰鬃骏马喷珠吐沫，依稀听得到弄潮儿在潮水中的呼喊……

夜色来临，江水宁静，两岸灯火次第绽放。钱江新城和南岸的滨江新区像杭州古城悄然长大的两个妹妹，让世人惊叹。金色球形的国际会议中心和月亮形的杭州剧院如“日月同辉”。线条充满美感的来福士中心、财富金融中心等标志性建筑拔地而起，与江对岸杭州之门、奥体中心、海创基地遥遥相望。G20 会址、亚运村、滨江天堂硅谷各种高新技术产业基地鳞次栉比。还有无人值守的文创书店，沿江楼宇的巨型灯光秀倒映在江面上，与复兴大桥湛蓝色的倒影交相辉映，与古老的雷峰塔、保俶塔、三潭印月遥相呼应。新一代弄潮儿在电脑键盘的嗒嗒声里冲浪、翱翔。

家住江边 17 年，我写下了很多与水相关的文字。累了，就靠在窗边吹吹风，仰望明月或星空，想，此刻在夜里赶路的人们，一定也会抬头仰望这座古老城市更高更远的未来。

西湖以北。盛夏时节，我们穿过一大片碧绿的稻田，像穿越在良渚碧绿的时光里。离西湖二十多公里、北依太湖、西傍天目山脉、东临钱塘江的余杭良渚平原，就是“最早的杭州”。每当我想起良渚，就会想起玉的颜色。在那块人们叹为观止的“玉琮王”前，我久久凝视着集头戴羽冠之人面、猛兽飞禽之身为一体的徽章，散发着原始的、质朴的端庄和尊贵，仿佛正向人们传递着与宇宙奥秘有关的信息，联通着远古和未来。

良渚古城遗址 2019 年获准列入世界遗产名录。美丽小洲上刀耕火种的微光，良渚人呵护着这道光，像呵护风中的蜡烛般谨小慎微。哪里要造个房子、挖个地、种棵树，必须先考古，边上就有良渚街道的人和文物局的人盯着。陪我们穿过一大片稻田的良渚朋友，就没日没夜地做着这些极其细碎而具体的事，和无数人一起，用汗水和心血一次次迎来良渚的高光时刻。申遗成功不是句号，瑶山祭坛、杜甫壮游、安溪古镇、梦栖小镇、国际生命科技小镇等特色项目接续推进着。良渚遗址公园内 5G 信号全覆盖，遗址的保护研究传承和利用均有数字赋能，新兴科技产业在这片古老的土地上集聚成一个未来科技城……

时空中响起轻轻的翻书声。良渚文化村不远的大屋顶文化广场，生活在良渚的居民们来此买书、看书，老人们坐在木椅和沙发上，年轻人和孩子们半躺在木地板的软垫上，偶尔有几声低语。两个孩子轻笑着跑上二楼，大一点的攀爬上一张凳子，去巨大的书架上够下一本书，递给了更小的那个。阳光寂静，洒在他们稚嫩的脸颊上。

千年之间，白居易留下白堤，苏轼留下苏堤，古往今来一首首千古绝唱，镌刻着世人对杭州的挚爱。初冬，清晨，我跟着朋友们从孤山绕到白堤，拍鸬鹚抓鱼，见自己的影子与一只摇橹船在湖面金色的微波里擦肩而过，想，如今走在西湖边的人们，会留给千年以后的杭州什么呢？

钱塘传奇

沈小玲

如果有人跟我说起钱塘江，我马上就想对他讲讲钱塘潮。钱塘潮是钱塘江与生俱来的胎记，钱塘江是钱塘区的“形象代言人”。

我的老家在飞云江畔。小时候，每当涨潮时，我就来到楼顶看江水。在村子的渡口码头前，从分岔口涌进来的江水犹如千百只鸭子在赶路，发出窸窸窣窣的声音。潮水跑到我家院子后面，就没力气了，慢慢不见了。“这个潮水没什么好看的。”父亲说，“你要看就去杭州，钱塘潮水天下第一。”

二十多年后，我来钱塘区当老师，住在了钱塘江边。农历八月十八，钱塘江面潮水如万千白马飞驰而来，声如雷，鬃如雪。那一刻，冲上来的潮水恍若要将沧海淘空。原来，宋代潘阆“来疑沧海尽成空”不是虚言。

我发现钱塘江的壮美和钱塘人的生活紧密交织在一起。钱塘人印一本小册子，选奔涌的潮水当封面；过节摆个花圃，也要配成浪花的模样；出品的各种宣传片，钱塘江总是不可或缺的“第一主演”……钱塘区要做徽标，老百姓从全球征集的五百多份设计方案中，挑中了蓝色的逐浪款和金色的旭日款。两者都是以钱塘江作为主要元素，难以取舍，遂两个都要了。于是乎电梯口、地铁上、学校里，随处可见两个波涛翻涌的徽标。

我还发觉钱塘人有事没事喜欢往江边跑。钱塘江又叫之江，因其江道曲折，形状如汉字“之”。区内道路都是井字形，所以不管横路还是竖路，最终每一条路都通向了钱塘江，车开着开着就驶到江边了，人走着走着就逛到堤上了。有潮的时候看潮，没潮的时候看桥，看树林，看芦苇荡。我喜欢在江边跑步吹风，看高树枝头叶子乱颤，大树下、帐篷边的小孩在嬉闹。几十公里长的堤坝上有人拍视频，跑步，骑车，钓鱼，放风筝，扛着个音响开独唱会。

刚来钱塘时，我很好奇，钱塘人为什么如此迷恋看潮、看江、看堤？后来，我细细研读了钱塘区的历史资料，终于找到了答案。

钱塘区怀抱着钱塘江，钱塘江哺育和滋养了这一片土地。我看到赞扬钱塘江大潮的文章何其多，但壮观之下的民生之艰，让人扼腕。钱塘江自古常发生坍江事故。木柴塘，泥土堤，遇上大风大潮，两岸的家园就会被吞噬。南岸塌了，渡江到北岸过日子，北岸塌了，又渡江回南岸讨生活。钱塘人自嘲是“沙头鸟”，在江南、江北飞来飞去，不知何处可落脚。

新中国成立后，为治理水患，钱塘人开展了几次大规模围垦活动。钱塘江潮水凶猛，“虎口”夺地，难度可想而知，只能选择潮水比较小的冬季进行。从当年的影像资料中，我看到这样的情景：在天寒地冻的日子，几万名军人和钱塘人赤脚在湿滑的滩涂上和时间赛跑。江水里的薄冰像刀，割进皮肤，脚上腿上时常会豁出血口子。

在围垦文化节的现场，我听多位耄耋老人讲述当年故事，他们“喝咸水，住草舍，睡白沙滩，吃夹着小石子的米饭”。钱塘江边水汽重，睡在白沙滩，像是半个身子泡在江水里。十几岁的他们根本不知道什么是苦，只是一心想着把堤坝筑起来，把潮水挡出去，把家守护住。常年江水冲刷，围垦出来的土地大多数是盐碱地、流沙土。盐碱地能种什么？只能种点萝卜。至于流沙土，更是可怕。但对于在潮水中抢潮头鱼、筑堤坝、讨生活的钱塘人而言，总有办法让这片贫瘠的土地长出庄稼。

最终，钱塘人从钱塘江的怀里接手了数百平方公里的土地，通过科学治理和技术创新，将碱地化为沃土。

我站在钱塘江绿堤上，看向江的南面，对面有麦浪、稻田和花海，江的北面有汇聚 14 所高校的大学城、高科技产业集聚的科学城。宜居，宜学，宜业。从滩涂上走出来的钱塘，变成了一座夜空灯光特别闪耀的城市，再续“钱塘自古繁华”新篇章。

每一次父母来钱塘，他们也像在老家一样喜欢到江边散步漫游。春天，他们看不知尽头在何处的晚樱。如果恰好在农历八月，他们就去看潮水。我告诉父亲钱塘的沃土是怎么得来后，他很震惊。父亲是一个农民，他深知土地的宝贵与来之不易。父亲对此念念不忘，回老家后，他跟很多朋友讲起钱塘江潮水，讲钱塘人 60 年来奔竞不息的故事。

在钱塘的 10 年时间，我看钱塘潮涌，听钱塘故事，写钱塘传奇，我时刻感受到钱塘人血脉中的弄潮儿精神。江边潮起，风混着水汽与青草香，于我是那么的亲切。

金华花木生

李俏红

那日，当我赶到浙江师范大学报到时，天已经完全黑下来。我在夜幕中拎着行李，跟随接我的师姐前往中文系宿舍楼。

我们绕过灯火通明的教学楼，转入一条石子铺就的林间小道。月华如水，一阵风带来一股沁人心脾的清香。我忍不住叫出了声："好香啊！"师姐停住脚步说："这一片全是桂花树。"原来，是桂花树在月下静静开着花。虽然于我而言，金华是一座陌生的城市，但在这样的月色下，这样的晚风里，静静地站在桂花树下，我初来乍到的孤独感似乎渐渐消散了。

校园草木茂盛。春天，楼前的那架紫藤花开得密密麻麻，我和同桌在紫藤花下看书、谈笑，花瓣拂着我们的头发和脸颊，香气弥漫在我们身旁。

紫藤花飘落的时候，蝴蝶兰开了，蓝幽幽的花开在我们的脚下，成片成片的。接着，所有的玫瑰像约好了似的，在校园的各处和你捉迷藏——去食堂的路上，去电影院的路上，去操场的路上，一不小心就会发现它们的倩影。

那时学校到金华市区只有一路公交车，终点站是清波门。金华城不大，清波门附近最热闹，有保宁门，八咏楼，还有小码头，人来人往，天天赶集似的。这热闹中有一个地方让我印象特别深刻，原因是院子里有两株古柏，粗壮苍劲的树干如同守望的哨兵。每到冬天，眼看着树都要干枯，可春天一到，又水灵灵地活回来，真是坚忍顽强。附近的古城墙上爬满了粗壮的木莲，那些果子像一个个绿色的小铃铛悬挂在风中。

毕业后回老家，一个偶然的机缘，我又调回金华工作，清波门一带热闹依旧。那一年，冬天特别寒冷，我独自一人租住在城郊一个小屋里，远离家人，独自生活和工作，一时很落寞，心里空落落的。

直到有一天，在我去上班的路上，忽然看到路两旁，一夜之间似乎所有的茶花都开了，大红、紫红、粉红，格外娇艳。那一刻我的心突然动了一下。它们开得那样忘我，那样精神抖擞，白皑皑的雪覆盖在上面，不仅没有让它们凋零，反而衬出了它们的生机勃勃。这一树树的茶花让我感动，心底的落寞顿时消散。

其实，金华到处是茶花的身影，在街上拐个弯，就会遇见一株茶花，不开花的时候与普通灌木没什么两样，你甚至忽略了它的存在。可一旦开了花，那明艳的色彩仿佛照亮半边天空。冬日百花凋零，茶花却凌寒怒放。

后来，我知道茶花是金华的市花。金华有茶花园，还有国际山茶物种园。有一次，在北京工作的同学过来看我，正值茶花盛开，我便带他去了国际山茶物种园，园内各种茶花艳丽妩媚、芳姿绰约，我一路走一路介绍金华的茶花。我不知道自己在表述的时候是不是流露出太多的自豪和喜欢，同学回北京后不久就给我寄来两本有关茶花的书，还有几套茶花的明信片。

在金华住久了，我越来越喜欢金华的花木。

春天，婺江边的辛夷花开了，亭亭玉立，芳香淡雅。它开得那么安静，以至于我和同事在江边散步的时候都不敢高声说话。看看这朵美，那朵也美，仿佛春天把微笑藏在了花瓣里。

秋日，婺州公园旁开了一溜绣球大的菊花，有段时间我正在读一本小说，日日从菊花前走过，小说里描写菊花的句子就会浮现在脑海，那些文字让眼前的菊花有了别样的美丽。

冬日，位于东莱路上的梅园是颇有诗情画意的地方。红梅刚刚含苞，大家的微信朋友圈就开始活跃。一旦怒放，或朋友结伴，或家人聚会，三五成群全到了梅树下。好像在朋友圈里晒梅花，就是晒自己的幸福生活。

认识种茶花的老何快十年了。老何有一手娴熟的嫁接技术。他从外地买回来各种名贵的茶花枝条，嫁接在油茶树上，让普通的油茶树摇身一变，生出名贵的茶花，身价骤升。我买回两盆嫁接的茶花，花开得比牡丹还大，很是惊艳。

父亲也喜欢花木，周末带他去城东逛花木市场，他和卖主聊得很愉快。卖主摆出茶具，泡上好茶，在花丛中，父亲和他边喝边聊，聊的依然是金华的花花草草。说到兴起时，笑容都舒展开了。

一转眼，我在金华住了十多年。因为这些花木，我更加热爱这座城市。花木可养人，这话一点不假。走在花丛中，抬头看一会儿天，低头看一会儿花，会涌出莫名的感动。

前段时间，听说有园林部门决定今年市区公园里的落叶一律不扫，留给大家一些秋天的趣味。待到秋风起，就去踩落叶吧，厚厚的，软软的，融入金华的秋色里。

宁波的桥

寒石

天天往来三江口，宁波三条大河就在我身边奔流，在我脚下翻滚。

这里被称作三江口，奉化江和姚江两条大江在这里相会，后并作一泓（甬江）东流入海，也为这个城市立下一个坐标。宁波作为一座古老的江南水城、滨海港城，枕山面海，与水密不可分，大江小河丝丝缕缕遍布城乡。多水，自然多桥。千百年来，先人为宁波留存了大量的桥，光海曙、江北、鄞州三区，就有诸如望春、大卿、月湖、万安等数不胜数的古桥，郊外的更多。这些桥不是石质拱桥、平桥，就是石墩梁柱的廊桥。岁月就像长流水，从桥洞梁柱间倏忽而过。

60年前仲春的一天，一位少年忐忑地在东门口张望。那时的三江口，热闹拥挤程度超过了少年的想象。站在街头，到处是人群和狭长的街巷。

少年来自四明山下的偏乡。他是随父亲经过两天两夜长途跋涉才来到东门口的。到了东门口，传说中的三江口据说就几步之遥。但是，这几步的距离却是如此遥远，根本看不到江，到处是人和房子。哪里有江的影子，三江口在哪里？该往哪里走？

到一个丁字路口左顾，大道尽头是一片洞开的豁口。顺着这条道走到豁口，见到的是一排渡桥和渡桥下面壮阔的姚江。一艘艘木船横着，用长条木板连接固定起来，这样一座桥晃晃悠悠直铺到晃眼的对岸去。

人们在船与岸间奔波忙碌，装货卸货。船的外面是更开阔的水面，浑黄的水从几个方向注入进来，在眼前汇成一片浩渺苍茫、奔腾回荡的湖面，又向东奔夺而去。那就是三江口了。

这名少年是我的父亲，那一年他 18 岁。父亲告诉我，这是他第一次亲见三江口。后来，他又几次到三江口，到江滨码头去看了奉化江，还看了奉化江上的灵桥。他说渡桥都不算桥，说到底还是船。真正的桥是灵桥，可以走人，可以过担，还可以跑车，那是城市的桥。那一个高高拱起、架在宽阔江面的钢铁半圆，成为许多人心中的一个梦，也成为一座城市的标志。

我小的时候也喜欢到江岸上去逛逛，从中山路到江厦街到新江桥上，依着桥栏看桥上滚滚的车流、桥下滚滚的江水、往来的船只和不时在水天上滑翔的海鸟。桥拱下的涵洞，一边连着码头，一边连着一条水产街，空气里洋溢着一股醇厚咸鲜味道。那时三江上，桥还很珍稀，除了灵桥、新江桥，就是江厦街的浮桥了。浮桥只供行人、自行车和黄鱼车过往，不通机动车。站在新江桥上，也能听到浮桥水波鼓荡、船板磕擦发出的吱嘎声响。

而今三江依然汇流，江水依然奔腾，但是一切都变得如此不同：曾经江边的杂乱、拥挤消失不见，换之以一片令人赏心悦目的安闲、清新和大都市里难得一见的开阔。沿江的公园、绿化带让人的视线变舒展、滋润，摒弃了拥堵与喧闹；春笋般崛起的商业楼群和地下商业街取代过往沿江平面的铺陈与堆砌，城市之心华丽转身，成为一片绿色、自然、安逸之所在。

眼前的三江，举目皆是桥。视野所及，甬江上的单塔甬江大桥，屹立近三十年，依然那么敦实、刚健；外滩大桥三角形桥塔与斜拉索的组合，显得轻灵、洒脱得多；双塔悬索的庆丰桥则显得更稳健、典雅。曾经是宁波城标志的灵桥被特意保护下来，经过多次整修、改建、扩建，依然发挥着独有作用。隐约能看到琴桥的桥拱，桥如其名，就像一架横在江面上的大提琴，川流的车辆和桥下奔流的浪花是其流淌不息的音符。姚江上的新江桥，依然是三跨拱桥，与原先的新江桥却已全然不同，于2013年拆危重建，跨弧更大、更高、更漂亮，既稳重又飘逸。更多的桥在视野之外，历数下来，甬江还有明州大桥、招宝山大桥……它们像一道道架在宁波城市上空的绚烂彩虹，把三江六岸串联、贯通，江河不再是阻碍，甬东甬西、江南江北连成一个整体，三江口、三江汇流成为宁波一道独特景观。视线进一步拓展，更远的杭州湾大桥、甬舟大桥和象山港大桥，跨越的就不是江河了，而是水天相衔的海，它们直接拉近了这座城市与世界的距离。

在宁波看桥，每每让我心神激荡。桥拉近了彼岸的距离，让天堑变通途，也让我们这个不断壮大的古老城市获得再“发育”、再成长的机会，同时让我们有足够自信，走得更远。

绍兴古城多街巷

严国庆

与三五好友灯下茶聚，地点在八字桥边上。这里街随河走、河随街流，流动着古运河的文明，特别适合走一走，坐一坐，停下来，想想事儿。我从茶聚中抽身，顺河沿街行走，偶能听见岸边屋子里的声音，时轻时重：或是孩子一声唤妈的依恋，或是老人清清嗓门、唱一段绍剧的痛快淋漓。窗里透出的灯影各式各样，映在河面上，像水彩的写意。

绍兴古城多街巷。走在街上，随意拐个弯，就会进入别的巷弄。街巷里藏着许多故事。我总喜欢在笔记里称这座城为街巷之城。回想起来，我与那些街巷还有一段亲密的接触。很久以前，我与妻子的婚房，就在一处古街上。多年后，这条街恢复旧称“仓桥直街”。街上，有前人留下的很多河埠、台门。早晚时分，传来小船的桨声。开窗去看，戴毡帽的老伯总要向着我抖抖竹篮，意思是说：你看，多好的活鱼鲜虾……水边台门烟火足，谁家做霉干菜蒸肉，味道都闻得着。后来不久，旧城改造、污水处理一步步规范起来，古城里的水质就更好了，到了新世纪初时，仓桥直街历史街区还获了联合国教科文组织颁发的亚太地区文化遗产保护优秀奖。

时间在走，人的思想也在向前走。这座城市里，更多的人用自己的方式思考、参与城市化，践行建设与保护之间的平衡。人们希望，既保护传统，又改善环境；既发展旅游，又方便生活。八字桥直街、仓桥直街，还有西小路、书圣故里等一批街巷，被列为“历史保护街区”……古城保护也有了地方性法规。

孩子出生那年，我从仓桥直街搬走，住到了城市南边。这一别，就是二十六七年。但很多年了，只要到城北办事，时间够用，我都会很自然地拐进那条街去看一看。有空的时候，我还会与家人或朋友一道，到街巷去散散步，体验一番。老街上，艺术空间和生活场所多了起来，可以欣赏游览，也可以吃喝住宿，当然还可以什么都不做地走过。街巷里飘动的声音，已不是只有绍兴方言、普通话，还有其他方言，甚至是其他国家的语言……

新的面孔也越发地多了起来，丰富着这座古老的城市。我就认识一位来自陕西的陈先生，他慕名来到绍兴，先干保安，后为企业写稿编刊。他还在八字桥直街的一间房里，一边写作，一边为家乡的特产吆喝。一到秋冬季节，红红的苹果、柿子、柿子饼，让他的微信朋友圈和微店、抖音号人气满满。在绍兴，他成了一位诗人，也成了家乡的代言人。来到异乡的这些家乡农特产品，既传递着丰收甜蜜，又彰显着绍兴的厚重温暖。这也让我越来越觉得，自己所生活的这座城市老而弥新，它是内敛的，也是开放的，实在是可爱得很。

忽然又想起一件事来。少年时，几次跟随在城里工作的父亲进城拍照，照相馆师傅拉出的背景布上，大多是一条两旁都有房屋的街道。那时候不管宽窄，都叫“大街”。镜头里，我“跑”进了大街，而且还与大街一起被拍进了相片里。那是一件很了不得的事情。这一幕，是城市给我的最初印象。成年之后，我考入父亲所在的地质单位，走进了“相片里的城市”。如今已近 40 年。40 年来，城市、街巷与我，都在一天天发生着变化。现在拍照，早已不需要背景布；可以作为摄影背景的，已有了无限多的选项——站在碧绿的环城河畔拍照，仰望越来越纯净的蓝天拍照，伫立于标志性的广场场馆前拍照，靠近王羲之、王阳明等名人雕塑拍照……这些现实生活中的背景，已保存在我一年年的相册里；打开来一页页翻看，那里面记录着这座城市和我的变化与发展。一边是老街，一边是灯火繁华的商贸综合体；一边是古巷，一边是绿意盎然的居民住宅区；一边是街巷，一边是正在施工延展的地铁线……所有这一切，成为我每一天工作和生活的动人背景，其间的感受不时从我的笔端涌出、落于纸上……

今夜此时，镜头里写满古桥老街的雄健和慈祥。身处街巷之城，已然物我相融——今天的大时代，就是我们共同的背景！

小桥流水无尽头

这里街随河走、河随街流，流动着古运河的文明，特别适合走一走，坐一坐，停下来，想想事儿。

青春作伴

刘大先

我的青春时代是在安徽芜湖度过的。这个长江边上的小城，与我生命中最光洁单纯的岁月联结在一起，在成长期塑造了我的情感与观念底色，以至于我后来的所有选择和路向、理想与追求，都打上了这座城市的印迹。在离开多年后回眸，我的内心涌动着怀乡般的甜蜜与惆怅。

1996年9月，我拖着一个大藤箱，从六安乘坐长途汽车去芜湖报到。车子在国道上晃晃荡荡走了大约七个小时，才到长江边上一个叫作二坝的地方，等着从裕溪口乘轮渡过江。我刚刚18岁，从未到过江南，见到江岸开阔，绿草如茵，兴奋不已。一段崭新的生活即将展开，我感到前所未有的自由。

我的大学位于市中心赭山脚下、镜湖之畔，翻过宿舍边的围墙就是广济寺，门口是一条小吃街，生活交通都非常便利。芜湖处于吴头楚尾之地，因多湖塘沼泽，鸠鸟翔集，古称“鸠兹”，是江南鱼米富足之地。

这是个婉约秀气的小城市，金马门、北门到马塘区一带的老城区，没有什么特殊的规划，但并不显得杂乱，倒是透着小家碧玉的模样。沿青弋江到江口形成商业中心地带，号称“十里长街”。我刚到芜湖的时候，长街依然是小商品批发市场，曲巷阡陌，还是旧时模样。有些老巷甚至还可见到青石板路和桐油板门的老店铺。

初见这一切，对我都是新鲜的。但芜湖也并非只有这些历史的遗存，得地理之优势，近代以来芜湖发展为安徽最大的货运、外贸、集装箱中转港。

在我所走过的小城中，芜湖称得上人文阜盛。宋代大诗人黄庭坚因欣赏芜湖的山水胜境，而在赭山广济寺中的滴翠轩内读书居住，研究诗文。现在安徽师范大学赭麓校区内还有一个“松风阁”，便是源自黄庭坚的诗帖。赭山深处，苍翠松柏间，掩映着安徽公学的遗址。20 世纪初，陈独秀在赭山皖江中学堂和安徽公学教书期间，曾主办过《安徽俗话报》，传播革命思想。彼时与他一起在芜湖称得上一时俊彦的，还有李光炯、张伯纯、苏曼殊、谢无量、章士钊、柳亚子等。

我上学期间，家里经济状况不好，课余便找各种打工的机会。我早上一般四点多就起床了，拎着热水瓶去教室或者图书馆待一天，晚上去打零工，回来再到操场跑 8000 米，冲个冷水澡睡觉。一点都不觉得累，只觉得充实和快乐。暑假也不回家，租个房子打工。几年时间，我跑遍了芜湖的大街小巷。我了解这个城市的所有细节，它的隐秘所在，它的脾性和它的气质。

大学毕业的时候，我在芜湖十二中当实习老师，校内有个大成殿，巍峨庄严，改作了学生的阅览室，里面有一块芜湖县学记碑，是北宋书画家米芾的真迹。我觉得这个阅览室就可当作这个城市不张扬而气自华的标志。

我后来想，芜湖的气质是什么呢？芜湖并不是开风气之先的那种城市，但应当是开放的、机敏的。它灵秀轻盈而生机勃勃，又有一颗纯真的内心。那是一颗自觉向上的青春之心，待久了，芜湖就成了青春作伴的故乡。

离开芜湖后，我到北京工作，很少回去，每每有机会，都会被一种近乡情怯的矛盾心情所阻隔。十几年后，我被母校邀请给新报到的学弟学妹们做讲演，发现自己在这座曾经熟稔无比的城市已经不辨东西。城区扩大，建筑簇新，第一次过江的二坝已经成为鸠江区的一个镇，而现在的人们无须再等候轮渡了，长江大桥早已开通，芜湖也有了直达北京的高铁。

晚上一个人到以前曾经无数次徘徊逡巡的长江大堤上散步，看着江水浩荡，一如当年。想起与同学在江边唱过的歌，那是青春的信念与志气，像这个保持了清新与活力的城市一样，它没有消失。走到外面的世界，依然是一张不带风霜、朝气蓬勃的脸庞。

泾县幸福路

章玉政

第一次去安徽泾县，满眼春光，边走边看，一时竟迷了路。

车子开到一个山顶，望着前方的路，崎岖狭窄，不免踌躇起来。幸好手机信号还通畅，拨通当地友人的电话，经他一番指点，我们才绕出了重重叠叠、蜿蜒起伏的山岭。

泾县的山其实并不高，全县平均海拔 250 米，最高峰也不过 1000 多米，但境内群山环峙、层峦逶迤，当地人素有“七山一水一分田，一分道路和庄园”的形象描摹。

震惊中外的皖南事变，就发生在这里。1941 年年初，出于维护抗战大局的考虑，驻守泾县云岭的 9000 余名新四军战士奉命北撤，不料途经茂林地区时，骤遭国民党军队伏击。众指战员在叶挺军长指挥下被迫抗击，血战七个昼夜，终因敌众我寡弹尽粮绝，除约 2000 人分散突围外，大部分壮烈牺牲。那是泾县历史上阴云密布的时刻，风云呜咽，草木含悲。犹记得多年前遇见一位新四军后人，聊起父辈当年的遭遇，老人还没开口，眼就红了。

这位老人和一些新四军后人、新四军军史爱好者，南下北上，历时一年多，采访、搜集了大量一手资料，记录下东流山间可歌可泣的往事，全景式再现皖南事变的历史现场。

书印出后，老人送给我一本。书中讲述的故事，有不少我已耳熟能详，但每每重新读起，内心依然被深深震撼。我仿佛看见叶挺将军举起戴着镣铐的双手，在国民党监狱的墙壁上，写下满腔的怒吼。我又仿佛看见隐蔽在岩石洞中的七名新四军女战士，脚穿草鞋，不惧危难，将敌军引向自己所在的方向，在扔出最后一颗手榴弹后，纵身跳下深深的悬崖……

听老人说，皖南事变那一年，东流山上的映山红开得格外旺盛，红艳欲滴，犹如烈士之血，伴随着杜鹃鸟如泣如诉的啼鸣，令人动容。

革命年代的英雄们抛头颅、洒热血，不惜牺牲生命，梦寐以求的是换取万千大众的幸福生活。驻扎泾县期间，叶挺将军曾写下诗句："千里江淮任驰骋，飞渡大江换人间。"深情的期许，一直是这片土地热烈的期待。

现如今，千里江淮，换了人间。云岭山下，皖南事变烈士陵园纪念碑前，如织的访客，庄严的宣誓，在不断告慰那些长眠于此的先烈们：英雄的故事不会老去，英雄的鲜血不会白流，英雄的精神正在这片古老的土地上一代代接力传承，正在新时代迸发出强劲的生命力。

在泾县，我不止一次听到有关"幸福路"的故事。

这条路的起点，位于泾县最偏远的汀溪乡桃岭村，那里曾是土地革命时期皖南特区苏维埃政府所在地，曾为抗日战争、解放战争期间的游击队提供隐蔽的屏障。但当地老百姓长期受困于大山的阻隔，出入都要翻山越岭，生活极为不便。

"桃岭苦呀桃岭难，两座大山把路拦。"20 世纪六七十年代，在当地党委、政府的带领下，党员干部与基层群众同甘共苦，凭借原始简陋的工具，手挑肩扛，历时四年零两个月，终于修出了一条盘旋在崇山峻岭之间的“幸福路”。

幸福的生活，需要依靠自己的双手来创造。当年那条简陋的盘山路，几十年来不断修缮、升级，早已成为各地游客心目中不可错过的经典旅游路线。六道大弯，一百多道小弯，李白笔下“佳境千万曲，客行无歇时”的泾川胜景，终由桃岭盘山公路铺陈成真。旅游业发展了起来，当地老百姓在路边开起了农家乐，生意做得红红火火，日子过得有滋有味。

幸福之路，还有很多。在泾县的青山绿水之间，修建起越来越多的乡村公路。这些美轮美奂、如在画中的乡村公路，宛若一条条炫目的珍珠项链，串联起明媚的风景，串联起幸福的生活。英雄的土地，从来就不缺乏英雄的梦想；梦想的实现，靠的是逐梦人的奋斗与拼搏。

雨后清晨，我从泾县查济一处古色古香的民宿中醒来。民宿是一位朋友开的，他本在国外留学，却被皖南这片山水吸引，毅然归来，开了这间民宿。偶得闲暇，他还会带着农家子弟诵读经典。

窗外，远山苍翠，云烟四合。一群少年端坐中庭，齐声诵读课文。这安宁的幸福气象，正如无数革命先烈之所愿！

带着诗歌，来到合肥

洪放

我最早是带着诗歌进入合肥城的。那时候，从我的老家桐城坐长途汽车进入合肥城，必经一个叫南七的地方。汽车早晨出发，慢腾腾地挨到中午时分，一车子的人终于从疲惫中抬起头来，兴奋地说着："到了，南七到了！"南七当时还是一大片农田。南七以南，安合公路两边，是典型的农村风景。南七以北，就算进入了合肥。进入合肥后，大道两边，有了工厂高大的烟囱。一些大型的车辆，从工厂里轰隆驶出。那些穿着厂服的工人，三三两两，匆匆忙忙。再往前走，离市区还有两三里地时，便是中国科技大学的校区。商店越发多起来，人也变得越来越多，气象与我所在的小城已开始不同。汽车从金寨路一直驶进长江路，然后停靠在小东门的长途汽车站。合肥，这座安徽的省会城市，此时就展现在我的面前。

20 世纪 80 年代的合肥城，由严格意义的金寨路和长江路纵横交织而成。我带着一个初入城市的农村孩子的好奇，沿着长江路和金寨路，一直走，走进宿州路九号——当时的《诗歌报》所在地。一次一次，行走，徘徊，感慨，抒情……因为诗歌，我熟悉了合肥城里的许多地方，在赤阑桥、逍遥津等诗意盎然的古老地方，歌唱、吟诵。也因为诗歌，我的朋友遍合肥，大家在一起谈诗、谈人生。

没有哪一座城市像合肥这样，在我青春激扬时，成为我的向往。我一次次地走进宿州路九号，在那里刊发作品。

时光流转到20世纪末。当时，我在合肥的长江路上，短暂居住了一段时间，并差一点从老家桐城调入合肥工作。那一段时光，我几乎走遍了合肥城。

那时候的合肥，已展开翅膀，开始飞翔。长江路和金寨路依然是城市的轮轴，但与10年前不同的是，这些主干道两边滋生出了丰富的“毛细血管”。与之平行，出现了几条道路，它们比长江路宽，比金寨路气派。几个在全国有影响力的洗衣机、电冰箱品牌，就出自这些道路边的工厂。合肥，已渐渐成为一座知名的轻工业城市。异军突起的轻工业，与合肥原有的钢铁企业等，推动了合肥经济的发展。那段日子里，我经常沿着包河散步，看浮庄上的美好风景，看那一河荷花。但更多的时候，我去了钢铁企业。在耸立的炼钢炉前，淬炼之火令人激动。而在合肥城东的瑶海，在从上海等地迁移过来的企业里，我曾遇到过一位五十多岁的副厂长。他用浓重的上海口音告诉我：“当年，几万名上海工人来到合肥支援建设。现在，合肥有了自己的工业，上海来的许多人也要回去了。可是我不想回去，我喜欢合肥。”他说：“我们来建设合肥，成了新合肥人，我们的根已扎在这里。”后来，这位副厂长留在了合肥，一直干到退休……

与那位来自上海的副厂长一样，那时的我也开始喜欢上了合肥。可惜的是，因种种原因，我没有能够留在合肥。

多年后，我终于调到了合肥工作。真正成了一名新合肥人后，看合肥的视角也变了。如果说以前是走马观花，那么现在，则是往这座城市的深处行走。如果说过去都是在这座城里蜻蜓点水，那么现在，我是与之同频共振了。

只有走进了一座城的深处，才能真正地读懂这座城，也才能真正地热爱这座城。

前几年，为写作一篇报告文学，我和另外两位作家一道，踏上了著名的科学岛。岛不大，蓄积的能量却让人惊叹。在量子科学中心，神奇的量子通信，玄妙无穷。站在量子京沪干线总控前，看着那些快速闪动的光点，仿佛进入另一个世界。那是科学的世界，是未来的世界。在这里，看见最多的是专利，听到最多的是发现。我曾问那些科学家：科技给合肥这座城市带来了什么？答案是简洁而肯定的：创新。我还曾问一位海归科学家，为什么要放弃海外优厚的条件，回到科学岛做研究？他回答说：我觉得我可以在这里扎根，并且开出美丽的花朵。这，恰恰也是我的心声。

平日里，黄昏时分，我喜欢到一些书店，特别是悦读空间坐一坐。坐在那里，就一杯清茶，读书，感受时光的缓慢流淌。书香犹如满街的玉兰花香，芬芳着人的周身，浸润着人的心灵。

这两年，我组织了一些作家朋友来到合肥参观走访。大家总是在滨湖湿地流连忘返。紧邻巢湖的这一大片湿地，蓄积着一万多亩林木。大家都说，这里是合肥的绿肺。在寸土寸金的城市中，如此巨大的一片绿色，不仅净化着城市的空气，也涵养着城市的精气神。因为有了这些绿色，快速发展中的合肥，更显得美丽与明媚。

小巷深处

朱谷忠

凡在城市里生活过的人，都会对一些经常出入的街巷留下深刻的记忆。这街巷，不管是大是小，是直是弯，或热闹，或冷清，也不管离开多少日子，只要一提到它的名字，许多影像就会立刻在脑海里浮现出来。

在我生活的城市福州，我最难忘的街巷，是如今游人如织的三坊七巷之一的黄巷。我曾在那里住过好些年，黄巷给我留下了很多珍贵的回忆。

三十多年前，我从乡下调进福州，由单位分配居住在黄巷。当我初次走进巷子时，赫然发现，灰白的马鞍墙仿佛年久失修，陈旧的民居门窗高低歪斜。往里看，一些妇女在天井里淘米洗菜；坐在藤椅上的老人正守着收音机打发时间……那时我年轻，也有些好高骛远，看到这样的情景，不禁吃惊得直犯嘀咕：省会城市，怎么也有这样老旧的地方？

随后的日子是每天白天上班，晚间看书睡觉。有时入夜后躺在床上，看着窗外幽静的景色，听着巷子里细碎的雨声、脚步声，感觉自己被一种异乡的孤独包围着，心里有说不出的烦闷。

大约过了几个月，我实在有些忍耐不住，便向早就住在这里的单位负责人、著名作家郭风提出：想搬出黄巷，到附近其他地段租一间小房居住。郭风先生一听，睁大眼睛看着我有几秒钟，然后哈哈笑了起来：

“你是想说，黄巷不适合你居住吗？”我不敢回答。这时候，郭风先生说道：“你刚来，可能还不熟悉情况，不是所有的人，都有机会在黄巷居住呢！”随之他想了想，又对我说：“这样吧，明天你到单位开个介绍信，再跟这边居委会联系一下，专门采访一下黄巷，顺便了解三坊七巷是怎么回事，你肯定会有收获的。”

两天后，我拿着介绍信去了居委会。居委会特意请了一位七十多岁的退休教师老周前来讲解。老周身体健康硬朗，说话爽快热情。当我们沿着巷子一家家探访过去，我发现他对这一带十分熟悉，一件一物，都能说出由来，让我备感亲切和敬佩。听了他的讲解，我恍如醍醐灌顶，思绪也随老人的话声，在古巷的历史记忆中不断绵延着……

老周说，要了解黄巷，得从这里的建筑物及名人故居入手。别小看那些古旧的门窗，细看皆采用镂空精雕；许多并不起眼的大门内，却都有精巧的台阶、门框、花座、柱杆。原来，黄巷历史悠久，两晋时中原衣冠士族南迁入闽，其中部分黄姓的后裔聚居于此，定心耕读，于是就有硕儒黄璞等辈。巷内有一座小楼，相传就是黄璞故居旧址。后来，江苏巡抚梁章钜于清道光年间对黄璞故居进行全面修葺，建有藏书房、假山、水池、拱桥等，古意盎然，文气扑面。老周还告诉我，再往前走，斜对面是郎官巷，思想家严复的故居坐落其间；出巷口向右，数百步外是杨桥路，那里有林觉民和冰心的故居……饱含历史沧桑的三坊七巷，可谓文儒鼎盛、衣锦风流。

回去的当晚，我就上郭风先生家，把采访经过和感受向他做了汇报。我愧疚地向他说道：“原来黄巷乃福州重要文脉之一，我竟然想搬出去，真是贻笑大方了。”郭风先生笑笑说：“这就好了，有时看东西，不能光看外表，只有深入进去，才能接触到它的精髓。”

黄巷“一日游”，给了我莫大的震撼。此后，我利用身在其中的优势，多次深入探访三坊七巷这一带的古建筑群。同时也激发起自己创作的欲望，我陆续写下一些相关的文字，并在报纸上发表。一天傍晚，郭风先生从外面散步回来遇到我。他忽然拉我到一旁说：“你最近给报纸写的一些文字，我看到了，你能不能挑几篇给我，我向一些刊物推荐一下。”我连忙点头称谢。果然，几个月后，郭风先生的评论和我的散文，在一家刊物上同期发表了。其实，郭风先生这种关心、奖掖后辈的热情，绝非只发生在我一人身上。但他的这一举动，却让我在后来的日子里常常念及，感激在心。

那些年，每当“有朋自远方来”，我都会向他们极力推荐：去三坊七巷走走吧！随之又自豪地补充道：我家就在黄巷住！三坊七巷也以古朴而富有特色的风貌，引起了国内外许多文物专家的兴趣，并成为外地游客来福州的必到之处。

后来，因为三坊七巷的保护与修复工作，位居黄巷的单位按规定全部迁出。在这里生活了十多年的我，也不得不离开。那天傍晚，我随小型搬运车从巷子里慢慢出来，记得到了巷口时，回头一望，只见闪亮的路灯照着空旷的巷道，我的眼眶突然一热，泪水模糊了双眼……

此后，虽已迁入新居，但对于黄巷的不舍依然没有褪尽。好几次，我会情不自禁地在夜间坐车过来，去黄巷走走看看。这些年，已经退休的我，有时白天也会带亲戚朋友前去黄巷闲逛。我看到，现在的三坊七巷，除了有福州历史名人博物馆、福州民俗展示与演艺中心等文化场馆，还有很多在其他城市体验不到的福州当地特色美食，如百年老店里地道的福州汤圆、手工制作的姜糖和花生酥等。种种氤氲的氛围，使人不知不觉放慢了脚步，静心感受福州这座城丰富的历史文化，细细品味她别样的魅力……

如今，我对三坊七巷特别是黄巷的前世今生，可以说是熟稔于心。有时我甚至想，旅行旺季来时，若当地接应人手不够，我会像当年的退休教师老周一样，去当一名义务讲说员。

长汀城里故事多

卓国志

福建长汀的地名由来，有两种说法。一种说，城中江水向南流，南方属丁位，丁水为“汀”。另一种说法，“汀”为水边平地，“长汀”即为“水边长条形平地”。不管源于何种说法，“长汀”这个名字都带给人一种美感。

11 年前，我从宁德市柘荣县调任龙岩市长汀县。初来乍到，县政府办的同志带我去认识这座还很陌生的小城。长汀县城大小景点遍布，但革命旧址很集中。这些革命旧址往往是一座座古建筑，就安静地待在你的身边，一转角，就遇见。

汀江河畔的客家府第辛耕别墅，1929 年 3 月 14 日，红四军首次进入长汀城，毛泽东同志、朱德同志居住于此。3 月 20 日，毛泽东同志在辛耕别墅召开红四军前委扩大会议，做出以赣南闽西二十余县为范围，建立中央革命根据地的决定。

坐落于长汀城东大街上的长汀红军被服厂旧址，门脸不大，砖石依旧，第一批红军军装就是在这里生产的。继被服厂之后，一批批军需为主、兼顾民用的工厂，如雨后春笋般在这片土地上破土拔节。在长汀就有红军被服厂、印刷厂、中华织布厂、红军斗笠厂等 15 家。

位于长汀南大门的中复村，是“红九军团长征出发地”。1934 年 9

月30日，红九军团从这里踏上远征路。村里的讲解员钟鸣，上辈中有六位红军烈士。钟鸣从六七年前开始自愿当起讲解员，满怀激情地向游客讲述长征出发地和松毛岭保卫战的故事。他常常一天接待好几批客人，大前年的一天，老钟讲解完后突然晕倒在路边。他的儿子因此辞去在厦门的工作，回家和老父亲一起成为红色历史讲解的"父子兵"。有人问小钟："如果不是担心父亲的身体，你会回来吗？"他回答："如果仅仅是担心父亲身体，我可以接他去厦门养老。我是觉得父亲做的事情很有意义，所以想回来跟着父亲一起干。"

老钟挂在嘴边的故事很多，他爱讲村里的红军桥，"六子当兵"的故事就发生在那里。罗云然老人六个儿子全部送去当红军，全部牺牲在了战场上。老人不识字，给儿子取名字，就把夫妇双方的姓合一起，然后从一排到六：罗马一、罗马二……罗马六。他先送了三个儿子去，都牺牲了。又把后三个全送到红军桥上。征兵的干部愣住了，含泪苦劝他留下一个养老。老人硬推儿子们过去："如果不是红军来了，我的儿子恐怕一个个都会饿死。咱穷苦人还不懂得是谁给的活路？够命也要回报的，都当红军去。"

够命，是本地方言，意思是以命报答。够命的，是真汉子，八九十年前的老罗是，现在的老钟父子也是。

汀江边古城墙上曾有一副对联，我印象很深："唐宋元明清皆谓金瓯重镇，州郡路府县均称华夏名城。"从唐代开始，长汀一直是汀州治所所在地。革命年代，这里成为中央苏区经济中心。

有天周末逛街，我在店头街遇见古城墙修复协会的老曹，两人一起登上惠吉门城楼。放眼望去，城墙与远处的卧龙山连成一片，蜿蜒绵长。

老曹说，原先城墙坍毁得所剩无几，后来，游炳章等三十多位退休老人成立了古城墙修复协会，多方动员，筹集资金，按方志书记载的古代城墙的规格和方法修复城墙。

“修城墙，不是我们几十个老头子自己的事，是全县人民的大事。我当时负责宣传，一班老头子，带饭淘茶（长汀土话，意为‘自带干粮茶水’），锲而不舍，一步一个脚印，宣传修复城墙的意义。终于感动并带动了众多市民，凝聚了力量，做成了这件事。”

“游炳章当时常说一句话：如果我们不修起来，下一代人就忘了，城墙就没了。”正是众多老游、老曹这样执着的老人，在县里的支持引领下，一木一石地造，一砖一瓦地垒，挥汗如雨修复起近三千米长的明清城墙。

今日长汀，县城面积较之我刚来时扩大了不少。前几年动车开通，从长汀去北京上海，赴广深港澳，就在一日之内。纺织工业园、稀土工业园、医疗器械产业园……井然有序排布于古城之外。青山如黛，绿水盈盈，已是国家生态文明建设示范县的长汀，铆着“滴水穿石、人一我十”的劲儿，朝着生态文明样板县的方向踏实前进。碧空之下，“一江两岸”古汀州景区即将建成，巍巍古城墙、滔滔汀江水展开臂膀，紧紧拥抱着这座英雄而美丽的城市。

南昌城里的相遇

彭文斌

骑着电动车在南昌老城区转悠，是我多年的习惯。我熟悉那些景物，那些气息，那些历史深处的细节。闭上眼，我的心里依然住着一个活色生香的南昌城。

是对这座城市的爱，使我尝试着去阅读、去懂得南昌城。我爱上了那些老建筑，爱上了那些有名或无名的英雄，爱上了默默地书写英雄城。

中山路与胜利路的交会处，一幢青灰色大楼掩映于香樟翠柏间。1927 年 8 月 1 日，在周恩来、贺龙、叶挺、朱德、刘伯承等同志的领导下，南昌起义爆发，起义总指挥部即设在这座名叫江西大旅社的大楼里。我不止一次伫立楼前，追寻英雄们的身影。参加南昌起义的官兵 2.3 万多名，留下姓名的仅千余人。而正是这些革命前辈们前赴后继的奋斗与牺牲，换来了我们今天的幸福、和平、繁荣和强盛。

为了写一篇关于南昌起义的文章，一个周末，我走进南昌市第二中学苏圃路校区。古樟边的叶挺指挥部旧址格外寂静，阳光照暖朱栏，樟树的枝叶穿过拱门，翠绿欲滴。我的耳边，叶挺将军铿锵的诗句在回荡："为人进出的门紧锁着，为狗爬出的洞敞开着，一个声音高叫着——爬出来吧，给你自由！我渴望自由，但我深深地知道——人的身躯怎能从狗洞子里爬出！我希望有一天，地下的烈火，将我连这活棺材一齐烧掉，我应该在烈火与热血中得到永生！”

那一天，我还去了花园角街 2 号，一座砖木结构的江南风格民居，那是当年朱德同志的住处。1927 年 7 月 27 日，中共中央前敌委员会书记周恩来风尘仆仆到达南昌后，夜宿这座民居的大厅，并与朱德共商起义大计。

子固路 165 号，当年的南昌西大街 48 号，曾为贺龙军部驻地。我多次走进这座中西合璧的建筑，隔着时空，仿佛仍能听到贺龙同志有力的声音：“我完全听共产党的命令，党要我怎么干就怎么干！”

抛家舍业，浴血奋斗，不管面对多大困难，革命前辈们无所畏惧，怀揣着神圣的使命，奔走于中华大地上。我似乎看见，那些坚守信仰的人用双手撕开了沉沉的暗夜，托起了一轮崭新的朝阳。

我骑着电动车穿行于南昌城里的大街小巷，时常在某座老建筑面前停留，发一会儿呆。有时候，我会莫名地涌起一阵激动，仿佛穿越时空，与那些革命前辈相遇。

前些日子，我全身心投入到一部报告文学的写作中。这部作品讲述了 15 位牺牲在工作岗位上的扶贫干部的先进事迹。我认真阅读了这份沉甸甸的名单。他们，有的工作、生活于南昌，有的曾经在南昌求学深造，有的人也像我一样，曾久久驻足于南昌起义纪念馆中。他们在想些什么呢？也许，他们在思考这样一个问题：革命前辈在惊涛骇浪中做出了人生最重要的抉择，我们又该如何度过自己的一生？

我一遍遍摩挲着这些照片：90 后扶贫夫妻吴应谱、樊贞子，“郎中书记”谢仕发，“寨俚的灯盏”胡学发，“扶贫尖兵”彭午林，畲乡贴心人李桂芳……接下来的两个月时间里，我每天都在与这些扶贫干部进行心灵对话。一个字一个字敲击，我从来没有如此感动，从来没有流过如此多的泪水。我被这些扶贫干部的牺牲精神所震撼，一个人活在世界上，有情怀，有担当，有爱，是多么高尚，多么厚重如山哪！

累了，我就倚靠在窗口，仰望城市的星空。脑海里仿佛放映着一部电影，那一幕幕情景，是我笔下的扶贫干部生前的工作、生活片段。那个爱笑的小伙子，是赣南医学院的教师肖新泉，谁家有困难，他便出现在谁家，是罗田村男女老少的"暖男"。那个皮肤晒得黝黑的，是江西省侨联机关党委专职副书记曹建彭，他有一句话让双港村的村干部至今忘不了："我们面前摆着一张考卷，怎么答，需要大伙儿一起努力。"那个坐在树下帮贫困户剥莲子的，是"红都好人"廖德熙，如今，青江坪组85岁的五保户张件秀只要想念他了，便会下意识地去摸摸冰箱，用脸贴贴衣柜，冰箱和衣柜都是廖德熙买给老人的。那张幸福满满的婚纱照上，吴应谱、樊贞子像两个调皮的孩子，他们生前各自蹲守山村扶贫，结婚两个多月，在新房里住了不到一个星期……

我的脑海里忽然涌现出这样一幅画面：那些扶贫干部从我的书稿里站了起来，那些参加南昌起义的战士也从照片里走了出来，他们在南昌的星空下相遇了。我自己就像一名通信员，为今天的英雄和昨天的英雄送信，而他们的信上写着同样的字眼：奋斗、初心、使命、牺牲、美好、幸福……

心在鄱阳

范晓波

我在高速公路上开车，有时看见某个熟悉的路牌，就打转向灯顺势拐过去，因为它指向鄱阳。

离开鄱阳县城二十多年，我无数次重演以上“即兴之举”。

爸爸和妹妹住在城里，几个亲友住在县城四周。于我而言，他们是情感吸铁石，但他们又不是我去鄱阳的全部理由。

每次妹妹问：晚饭想吃点什么？我都回答：炒粉皮子。然后车刚进城，粉皮子就等在路上，妹妹端着它，从车窗递进来，然后一车人都兴奋起来。

藜蒿炒腊肉、鲇鱼糊、春不老煮黄芽头、柘港豆腐、水菜煲……鄱阳的吃食，细数起来真是让人口舌生津。还有独特的糕点葱酥饼，一咬就掉碎屑，面粉、猪油、葱、糖、盐杂糅在一起的口感，很独特，尤其是刚出炉时，软软热热的，我一口气能吃四块。早晨吃稀饭时，我偶尔还会怀念油条包麻糍。这种把油条的酥脆和麻糍的软糯融为一体的早点，体现了鄱阳人对美食文化的独特领悟。

舌头上的记忆就是这样顽固。不管离开鄱阳多久，我最喜欢的食物还是这些。

作为鄱阳湖边的古城，鄱阳的气味也是特殊的。

首先是水的气味。宽广的昌江流经鄱阳城奔向鄱阳湖，在城里留下韭菜湖、青山湖、土湖、东湖、球场湖五片湖。可以说，鄱阳是一座浮在水上的城。湖水在晴天蒸发出的腥甜味、雨天浮泛的铁锈味，弥漫在当地人的每一寸生活空间。每次去鄱阳，傍晚时分，我总要到城西的圩堤和高门码头散步。一边走着，一边寻找小干鱼被阳光暴晒又被雨水浸泡后的独特气味。有时一个人在河边站着，当河水既腥又甜的气味湿漉漉地涌来时，全身都感觉到了畅快。

这时，如果沿河路夜宵摊上，传来几声用方言喊的招揽顾客的吆喝声，我便会跟着那声音走回从前。

县城讲方言，因为多是本地人。我虽然也留恋县城的美景，却不想被方言所代表的小城生活所固定，二十多岁时总是向往着远方。

我先后在县城的中学和报社工作，业余写散文、小说和诗歌。我总爱骑着山地车在一些人少的场所游逛。芝山、西门圩堤、高门码头……我的足迹在这些地点之间来回穿梭，不断在心里构思一条远行的路。

20 世纪 90 年代后期的一个冬天，某个大雪飞扬的日子，我终于登上一艘只有两三位客人的客轮，离开了鄱阳县城。

只是没有想到，回归会发生得那么迅速。2000 年夏天女儿出生，在我的父母家住了约一年。那段时间，我几乎每个周五都要坐五六个小时的大巴或夜班船回鄱阳，周日晚上又原路返回。那些奔波却又温馨的日子，迄今回忆起来都很幸福。

大概就是从那时开始，我深刻地体会到自己和鄱阳这座城之间复杂的情感交织。以至于后来每次在南昌街头听到有人说鄱阳方言时，我都会眼中一热，忍不住多看人家几眼。在外地旅行，遇到讲鄱阳方言的一家人，总会不知不觉跟着他们多走一段路，虽然从不上前搭腔，心里却有种小小的满足感。

妈妈去世后，我有次去鄱阳，在东门口大街见到一位头发花白的大妈弯腰买菜。她身材微胖，和妈妈差不多，穿的羽绒服也是妈妈喜欢的款式。我凑过去听她和小贩砍价，当熟悉的方言传到耳朵里时，眼泪顿时热辣辣地涌起。

现在，随着高速公路的修建和高铁的开通，鄱阳城里说普通话的人越来越多。县城居民增至近 30 万，其中 10 万是流动人口，城区面积、店铺数量也比 20 年前翻了几倍，就连被水葫芦和绿藻掩盖多年的内湖也开始苏醒。挖掘机们正日夜加班，准备把五个内湖串联打通，让它们变成活水流向鄱阳湖。

只是，不管鄱阳这座城的外表怎么演变，我总能以味觉、嗅觉、听觉为触手抓住它的本质。而对于我来说，不管离开鄱阳多久，不管走到哪里，吃得最爽口的还是那些食物，闻得最亲切的还是那些气味，听得最温暖的还是那些声音。

最近一次去鄱阳，住在父亲独居的中学老宿舍楼里。屋子里充塞着老家具、旧衣物、书籍等。妹妹尝试着偷偷把那些旧物清理掉，让房间更洁净舒爽些。父亲发现后连忙制止："我就是想看着它们过日子，不行吗？"在父亲心中，那些物件虽然老旧，却有着特别的情感价值。

有天深夜，我在一只旧皮箱里翻到在鄱阳工作时发表作品的样报样刊，接着睡觉时居然梦见了那时县城街头的梧桐树，以及父母在厨房一边听收音机一边交谈的情景……

第二天一早，我被斑鸠叫醒。在晨光里，我忽然有种幻觉，似乎自己从未离开过鄱阳。

难以忘怀的土地

陈世旭

1972年春天，一个偶然的机会，县里一位干部突然来到我务农的农场，说是县宣传组让我去参加一位模范人物故事的写作。那是我第一次走进九江县城。写作本来是个短期任务，当时我没有想到，这一来，会在九江县城待上将近十年时间。

一早在农场码头搭船，中午到九江市，转乘火车，第二个小站就是沙河站，彼时那里是九江县治所在地。候车室是很小很简陋的一间平房，站台逼仄，转角就是一条小街，两边是矮小的店铺，屋瓦上长了草，板壁皆灰白。小镇外面，是大片的田地。春耕尚未开始，田里满是去年的稻桩。

县政府刚从九江市区迁来时，所有的机关，以及干部职工和家属都借住当地的公屋和民房。几年时间，陆续盖起了二层三层的办公楼、饭店、商场、邮局、大礼堂之类公共设施，一条比乡村公路宽阔得多的大街，横亘其间。一个城市开始现出雏形。

大街与河十字交叉。河是季节河。从庐山脚下弯弯曲曲流来，不下雨的日子，清澈透明的河水在满河的卵石间流淌，迤迤逦逦绕过沙河街小镇。过河的桥是一长串露出水面、卧牛大小的卵石。我常常在夜深人静的时候坐在卵石上，仰看湛蓝的夜空，赤脚拨动水中的星星。

九江县就在庐山脚下。有正式编制后，我被安排在县文化馆做文物保护工作，去勘察过清代遗留的“陶靖节祠”，在“宋岳忠武王母姚太夫人墓”所在的那面山坡上，参与过植树造林。

县政府大院简洁素朴，除了办公楼、单身宿舍楼、家属区，剩下的一大半都种了菜。每周有半天，机关各部门干部轮流到菜地劳动。一年四季菜地都花花绿绿：

春天，油菜花黄，蚕豆花紫；夏天，围墙上爬满了冬瓜、南瓜、丝瓜，竹架上挂满了番茄、黄瓜、豆角；秋天，辣椒红、茄子亮；冬天，霜打的芽白、雪里的萝卜苗翠嫩细碎。

成家之前，作为宣传部培训的“农民通讯员”，我一直住在这里。没事就在宿舍楼上凭栏。每逢过节，当地干部大多回了老家，大院差不多空了，我就放声歌唱，心情像晴空上的燕子。

这是一块我永难忘怀的土地。跟我们一起熬通宵起草大会报告的宣传组组长，输了棋大发脾气事后又请我去家里吃红烧肉的计委主任，像对小弟弟一样呵护我的县政府干部，停了电不许我们点公家发的蜡烛打扑克的老会计，节假日食堂人少的时候特地给我加菜的师傅，帮我誊清稿子的邻桌大哥，热心为我“介绍对象”的妇女干部……在忽然有了招工机会的时候，他们纷纷为我说话，帮我解决正式工作编制。所有这些，我至今历历在目。

老街是我常常流连的地方。青石板的路面据传是明代官道的遗迹，从两边的门头上伸出来的、油漆斑驳的小吊楼，似乎在向人们炫耀自己的历史。这里是整个县城最热闹的去处：烟火腾腾的小饭馆，人头攒动的副食店，推车挑担的赶圩农民，沿街拉琴的盲艺人，饶舌的理发匠，寡言的老裁缝，补锅补碗的，修伞修鞋的……从上街头到下街头，熙熙攘攘，水泄不通。我在这里有许多年轻的朋友。我们常常一起争论文学，抬起脚就去庐山漫游。多年来，他们大多被我请进了我的小说之中。

分配到县文化馆的当年，我有了自己的小家。房后有小河流过，潺潺的流水声和河边草丛的虫鸣蛙叫是动听的夜曲。两年后，县城大道边按照规划预留的空地上，崭新的县文化馆竣工落成，办公楼、图书馆、多功能厅，一应俱全。后院家属区的围墙外面，是很大的一方荷塘，荷花开的时候，清香就弥漫过来。荷塘那边，是一个树林茂密的小村。树林上面，远远地浮着一抹淡青的山影，那便是庐山。

搬进新居的那年，我们没有回省城过春节。除夕一早，我在单位基建留下的废料堆里翻出大理石碎块，在屋后的空地铺出了小径；又找到几段满是裂痕的树干搭起了桌椅；又把空地翻了一遍，预备开春种瓜果花草；又去砍了柳枝，沿墙根插了一排。翌年春末夏至，柳树抽了条；花草侵上小径，是那种很普通却很热烈的太阳花、百日草；围墙上爬满了喇叭花、豆角秧、丝瓜藤。这样一处院落，清静幽然。春天的霏霏细雨中，我竟自徘徊；夏天的明月清风里，我尽兴吟咏；秋天收摘自己栽种出的果实，很自然地体味到“采菊东篱下，悠然见南山”的恬适；冬天暖洋洋的日头底下，一边推着儿子酣睡的摇篮，一边字斟句酌不成熟的文稿。那是怎样一种“娴静少言”“忘怀得失”的日子。

一年多以后，我奉调省城从事专业写作。朋友租了单位的货车送我们搬迁。坐在驾驶副座，挥别多年的同事，车出城区，我不禁眼睛湿润。

10 年，仿佛在转瞬之间。美好的日子总是显得短暂。

这 10 年，我一天天看着一个城市成长、壮大、成熟、丰满。最初的乡间小镇，有了多条纵横的大道，大道边已经有了密集的楼群，一个现代城市已经初具规模。

这 10 年，无数人的命运发生了改变，也是我人生中最为温暖的段落。在这里发生的一切，决定了我一生的方向。我由青年成为中年，由儿子成为父亲，一个懵懂、怯生的偏远沙洲上的小农工，对世界、对生活，有了更多的认知和历练。

2017 年，九江县撤销，变成九江市柴桑区。柴桑区，有机场和铁路编组站，铁路京九线、武九线、大（庆）广（州）高速贴着城区过境。

如今又见，已是一个全新的柴桑。

暖暖远人村

后院家属区的围墙外面，是很大的一方荷塘，荷花开的时候，清香就弥漫过来。荷塘那边，是一个树林茂密的小村。树林上面，远远地浮着一抹淡青的山影，那便是庐山。

一座古城的新气象

洪忠佩

蚺城山与儒学山牵手，向着锦屏山蜿蜒，环抱着的星江生发出无尽的气象。粼粼波光之中，古老的渡口埠头还在，朱熹命名的廉泉清澈如初，然而星江河畔却早已是景观桥拱立飞架。古朴的婺源延展开来，呈现出一江两岸的城区格局。

婺源县城又称蚺城。蚺城，得名于五阜起伏的蚺城山。那“瑞虹、环带、嘉鱼、宝婺、弦歌、璧月、保安、锦屏”八大城门，俨如历史的时间戳。城内，粉墙黛瓦的民居，氤氲着水墨的气息。鳞瓦间，屋檐下，飘逸的是居民日常生活的市井味道。

山环水绕，婺源显得质朴而灵秀。顺着保安门的石阶而下，是小北门埠头。洗衣妇女在水面撩起的涟漪，水边玩耍孩童的嬉闹声，像是按下了时光机的回放键，让我与婺源的过往在水面上一圈圈地浮出。

那是 20 世纪 80 年代初的一个秋日，我背着帆布书包从大鄣山沿轮溪而下，转校到了县城读中学。彼时，婺源只有星江大街两侧的一所小学和一所中学。进出县城，只有西门是钢筋水泥大桥，其他的都是木桥与浮桥。

毕业后，几经辗转，我留在了县城工作。当时，我的工作单位就在星江河畔，与廉泉只隔一条马路。和廉泉做邻居多年，有时远方的朋友来了，我便提壶去廉泉取水泡茶，与来客共同分享一份古城的甘甜、惬意。

真正让我沉下心来解读婺源，是十几年前调到县文化馆工作之后。十字街 19 号的二层砖木小楼，是与县图书馆合用的办公楼。在那里，我逐渐读到了李白、苏轼、黄庭坚、宗泽、岳飞等历史人物与婺源的交集，读到了朱熹等先贤在婺源留下的文脉，以及这片土地上千年传承的耕读之风。

我试着从婺源出发，沿着时间的河流去追寻他们。可有时候，他们留给我的，却只有一个个远去的背影。

未曾改变容颜的是蚺城山，至于山上的“溪山第一楼”、山下的“紫阳书院”，我只有去西湖荡的担水巷中听老人讲古了。“咕咚”一声，水桶落在古井里，倾斜、汲水、提起，老人一气呵成，而他讲述起“溪山第一楼”的来龙去脉，却是模糊的。

婺源的肌理实在是神秘，我想要亲近她，常常需要通过一条河流、一棵古树、一块城砖、一条深巷，抑或是一口古井。婺源的街巷之中，遗存有许多古井，唯独虹井是在朱熹故居的小院里。“道寓斯人，如水在地；汲之益深，有味外味。”想来，朱熹父亲朱松在为虹井题写井铭时，已经有了超出井水之味的体味。

夜里，南门街一片静寂，我与妻子住的阁楼与虹井近在咫尺。

对一座古城作深度的注视，是需要耐性与时间的。走进婺源青石板的街巷，那鳞次栉比的古旧与深幽里，处处彰显着张力——先儒街、儒学前、大庙街、武营巷、衙前巷、龙船巷、四柱牌楼下、八角亭下……婺源有六十多条叶脉状的街巷，那是一个怎样的历史纵深呢？

时常，我独坐街巷中，望着屋檐之间挤出的一线天光，听到的是弹棉花的声音、踩缝纫机的声音、敲铁皮的声音、剖竹起篾的声音，倏忽由远及近，又渐渐远去。

每一次，我都恍若有穿越时空的感觉。

从清代旧志的手绘图上看，婺源的城郭受三面环水的影响，历史上没有多大的变化。我常以为，婺源县城小有小的好处，比如，上下班可以选择步行。甚至，早晚可以从新城区走到老城巷口，站着等一箅气糕或一笼韭菜豆腐包子蒸熟出锅，或者直接坐下，等摊主炒一盘螺蛳蝴蝴。如果愿意，还可以走去廊桥上听徽剧票友吹拉弹唱，抑或去星江河畔看老者垂钓。

一晃，又是几年了。代替十字街19号的，是钟鼓楼，是武营广场，往前是“文公阙里”牌楼下的街市。新城区呢，变化可谓日新月异，文公路、书乡路、天佑路、文博路、才仕路纵横交错，新建的幼儿园、小学、中学、茶叶职业学院、文化馆、图书馆、博物馆、非遗中心、徽剧传习所，还有体育中心与高铁站，无不显示着一座县城的发展与更新。

所有这些，一条河流都在见证着。

事实上，星江是江西五大河流饶河的源头之一。每天我在星江河畔徜徉，就是漫步在饶河源国家湿地公园保护区范围之内。生活在婺源的居民是幸福的，在城区的星江河面上，就可以看到白鹭飞舞、鸳鸯嬉戏，不用走出五公里，还能捕捉到靛冠噪鹛、中华秋沙鸭的身影。

婺源，是我栖息的地方，也常常走进我的创作之中。这座位于赣浙皖边界的古城的气质，星江河流的浸润，以及生活在古城里的人，不断地影响着滋养着我。贴近婺源，贴近星江，就贴近了我的精神原乡。

一年四季，循环往复，有了天光云影，有了波光潋滟，有了鸟语花香，一座古城的气象，在星江河畔荡漾开来。

瑞金，梦想之花绽放

朝颜

身在瑞金城，常常感觉身边的每一个地标、每一处风景，都与红色有关。譬如，每一天我从八一南路出发，穿过红军巷，开始新一天的工作。有的时候，我会往相反的方向走，经过解放路，汇入红都大道、苏维埃大道……

事实上，这座城市的红，远不止印刻在纵横交错的道路上。在小学语文课本上，在父辈口耳相传的讲述里，在穿梭往来的人们心底，这座红得堪称耀眼的城市，早已为世人所熟知。红色，是瑞金最醒目的名片，也是最深厚的底色。

1931 年，中华苏维埃共和国临时中央政府在瑞金叶坪宣告成立；1934 年，中央红军从瑞金云石山出发，开始了艰苦卓绝的二万五千里长征。我的大爷爷，参加长征后一去不复返；我的二爷爷，拖着一身伤病，在长征途中与队伍失散后回乡；我的奶奶，曾经是苏区的妇女干部……他们九死一生的经历，以及革命赋予这个家族的意义，至今仍深刻地影响着我的生活。

小时候，我不懂太多，只知道老房子的门楣上，长年挂着一块“光荣之家”的金属牌匾。每年春节，村委会还为我们家送上“光荣之家”年画。父亲总是恭恭敬敬将年画贴在厅堂的醒目处。一年一年，我在这些充满仪式感的事件中，获知祖辈的荣耀，并对他们不寻常的生命历程从模糊渐至清晰。

后来我从师范学校毕业，回到瑞金当老师。我所工作的第一所学校，前身是红军的彭杨步兵学校（为纪念彭湃、杨殷二烈士而得名）。九厅十八井的校舍，似乎处处都镌刻着曾经的壮怀激烈。我知道，坐在讲台下的那些天真的孩子，十有八九都和我一样，是红军的后代。他们亮晶晶的眼睛里，充满着对未来的渴望。而我要做的，是传递知识、传递信仰、传递荣耀、传递人世间的大爱。

1998 年冬，我被任命为学校少先队大队总辅导员。其时，一位不留名的老红军捐助我校贫困生完成学业的事迹在《解放军报》刊登。几十位解放军官兵来信，表示要资助上不起学的孩子。他们对老区的牵挂深深打动着我，我通过书信与这些官兵一一建立联系，帮助学校贫困生与他们结成对子。他们则从每月的津贴中，挤出一部分寄给孩子们，重圆了一个个渴求知识、渴望成才的梦。如今，那些学生全都顺利升学，毕业工作，成长为认真生活、回馈社会的好青年。

后来，我成为一名作家。想到瑞金还有一批健在的老红军，还有许多故事迫切期待被记录，我开始了有意识的抢救性写作。我去沙洲坝镇采访过百岁老红军蓝益山，将他的回忆撰写成文。就在我采访后的第二年，蓝益山以高寿安详离世。我还去泽覃乡探访毛泽覃牺牲和埋下忠魂的地方，去云石山乡采访十八杆红缨枪奋勇杀敌的故事；我寻访过用小脚走完长征的女红军杨厚珍的儿子儿媳，也和开国大校彭金高的孙子进行过正式的对话采访……那么多的生命值得我们记住，那么多的精神和信仰值得我们传承。当他们的命运在我的文字里起伏，他们的付出在时空里拥有了恒久而深刻的意味。

有六七年的时间，我担任着瑞林镇元田村的驻村干部，全程见证并参与了脱贫攻坚的每一个过程。在我帮扶的对象中，有两户是烈士家属。我将新时代的好政策落实到他们的生活中，全力帮助他们奔向殷实而幸福的日子。当我行走在四通八达的村道上，亲历着他们的生活一年年变好，看见他们的房屋一天天变得亮堂，目送他们的子孙一个个考上心仪的大学奔向远方，我想到了那些为革命而流血牺牲的前辈们，想到了他们毕生为之奋斗的梦想，这梦想，如今正在这片土地上开出花朵。

2018 年 7 月 29 日，瑞金市正式脱贫摘帽，并于当年 12 月获得“2018 年度中国十佳脱贫攻坚与精准扶贫示范县市”称号。今天的瑞金，已经蝶变为一座具有相当规模的现代化城市。红林山上的杜鹃开得很鲜艳，大柏地的毛竹将翠色融进了千家万户，脐橙园的果实充满了丰收的喜悦，将这片土地的甘甜输送到了更广阔的远方……“赤橙黄绿青蓝紫”“装点此关山，今朝更好看”，一首经典的红色诗词，准确预言了瑞金这座城市的崭新面貌。

这些年，我常常乘坐高铁和动车，从瑞金站出发，奔向祖国的大江南北，从无数绮丽的风景中重新认识身后这座城市的意义。更多的时候，我在这里迎接来自四面八方的参观者，陪同他们来到瑞金叶坪革命旧址群缅怀革命先烈。在茂密的樟树林和碧绿的青草地间，我一次次和他们共同瞻仰苏维埃代表大会旧址和红军烈士纪念塔。我们站在叶坪红军广场上，默念着草地上镌刻的八个纯洁如雪的大字：“踏着先烈血迹前进。”

朝着日出的方向，我望见今日繁华之来处。是的，一艘红色的大船在前进，她所承载的日月光阴在前进，大地之上的万千步履，都在前进。

瑞金云山古寺——中华苏维埃共和国中央政府旧址

身在瑞金城，常常感觉身边的每一个地标、每一处风景，都与红色有关。

开满杜鹃的遂川

黄存平

江西遂川的春天，看到最多的花，就是杜鹃花了。小路边、山坡上、公园里……随处可见那一朵朵、一簇簇火红火红的杜鹃花。家里的老人说，杜鹃红是革命烈士用鲜血染红的，看到杜鹃花，就如同看到革命烈士的足迹。

我从小就生活在这片开满杜鹃花的土地上，后来离开家乡外出求学闯荡。在外生活愈久，家乡的风物在我的脑海里愈发清晰，尤其到了春天，总会想起家乡那漫山遍野的杜鹃红。2012 年春天，我决定回到家乡发展。当我看到那满目红艳艳的杜鹃花，内心涌起久违的感动。我想，这就是红色热土的召唤吧！

回到家乡，我成为一名乡村小学教师。在学校，除了教孩子们书本知识，我还会抽空给孩子们讲遂川的红色故事，希望他们知道自己家乡的革命历史和光荣传统。1928 年 1 月 24 日，毛泽东同志在这里创立了遂川县工农兵政府，他领导全县工农群众打土豪、分田地、创建地方武装、发展工农业生产等各项事业，这是人民真正当家作主的政权。同时，毛泽东同志在这里创建了井冈山斗争时期的第一个红色圩场——草林红色圩场。它粉碎了国民党的经济封锁，有力保障了井冈山革命根据地吃、穿、用等方面的物资供应……

我将整理好的故事与同学们一起分享，给孩子们讲“三大纪律”。我向同学们讲解道：1927 年秋，毛泽东同志站在茨坪荆竹山一块名叫“雷打石”的巨石上，郑重地向战士们宣布三条纪律：“第一，行动听指挥；第二，不拿群众一个红薯；第三，打土豪要归公。”紧接着，我和同学们分享“突围西征”的故事，当大家了解到中央红军长征先遣队的红六军团，是从遂川新江乡横石村迈出万里长征的第一步时，他们个个脸上漾起骄傲的神情。

我将本地的红色历史与课程安排紧密衔接起来。语文课，我为同学们讲授《狼牙山五壮士》时，也会对照讲述发生在遂川的红色故事，如王次榛英勇夺枪的故事。音乐课，我教同学们唱《十送红军》，告诉他们歌词“七送红军五斗江，江上船儿穿梭忙，千军万马江畔站……”所描绘的情景就发生在遂川的五斗江乡。思想品德课，我为他们深入介绍我们身边的全国先进工作者陈清华、省优秀共产党员方世宏等前辈矢志践行初心使命的事迹。这些革命历史故事、先进人物事迹，让孩子们对党的历史、党的精神有了更深入的理解。在全县中小学“弘扬井冈山精神、讲红色经典故事”演讲比赛中，我的一名学生获得了优秀的名次。从他开心的笑容里，我获得一种由衷的成就感，因为我看到了孩子们对红色精神发自肺腑的认同与追寻。

几年来，我到遂川许多地方调研。行走在纵横交错的水泥路上，看到低矮的平房变成幢幢高楼，卫生室设施齐全，教室宽敞明亮，老百姓脸上写满了幸福的笑容，日子过得如杜鹃花那般红红火火。这些场景和画面不正是为革命流血牺牲的前辈们梦想的吗？

2019 年 4 月 28 日，遂川县正式宣布实现脱贫摘帽。今天的遂川，经济社会发展更上一层楼。狗牯脑茶享誉海内外，板鸭产业规模化发展，金灿灿的金橘硕果累累，外围大交通稳步有序推进，将红色热土的甜蜜果实输送至大江南北……与周边井冈山红色旅游区联动发展，来遂川参观革命遗址的人也越来越多。红色的遂川，变得更宜居，也更有人气。

前段时间，我再一次走进草林红色圩场，与草林茶馆一名90后服务员小李聊了起来。我问她："你怎么没有出去打工？"正忙着给客人端茶点的她，笑呵呵地告诉我，这茶馆是她家开的，每天客源不断，尤其是逢圩（客家话，赶集的意思）时爸妈根本忙不过来，就回来帮忙了。小李骄傲地说："现在的生活，比在外打工强！"

泉水润泉城

王国政

济南因泉水闻名。“家家泉水，户户垂杨。”清代刘鹗在《老残游记》中用八个字，道出了济南泉水之多、分布之广。

我对济南泉水的了解始于四十多年前。那年，我从邻居三叔家里看到了老舍先生的散文《济南的秋天》，文中有几句是这样描述的：“以量说，以质说，以形式说，哪儿的水能比济南？有泉——到处是泉……”济南真的到处都是泉吗？泉水能像村里的山泉水那样用手捧着直接喝吗？读到这里，我年少的心里产生了好奇。一个乡下孩子，对泉城济南的向往之情油然而生。

机缘出现在 15 年前。2005 年初春，我调入省城工作，梦一样走进了济南。那时候，单位办公楼在杆石桥一侧，属于市中心繁华地带，往东数百米就是趵突泉、五龙潭、黑虎泉、珍珠泉、护城河和泉城广场。周末，我怀着急切的心情，冒着寒冷走进趵突泉公园观赏。趵突泉三股泉水的喷涌之势令人惊叹，相比之下，村里山泉水的潺潺细流黯然失色。天气虽冷，但望着那一池池、一汪汪清澈的泉水，我的心里却暖融融的。

泉水是济南的灵魂。济南人爱泉、惜泉。为了保护泉水，规划修建的地铁工程多番论证，谨慎施工。作为群泉之首趵突泉，水位的高低变化牵动着成千上万济南人的心。水位上涨，人人面露喜色；水位下降，全城人跟着心急。前几年遭遇大旱，趵突泉一度几近停喷，三股水偃旗息鼓，爱泉的济南人就像是自己家里停了水、断了电一样，心急不已。这些年，随着护城河的疏浚，加上良好的保护意识，趵突泉再现生机。那汩汩喷涌的泉水，仿佛也在昭示着济南这座城市永不停歇的发展脚步。

泉水滋养了济南这座城，也孕育了这里的文化。诗圣杜甫曾用“海右此亭古，济南名士多”的诗句，形容济南积淀深厚、人才众多。著名女词人李清照就是其中的杰出代表。而今，位于济南趵突泉公园一隅的漱玉泉，相传李清照曾在泉边掬水梳妆、填词吟诗，她的词集《漱玉集》即以此泉命名。李清照是济南章丘人，那里，有泉水从众多脉孔里喷涌而出，谓之“百脉泉”。也许，正是奔涌不息的泉水赋予了其不尽的文思。

时至今日，泉水孕育的文化一脉相传，影响着每一个济南人。济南人有爱读书的传统，书店、书屋、书吧多，各种自发组织的读书会和文学沙龙遍地开花。受其影响，我也参与其中，与书友、文友交流阅读感受和写作体会。参与这些内容丰富、层次较高的读书、讲座、交流活动时间久了，对于我这样一个底子薄的人来说，真是受益匪浅，不仅写作水平有了长足进步，而且眼界也得到了极大开拓。我一面用心感受着济南的泉水和泉城的文化，一面用手中的笔书写着身边的城市和身边的人。

泉水与济南人的日常生活也是息息相关。“轰轰下泻，澎湃万状”的黑虎泉边，每天前来打水做饭、饮用泉水的市民络绎不绝，水壶、矿泉水瓶、塑料桶……各式各样的容器悉数上场，令前来赏泉的外地游客艳羡不已。泉水已成为济南人的生命之水，它滋养着济南人的身体，涵养着济南人的心性。在大明湖南门对面，有一条久负盛名的曲水亭街，一条小河从街上穿过，河里流淌着清清的泉水。闲暇时我常去曲水亭街转转，街上的景致百看不厌。前年盛夏的一天，坐在临街摆放的茶桌旁，年逾花甲的老燕递给我一杯用泉水冲泡的绿茶，然后如数家珍地跟我讲起曲水亭街及济南这座城的往事。有游客从身边经过，我担心影响老燕的生意，便起身准备告辞。可老燕却拉住我，笑着说不差这一会儿工夫。临别时，实在过意不去的我要付钱给老燕，可老燕说什么都不收。三个多月后，我写的《曲水亭街》一文刊发在晚报上，我将报纸送了一份给老燕，老燕在文章里读到了自己，“嘿嘿”笑个不停。

这就是济南人，友善、低调、包容，有着一副热心肠，与他们打交道时让人从心里感到熨帖。记得有一次，我到派出所办事，年轻的工作人员态度和蔼，手把手告知如何填表，下一个环节怎样办理，使人如沐春风，似饮甘霖。还有平日里，公交车司机的一句“您好”，出租车司机亲切的笑容，困难面前好心人的热心相助……都像泉水一样清澈、透亮，使人难忘。

时间像是流动的水。如今，我已在济南工作生活了十多年，早已视济南为第二故乡，感情和依恋与日俱增。在这座城市生活的一天天里，幸福感像泉水一样涌进心头。济南的泉水，也流淌在每一个生活在济南的人心中，永不枯竭。

在烟台看海

王月鹏

我第一次来烟台，是参加“蓝色潮”诗歌笔会。那时候我还在故乡海阳，正迷恋于写诗，对外面的世界充满憧憬。“蓝色潮”笔会很是浪漫，朋友们相聚海边，谈文学，谈理想，觉得整个烟台都是蓝色的。海浪拍在礁石上，溅起的水珠落在嘴里，有些咸涩，与那个年龄的激情与梦想仿佛是同样的味道。烟台的街巷，烟台的楼房，烟台的海景，在我眼里都是新奇的。后来，我的第一首诗作在《烟台日报》的“半岛”副刊发表了。那种温暖与振奋，近三十年来一直留在我的心头。

我与烟台的最初“相遇”，是因为文学。后来我融入这座城市，也是因为文学。文学在我与烟台之间，已经不仅仅是一种书写和表达，更是一种深度的理解与融入。我对生活的憧憬和向往，对人生意义的追求，都以文学的方式在烟台落地、扎根与生长。1997 年大学毕业后，我留在烟台工作，在建设路附近的铁路宿舍租了一间平房，每天坐班车上下班，过起了在乡下时曾经那么向往的城市生活。记得那时租住的房屋，夏日漏雨，冬天会有雪片从屋顶飘进屋来。在孤寒的冬夜，我的心里却燃着一团火，对生活、对工作、对文学，有着无限的热情。

后来，我从报纸上读到一个故事，若干年前烟台所城的老城墙拆除时，有当地老人捡了一块砖，专门拿回家珍藏。所城是“奇山守御千户所”的俗称，始建于明洪武三十一年，坐落在距离大海不远的地方，可以说是烟台城市发展的一个原点。珍藏一块砖，这是所城后人留存历史的一种方式，也是我心目中最为朴素的对于生活的态度。读到那则消息后，我很想去寻访那位老人，听他讲述过去的人与事，可惜最后也没有寻着。后来因为工作的关系，我参与了若干个村庄的搬迁，并写下一些相关题材的小说。在这个过程中，我真诚地采访和书写过那些普通人的爱与愁、困惑与坚守，书写过他们的选择、遭遇和梦想。作为一个写作者，这些珍贵的采访经历，是值得珍藏的。

初旺是烟台最大的渔村，也是“渔灯节”的代表村落，就在如今的烟台开发区境内。在城市化进程中，这个渔村被保留了下来。我曾在初旺渔村采访过五十多位老船长，他们的故事，是关于大海的艰辛记忆，也是关于这座城市的“乡愁”。有位老船长讲到，当年若是遇到大风天气，渔船稍不小心就会被风浪打翻，渔民即使爬上了岸，因为这一带荒无人烟，常常也不得不忍饥挨冻。讲这些往事的时候，老船长看了一眼如今的滨海路，沿着海边是灯火璀璨的新城，他不禁流下了眼泪。

海对我来说，已经成为一种日常。家住海边，夜晚睡梦中都可以听到海的声音。每天散步，都是沿着海边走的。有时候，可以一个人面朝大海大声呼喊，并不期待回音。更多的时候，我是沉默的，沿着海边走，很多想不明白的事，会渐渐变得明朗和清晰。

曾经，我与摄影家朋友在烟台的乡村里游走，寻访日渐消逝的农具。这是我理解烟台的一个切入口。那些农具大多被荒弃了，它们的主人来到城里打工，努力融入新兴的城市，就像我当年刚到烟台时的样子。我曾采访过一个租住在烟台城里的打工者，他想方设法让自己的孩子充满阳光地成长，这个故事对我的内心产生极大震撼。好些年前，我还曾亲见这座城市的一场特殊的婚礼，一辆人力三轮车载着新娘，紧随其后的是浩浩荡荡的三轮车队，全是新郎的工友们自发组织起来的，他们在广场上拍婚纱照。那是我见过的最为感人的婚礼现场，三轮车夫们对待生活的态度深深感染了我。

后来，工作和生活的节奏越来越快，我对那些具体的细节也逐渐忽略了。某个午后，我陪着妻子和女儿从小区不远处的河边走过。那是入海口的一条小河。因为守着浩瀚大海，我的潜意识里是不曾在意过这样一条小河的。我们从河边走过时，一步一景，越走内心越安宁、越放松。我开始反思自己，在海边生活二十多年，似乎从未关注过这条汇入大海的河水。我更多看到的是大海之“大”，而忽略了汇聚成海的那些涓涓细流。但如今，我却从入海的河流中，看到了一些不同于大海的感觉，也从另一个角度理解了大海，理解了坐落在海边的这座城市。我相信这是时间的恩赐。人到中年，对人与事的态度，会变得越来越理性和从容。

这座城市，让我看到大海，也看到融入大海的河流。那天在海边玩耍，我的女儿不停地用双手捧起浪花，骄傲地向我喊道：“这是大海的赐予！”

这个蹒跚学步的孩童，看到了浪花的美，懂得这是大海的赐予。她以自己的方式，教会了我如何看待人与海的关系，如何珍惜每一朵浪花，就像珍惜每一个平凡的日子。

烟台渔村

在城市化进程中，这个渔村被保留了下来。我曾在初旺渔村采访过五十多位老船长，他们的故事，是关于大海的艰辛记忆，也是关于这座城市的“乡愁”。

在日照经山历海

赵德发

1989年，山东日照升格为地级市。那时候，我正在山东大学作家班学习。后来，机缘巧合，毕业后我竟然有机会去日照工作。我的工作单位先是日照市委宣传部，后是市文联。

30年前，日照市经济规模不大，基础设施与文化设施还很落后。全城所有路口都没有红绿灯，公交车只有城区通往石臼镇的1号线。我到图书馆借书，从电影院西面走进一个小巷子才找到，遍览书库，乏善可陈。好在日照有山有海，让我赏心悦目。一个周末，我骑自行车去城南登奎山。奎山海拔两百多米，山巅巨石为莲花状，莲花瓣上有大大小小的风蚀壁龛。扶石东眺，只见碧波无垠，船来船往，港口那条长达一千一百多米的钢铁栈桥码头直插海中。而奎山东南被人称作“霸王鞭”的一长溜礁石，伸入海中、隐于水下的部分激起雪白浪花，展现着山海激荡的雄壮气魄。再向北看，城区只占一小块地盘，与港区所在的石臼镇之间是一个个村庄、一片片庄稼地。当时我想，这也不像地级市的样子呀！

然而从那以后，日照与众多城市一样，快速发展起来。城西有座海拔六百余米的河山，日照人在其崖壁上凿出“日照”两个大字，每个字宽高都在二十米上下，蔚为壮观。2000年春我爬上山去，站在“照”字下面最后一点的凹槽里向东看，发现城市变了模样：老城与港口已经无缝连接，东北部还多了个新区，其中有新建的多所大学。

我来日照，不只是被这里的美景所吸引，还想在这座海滨城市感受八面来风，让我的文学创作有所突破。果然，日照成全了我。我一次次去浮来山，享受那棵老银杏带来的阴凉；一次次去五莲山、九仙山等地，解读那里的文化密码。我去日照市第一海水养殖总场挂职，到许多渔村采访，随渔民出海打鱼，听老渔民讲往事、喊号子，关于海边生活的素材渐渐增多。我调动在海边生活多年的积累，创作了 30 万字的现实题材小说《经山海》。我描画山海相依的楷坡镇，讲述一位女镇长的成长历程。小说问世后受到好评，得过奖励，还被有关方面改编，以日照为取景地拍成电视剧《经山历海》，今年春天在央视一套播放。

日照是一个响亮的地名。1184 年建县，命名者认定这里“日出初光先照”——我想，那时的人们来到了日照海边，看见一轮红日从万顷波涛中升起，将金辉洒到沙滩上和自己的身上，也无怪乎他们会生出如此自豪与骄傲的情绪。这种自豪与骄傲一代代传递下来，我也接续了这种自豪与骄傲。有许多次，我带着这种情绪去海边迎日出，包括千年之交的那个早上。每一次我都会觉得，当朝阳沾着一身海水鲜亮跃出时，第一缕光线仿佛射入我的胸中，让我的心间格外温暖。

“最初的光”，是多么宝贵呀！

在日照感受“最初的光”，不只在海边，还在这里多如繁星的文化遗址中。1960 年夏天莒县陵阳河发大水，有人捡到了让水冲出来的几个大口陶尊，上面的符号令人费解。文物管理部门的人看到后继续收集，先后发现多种符号。请专家鉴定，专家认为与甲骨文为代表的早期汉字存在密切关系。我曾多次参观莒州博物馆，看过那些陶文原型，看过古人用的牛角形陶号，看过一件件做成鸟形以体现东夷部落图腾样式的陶器，再站到那一大幅展现五千年前陵阳河日出景象的油画前面，我仿佛也变成了先民中的一员，万分虔诚地站在那里，感受着文明的曙光。

近两年，为了挖掘更多的文学素材，我往海边跑的次数越来越多。我曾几次坐船去海洋牧场，见识渔业发展的最新举措。我登上新老两座灯塔，感受航运业的百年巨变。记得当年刚来日照时，我曾采访当时的日照市港务局负责人，他站在栈桥上向西面指点着说：将来，这个港湾要全部建起码头！我当时不敢相信，因为眼前那个港湾太大了。30 年后，我登上老灯塔的最高一层，看见日照港不只把整个港湾占满了，还在西港区的南面延伸出数公里，从而形成南港区。我的目光越过港区密密麻麻的橘红色吊车往西看，奎山依旧孤峰独立，山下却已经是美丽的城区了。

在日照生活了 30 年，这里已经成了我的第二故乡，我也实实在在成了一个日照人。在日照这片土地上经山历海，是我的快乐，更是我的福分。

江北水城

李云雷

我的家乡在聊城，更确切地说，在聊城冠县。在我小的时候，聊城是山东省经济较为落后的地区之一。尽管如此，聊城仍是我们心目中的大城市。谁要是去过一次聊城，就会引来小伙伴们羡慕的目光。

高考那年夏天，我终于第一次来到了聊城，是和同学一起去参加外语听力测试。那天清晨，我和几位同学在冠县汽车站坐车，一个多小时后，就到了聊城。一路上我们都很兴奋。考试很快结束了，但我们都不舍得走。有同学提议在聊城转一转，得到了大家的一致赞同。于是我们一起去看了凤凰台、光岳楼、山陕会馆，最后来到了东昌湖。我们沿着湖堤漫步，看着烟波浩渺的湖面，以及湖上的岛屿、游船和岸边垂钓的人们，感到很是惬意悠闲。这时有同学买来了雪糕，我们便坐在硕大的遮阳伞下，边吃雪糕边看风景。几位同学相约坐游船到湖里转了一圈。中午时分，我们来到一家小吃店。那时我是班长，特意多带了点钱，于是请大家吃饭。直到回去之后很久，我才发现那次去聊城随身带的书里夹进了一些钱，也不知是谁偷偷放进去的。

考上大学之后，到聊城的次数就多了。我在北京上学，有人问我的家乡是哪里，我说是冠县，但知道的人不多。我又说是聊城，可是知道的也不多。我继续告诉对方，就是《水浒传》里的东昌府，武松打虎的景阳冈、斗杀西门庆的狮子楼，还有小旋风柴进失陷的高唐州，都在那里。问的人听了，便会恍然大悟地频频点头。后来学了文学专业，再有人问我家乡是哪里，我就说是曹植墓的所在地，是学者季羡林的故乡，是著名作家萧红的祖籍所在地，问的人也就明白了。

很长一段时间里，我以为聊城在历史上也不知名，后来才发现不是。孔子的弟子冉雍的墓就在我们冠县，孟子就是在路过冠县张平村时说出了“富贵不能淫，贫贱不能移，威武不能屈，此之谓大丈夫”的千古名言。张平村是以东汉科学家张衡的字平子命名的，我姥姥家就住那个村庄。有孔孟在，聊城在历史上的地位就不言而喻。这且不说，在京杭大运河通航时，聊城的临清“东控齐青，北临燕赵”，是举足轻重的战略要地，东昌府也因运而兴，成为“漕挽之咽喉，天都之肘腋”，是运河几大商埠之一。可见，聊城在历史上有过繁荣的时期，只是后来漕运改为海运，聊城的交通地位才有所变化。

聊城虽然经济发展一度缓慢，但民风一直很淳朴，保留了许多传统的生活方式。我出生成长在乡村，从小使用的农具有的有上千年历史。那时候的生活虽然贫穷，但岁月悠悠，给我留下了许多美好的回忆。经济发展曾经落后的聊城，一旦发展起来却势不可当。大约从 2000 年之后，每次回家乡，我都可以发现聊城的变化，变得新了、美了，变得光彩照人了！

现在的聊城以“江北水城”著称。我和同学曾游览过的东昌湖如今明媚宽阔，是长江以北少见的大型城内湖泊。光岳楼、宋代铁塔、山陕会馆等名胜古迹，似颗颗明珠点缀于城中湖畔，令人流连忘返。更重要的是，在新的发展理念中，经济已不再是唯一的指标。在发展经济的同时，“留住乡愁”“绿水青山就是金山银山”等理念已融入实践，在这方面，聊城大有作为。我还注意到，在前几年发布的中国城市信息化 50 强中，聊城位列第 30 位。如果说我们错过了工业化的最佳时机，那么紧紧抓住信息化的契机，或许能让聊城走向新的繁荣。我希望这一美好前景能够早日实现，到时我想再和那些同学在湖堤漫步，吹吹微风，看看斜阳。

家在临沂

张岚

1985 年，我考取了山东省临沂市的一所学校，从蒙山深处第一次走进了临沂城。

36 年前的临沂城，最繁华的不过是一条南北走向的沂蒙路。这条路上，沂蒙大楼、东方红影院、新华书店、钟楼大厦，几处景观屈指可数。即使是步行走完这条路，也用不了多久。那时候，每到周末，我和同学们结伴去得最多的地方是沂蒙的山崮。

沂蒙的山崮众多，这些“崮”的顶部平展开阔，周围峭壁如削，峭壁下面坡度由陡到缓，远观恰如戴着平顶帽子的山头，易守难攻。有一次，我们站在梭子崮上极目远眺，层峦叠嶂，山色如黛，连绵的山崮仿佛草原的蒙古包，演绎着“天苍苍、野茫茫”的风景。当地一位老人指着对面的南北岱崮对我们说，抗战时期，著名的南北岱崮保卫战就发生在那里，八路军以少胜多，打了一场漂亮仗。老人又指向远处连绵的群山说，这些大大小小的山崮，哪一座背后没有故事？是的，在抗日战争、解放战争中，大崮山保卫战、对崮山战役、孟良崮战役……蒙山沂水间发生的战役多达两万余次。“孟良崮上鬼神号，七十四师无地逃……”陈毅元帅的诗《孟良崮战役》就是最好的写照。

毕业后，我留在了临沂工作。为寻找创作素材、记录沂蒙儿女的感人故事，近 30 年来，我跑遍了沂蒙大地的角角落落，一次次为这片土地上发生过的英雄壮举而感动。同时，我还多次接待来自各地的文学采风团，组织了各类红色主题征文活动。

是的，临沂是一片热土。在位于城区的沂蒙革命纪念馆中，讲解员介绍道，革命战争年代，多位老一辈无产阶级革命家和近 500 名开国将军转战于此；八路军山东纵队、第一纵队、第一一五师司令部，新四军军部，华东野战军总部，抗大一分校，也都曾驻扎在这里……

红色历史早已融入临沂人的心中。有一次，我观看了市里组织的“我是小小讲解员”比赛活动，参赛选手有大学生，也有小学生。他们讲《跟着共产党走》《沂蒙山小调》歌曲的诞生经历，讲救活八路军伤员的“沂蒙红嫂”、不顾生死抢救解放军战士的“沂蒙六姐妹”的事迹……这些故事我早已耳熟能详，但当再次听到年轻一代用真挚的情感讲述，看到那一张张年轻的脸庞时，我竟忍不住潸然泪下。

在一次表彰大会上，我采访了临沂本地的全国拥军模范朱呈镕，她告诉我，沂蒙大地有着拥军支前的好传统。朱呈镕说得没错，在革命岁月里，沂蒙根据地 420 万人口中，有 120 多万人拥军支前，20 多万人参军参战，10 万多名烈士血染疆场。“只要我能走得动，我就会一直走在拥军的路上，我要把这种传统一代一代传下去。”朱呈镕是这样说的，也是这样做的。现在，她有 500 多位“儿子”，他们都是部队的战士。19 个除夕夜她是在部队度过的，她被人们亲切地称为“兵妈妈”。

在临沂，也有愚公移山的动人故事。当年，厉家寨老百姓肩挑人抬、镐刨锨铲，实现了农业快速发展。今年春天，我又到厉家寨，正是樱桃成熟的季节。村民李茂全捧出刚摘下来的樱桃说，省农科院有一对一的技术专家指导，俺种出的樱桃比甘蔗的含糖量还要高出六个百分点，樱桃还没下树，订货的就排起了长队。如今，马路修到了家门口，俺家也盖起了二层小楼，孩子也在市里找了工作，家里的日子一天好过一天。

去年夏天，我陪同一位四川来的朋友一起逛临沂。抵临沂下高速，恰是华灯初上之时。沂河上五光十色的桥与河水中的倒影相互辉映，整个城区灯火辉煌，朋友连声惊叹。第二天，我又专程陪朋友参观了书法广场、王羲之故居、银雀山汉墓竹简博物馆，让朋友感受这座千年古城的历史文化。站在高高的电视塔上，俯视临沂市区，沂河两岸高楼林立，河堤一片绿树繁花，河面上波光粼粼，马路上井然有序。朋友看了忍不住连连赞叹。

朋友的赞叹，让家在临沂的我备感骄傲。如今的临沂，拥有着中国十佳生态宜居典范城市的美誉，流淌着的河水让整座城市充满了灵气。每每看到这座城的变化，我总是忍不住拿起手中的笔，一次次记录下这些亲身的感受。

到菏泽，看牡丹

潘若松

每个地方都有自己特有的符号与标签。山东菏泽，人们最引以为傲也最心心念念的要数牡丹了。牡丹之于菏泽，不仅是一张名片，更融入了这座城市的日常生活里。

走进菏泽，你就会发现，牡丹的元素无处不在，各种与其有关的标记随处可见。加上街头巷尾的广泛种植，每到春天，整座城市都浸润在花海花香里了。在这个季节，熟人相见，常常聊起的是："看牡丹了吗？"对外地朋友最盛情的邀约，也是："请您来菏泽看牡丹！"

记得20世纪90年代初，我在家乡的县一中读书，听同学说，60公里之外有座菏泽城，生养着世间很美的一种花。于是，一个春日的周末，我们七八位好友结伴赶往那里，那是我第一次去菏泽看牡丹。

看牡丹的地点在菏泽郊外，周遭都是村庄。那里的曹州牡丹园当时还算是庄稼地，只不过密密地扎起了竹篱笆，南北盖起了两座高耸的仿古门楼。远远望去，牡丹园内已是熙熙攘攘。那一天，我看到了花形硕大、色艳香浓的牡丹，尤其是花朵连阡接陌的壮观场面，让我内心非常震撼。

我没想到，此后我就与菏泽、与牡丹结缘了。高中毕业，我考上了省内的一所大学，校址就在菏泽。准确地说，校园坐落在菏泽的北郊，校园附近散布着三个最具代表性的牡丹园，除了我曾经去过的曹州牡丹园，还有百花园和古今园，都很有特色。

大学期间，牡丹园成了我和同学们的好去处，园内每处景点，我几乎都如数家珍。毕业后，我留在菏泽工作。每天骑着自行车穿行在街衢巷陌，道碑街、考棚街、双井街、顺城街……条条老旧的巷子里，蕴藏着久远的故事，斑驳的光影里，诉说着古老的传奇，让人挖掘不尽。牡丹路、天香路、国花大道……这些带有特殊印记、不断拓展美化的现代化道路，也见证着菏泽发展的脚步。

对于牡丹，我当然非常喜欢。它外形端庄、大气、艳丽、饱满，几乎契合了人们对于花朵的所有美好想象。但我同时又觉得，牡丹似乎少了一点点气韵，有点儿过于雍容华贵、富丽堂皇了。加上历史上牡丹多与宫廷关联，仿佛欠缺了一点烟火气。但久居菏泽，慢慢地对牡丹接触更多、认识更深，我发现牡丹看似娇艳柔美，其实是历经严寒的。从播种到开花，要经过六七年的时间。而牡丹每年盛开前，还要忍受三十多天零摄氏度以下的低温，花才能开好，正所谓“牡丹不冻花不开”。如果开花了，牡丹就总要开到极致，哪怕养分耗尽整株枯萎也在所不惜。这，正是牡丹的品格。

在菏泽，牡丹其实没有那么高贵，因为它是那样地为人们司空见惯。它的根皮可以入药，是药材中的上品，所以农民大量栽种，以此养家糊口。历经花农世世代代的精心培育，如今，牡丹在菏泽这片土地上华丽转身，变得浑身是宝，“牡丹产业”拓展到医药、食品、化妆品、文化创意等诸多领域。

了解愈多，爱之弥深。有几年时间，我特别爱在晚上看牡丹。空旷寂静的牡丹园内，一朵朵盛开的花儿散发着醉人的香气。远离白日的扰攘与喧嚣，我分明听到了花儿的私语，夜色中它们在舒展筋骨，在交流谈心。静默中，我仿佛也听懂了它们跨越千年的咏叹与告白。

前些年，每到春天，我都会给父母打电话，希望他们来菏泽看看牡丹，然而或是因为农活，或是因为杂务，总是不巧，多年未能如愿。直到一年春天，在外地的四叔和堂哥还乡省亲，父母才和他们一同走进菏泽的牡丹园。春和景明的日子，年迈的父母漫步花间，新奇地对眼前的每一朵牡丹指指点点。园内人头攒动，因为彼此担心走散，本来拘谨羞涩的父母甚至还牵起了手。园内有花农将从自家田里摘来的牡丹鲜花编织成花冠售卖，我给他们每人买了一顶戴在头上，父母兴奋得像孩子，笑容一直溢在脸上。

赏完牡丹，父母还特意把花冠带回老家，挂在堂屋的正墙上。每有乡邻串门，他们都会兴致盎然地讲述牡丹园里赏花的经历和见闻。直到那花冠的花叶完全枯干了，还挂在那里舍不得摘下。

定居菏泽二十多年，我对牡丹经历了从陌生、疏离，到亲近、认同、依恋的情感历程。如今，牡丹成了我无法割舍的情缘，我也深深地融入了这座因牡丹著称的城市。

家在黄河边

李勇

十年前，毕业找工作，心里有个声音：回北方。

于是，一列绿皮火车，哐哐当当七八个小时，到了郑州。面试、试讲，都在一间简陋的教室里。几番下来，教室门打开，那位认真而和蔼的老教授说：欢迎加入我们。记得很清楚，那是个下午，走出教学楼，眼前是金水河，四月的河岸青青。先是坐下来，后来干脆躺下来，让所有的阳光都洒在脸上和身上，心里兴奋得差点喊出来：我要领工资了！

领工资了。第一件事是租房，一定要带暖气的那种。办妥租房手续那天，我在附近饭馆要了一大碗羊肉烩面。吃完摸着肚皮往外走，一下跌进一片浓荫里。蝉声此起彼伏，路旁是两排高大挺拔的白杨。那种高大挺拔、风一吹便哗啦啦鼓起掌来的白杨树，似乎只在北方生长。站在树下，盛夏的阳光不沾身，仿佛又回到了童年的村口。

后来才知道，那条街叫枫杨街。枫杨、丁香、石楠、国槐、翠竹、丹杏、梧桐、牡丹……这些都是郑州高新区街道的名字。走进高新区，仿佛走进一个大花园。高新区位于郑州西郊，彼时人烟稀少、草木众多，而我入职的郑州大学，更是花草葳蕤，缤纷四野。

郑州有两个新区，一个是郑东新区，一个是高新区。初来乍到的人经常搞混淆。前者在东，时尚现代；后者在西，绿色生态。中间，是老城区。老城区其实也不老，新中国成立前夕，郑州由县改市，逐步发展成河南省经济中心，不过也才短短几十年时间。如今，多条铁路干线穿城而过，人们常说，郑州是地地道道由火车拉来的城市。

铁路是现代化事物，但郑州很长时间里给人的感觉却是不够那么现代。刚到郑州时，在媒体上看到一个调查报道：郑州为什么没有某品牌咖啡店？报道说：该品牌咖啡店对于城市环境有一定的要求……老实说，作为一个刚刚落户郑州的“郑州人”，我对这则报道的感受是复杂的。它似乎在讲彼时的郑州，城市环境还不够高标准。但在我看来，好像郑州也并不一定非得有那家品牌咖啡店。每天早上，我与很多郑州人一样，喝一碗胡辣汤或豆腐脑，再加两根油条；中午口寡，就来一份烩面，羊肉放得足足的，即便在最有名的店铺，也不过二十来块钱。那种朴素、实在的快乐，我以为，最契合郑州的气质。

当然，如今的郑州早有了那家品牌咖啡店，到处都是高楼大厦、流光溢彩。但我总感觉，郑州骨子里是质朴的，是跟大地田野密不可分的。郑州有条大路，叫农业路，农业路分支开去，有农科路、丰产路、丰庆路……这些路的名字，不正彰显着这座城市和农业文明的血肉联系吗？农业路继续往东，有条郑汴路，现在叫郑开大道，平坦宽阔，直通开封。多年前，坐一辆城际公交，满怀激动地走那条大道去开封，脑子里全是儿时从评书里听来的东京汴梁、包青天、杨家将的故事……

有车之后，常开车上连霍高速，上京港澳高速。前者接东西，后者贯南北。无论东西南北，大道两旁，尽是一望无际的平原。那辽阔的平原大地，被长长的田垄切成巨型的方阵，方阵上生长着蔓延至天边的庄稼。每到三月和六月，麦苗返青和成熟的季节，平原便成了绿油油或金灿灿的一张巨毯。待落日洒下余晖，那真是一种让人心醉神迷的壮丽。而那壮丽的麦浪与麦浪下的土地，不正是它们孕育、催发了千百年来这块土地上绵亘不绝的历史吗？中原自古丰饶，郑州，正是这块丰饶土地上的一座城。

转眼在郑州已生活十年。由无业到有业，由而立而不惑，苦辣酸甜，人生如歌。心情不畅快时，就往城外走。一路往北，过四环，过古荥，车行不到半小时，就到了黄河边——浩浩汤汤的一条黄水，横卧在平原上。观黄河，人们常去“黄河风景名胜区”，著名的炎黄二帝像就在那里，登上雕像所在的向阳山，于百米高台上，看黄河远上白云间，蜿蜒壮丽尽收眼底。不过，我个人更喜欢去“黄河国家湿地公园”。两处相距不远，后者更原始天然。那里有大片的杨树、柳树林，有大片的蒲苇和旷野地。黄河水漫过脚面，静静流淌，黄沙淤积的河滩平坦柔软。把手伸进水里，水似乎就有了记忆——它流啊流，一直流到几百公里外下游岸边一个村子，那是我出生长大的地方。

我在靠近渤海湾的黄河边长大，武汉读书在长江边生活九年，然后又回到了黄河边，有生以来一直与两条大江大河相连。如今人到中年，是生命的中段，而身在的这座城，亦居于大河的中段。中原人喜欢说“中”，有承诺、应许的意味，而对于这块土地上的所有生命——那过去的、现在的和将来的生命而言，这平原、这河流，这平原与河流所正涌动着的，不也是一种应许吗？

家在周口

董雪丹

我的童年和少年时期是在东北一座小城度过的。上初中二年级时，我跟随父母回到了他们的故乡，也是我的出生地——河南周口。

这个叫周口的城市，那时还是周口地区，虽然是父母的故乡，但对我来说却是初来乍到的陌生。

上初三时，我遇到一位同学，他的情况和我相近，也是因为父亲从部队转业，从另外一个城市来到周口。他生在北京，长在北京，从大城市回到小城市，自是有更多的不适应。因为座位相邻，我们之间说话就多一些。记忆最深的话题就是对这座城市的感受。我说："真想不到，这里只有一个商场。"他说："是啊，公园也那么小。"我说："坐火车还得在漯河转车。"他说："公共汽车也没有"……说起来到周口的经过，他笑起来："我不想回来，说这里没有故宫，没有博物馆，我爸为了让我回来，说这里有一个凤凰台，和故宫的建筑风格是一样的。我来了一看，就是一个小市场。"我不禁也笑了。凤凰台市场在当时算得上是周口的标志性建筑，入口处是一座两层高的门楼，采用了仿古式建筑风格。

我上大学后，这个爱和我说话的男同学去了他喜欢的北京当兵。然而我们还一直保持着书信往来。在通信中，话题还是集中在周口，不过已经开始融入了对这方水土的了解。我会和他说起，自己读到《诗经·陈风》里“彼泽之陂，有蒲与荷”“子之汤兮，宛丘之上兮”，读到孔子陈蔡绝粮弦歌不辍的时候，终于知道古地名“宛丘”“陈国”就是今天周口的淮阳。当典籍里的地名与自己生活的地方联结在一起时，突然觉得这个被湖水环抱的地方是那么有历史底蕴和文化积淀。他则会和我说，假期回到周口，和朋友一起到“彼泽之陂”，感觉湖中的荷花仿佛有了不一样的美，还吃到了一道特色菜——传说中孔子吃过的蒲根。

微风拂过湖水，也拂过悬挂在夜空中的月亮。明净的月光下，更多出几分想念和守望。后来，无数次一起举头望月的我们成了一家人，小家就安置在让我们相遇的周口，也是我们的父辈心心念念要叶落归根的故乡。我们选择把家安在周口，一来，因为他是家中的独子需要留在父母身旁；二来，也因为我们两人有很多的共同记忆都在周口；三来，更因为我们各自的情感和生活已经在这片土地上扎根。再后来，我们的女儿出生在周口，成长在周口，大学毕业又回到周口。毫无疑问，在女儿的心里，周口就是她最熟悉的家乡。

周口也在不知不觉中变了模样，不再是我们少年时所谈论的那样了。尤其是这几年，用日新月异来形容一点也不夸张。最直观的感受，就是周口变得越来越美，越来越有城市范儿。就在我们居住的老城区周围，自己非常熟悉的地方，就可以看到不断变换的风景：今天这里多了一个小公园、微景观，明天那里又多了一个书吧、市民驿站。推开窗子就是满眼绿色，出门就是街角公园，越来越多的花草树木围绕在人们的身边，这对于喜欢植物的我来说，真的是增添了许多幸福感。晚上在路边散步，我会时不时地停下来，将手机的镜头对准新发现的一棵正在开花的树，或是一朵正在盛开的小花。每一棵树、每一朵花，每一处可以歇脚的亭子、座椅，这些细节之处的巨大变化，不断地带给我惊喜，让我养眼又养心。

有一天散步时，我和爱人边走边聊。想起多年前刚到周口时我们聊天的内容，我感慨，现在的周口真干净。他也感叹，是啊，这些年周口的变化真大。我说，现在周口有高速公路、高铁，以后还会有机场，到哪儿都十分方便。他补充道，不光是交通方便了，还有二十四小时开放的智慧图书馆，城市也更有文化气息了。我说，自己最高兴的是公园多起来了，还有植物园、动物园、绿色基地，每个季节都有可看的花……我们俩一起，见证了这些年来周口的精彩蝶变，当然，我们还要继续见证下去。

现在，我们又在城市的新区买了新居，就在周口的沙颍河畔。如今的沙颍河两岸变成了景观带，仿佛一个大花园。这里有金黄耀眼的金鸡菊，紫云浸染的马鞭草，粉嫩可人的粉黛乱子草，明亮忘忧的萱草花，五彩斑斓的波斯菊……对于我们这些住在周边的居民来说，不用走远，就可以看到许多自己想看的花儿。小区里也种满了各种花草树木，这样的环境，就像住在花园里。新家离周口市博物馆不远，我们因此还可以时常去感受文物里的周口。

几十年过去了。我终于在心灵深处找到并认定了自己的家乡——这个叫周口的城市，一天天地在我心里变得熟悉和亲切，我对它也越来越认同和热爱。我，我们，我们的孩子，都已在这座城市里深深地扎根。

圣寿寺

当典籍里的地名与自己生活的地方联结在一起时，突然觉得这个被湖水环抱的地方是那么有历史底蕴和文化积淀。

在这滨江滨湖的城市里……

葛昌永

武汉城又恢复了勃勃的生机和活力，走在车流如潮的长江大桥上，放眼武汉三镇，我心中对这座城市油然生起一种不可名状的依恋。

我与武汉有着太多的情缘。

五十多年前，我在鄂西北一个小山村上小学，暑假里忽然心血来潮，借说走亲戚，怀里揣着五块钱赶到县城，坐上绿皮火车哐当哐当一整天来到武昌火车站。在车站的台阶上躺到天亮，然后沿着铁路走上长虹般的长江大桥，迎着朝阳，看那烟水齐天的长江，胜景曚昽的武汉三镇。这是我人生的第一次远行，只因看了一眼长江、大桥和武汉，我便无限满足地匆匆返程。那时候，我的个头长得慢，比同龄孩子矮一截，乘车都是免票的。饿了，在车站前的烤红薯或包子铺面前一站，大娘大伯见是乡里孩，不等我开口，更不用我掏钱，就把热烘烘的食物递过来。连去带回三天时间，我怀里的五块钱还是那五块钱。武汉真好！我小小的心灵里，对武汉就留下了美好的印象。

那时，在武汉看不到黄鹤楼。历史上的黄鹤楼屡毁屡建，新中国成立后，于 1981 年开始重修黄鹤楼，直到 1985 年才落成，从此金碧辉煌地雄立在蛇山之巅。对于我来说，关于仙人、崔颢、孟浩然和李白的故事，这才有了真实的载体。黄鹤楼落成时，我已经参加工作，常常因出差或开会来到武汉。记得黄鹤楼开放后不久，我带上一岁多的女儿到武汉，在黄鹤楼前照了她与武汉的第一张合影。没想到，后来我的女儿和儿子都在这座城市里读完了大学，这些是后话，却暗示着我与武汉的不解之缘。

20 世纪八九十年代，我在枣阳和武汉间穿梭了不知多少趟。通向武汉的 316 国道，弯弯曲曲，窄仄得一旦对面来车，双方都需要减速让行。不到三百公里的路程，太阳露脸出发，太阳落山能赶到，就算顺利。由于物资紧缺，汽油凭票定点供应，出发前要到石油公司装上一桶，备足返程的用量。路上要是遇见修路或交通状况，竟磨蹭得要在途中住一宿。

修大东门立交桥那阵子，武汉城常常堵车。有时候，我们干脆从桥头堡下车，自江边码头步行到司门口的金蕙饭店。夏天傍晚，一路走，还可以欣赏到别有的景致：太阳西下，人们在街道上浇水降温，然后在街道两边排满床铺，高高低低，花花绿绿，或者就地摊张凉席，人们坐在凉席上，摇着蒲扇，拉着家常，其乐融融。后来，随着空调的普及，这种情景就再也看不到了。

长江大桥下有一家黄鹤楼书画店，老板姓黄，卖文房四宝，我来武汉总要到这里坐坐，买些书画用品。黄老板与我很投缘，三五次交道后竟成了朋友。这人豪爽，常常留我到江边酒肆，对着长江喝酒。三五杯下肚，便打开话匣子，我也乐意听他讲关于武汉的故事。一边聊，一边从旁边小店里要两碗热干面，那满口香让人爱不释“口”。也不知道，他卖给我纸笔所获得的利润，够不够一顿酒钱。突然有一天我又去，门店却关张了。那时没有手机，没能留电话号码，从此再没有联系上。

21 世纪初，山不转水转，我调入省城工作，住进了武汉市。我幸福着自己的幸福，庆幸与喜爱的城市、与万里长江、与江畔的黄鹤楼，终于可以亲密厮守了。早晨，来一碗芝麻酱热干面，喝一碗蛋酒；中午，就着武昌鱼来一盘老通城豆皮；晚上，到吉庆街吃炒豆食，喝三鲜鱼丸汤。这就是武汉味道，这就是武汉滋润且鲜活的生活场景。

后来，我的工作单位又移到东湖边上，这就更加让人欣喜了。工作之余，时常去听涛亭品茶。听涛亭坐落在东湖正中，伸手便可以抓到湖水。对面则是先月亭。在这里，春天听鸟鸣，夏天赏荷花，秋天观碧水，冬天看雪景。尤其是夜晚，一轮明月从湖里跃然升起，照得满湖银波涟漪，构成诗梦一般的图画。

一转眼，我来武汉将近二十年，目睹了武汉城日新月异的变化。楼林高耸，街道明亮，大江之上架起十来座大桥，江底穿行好几条地铁通道，天河机场恢宏雄阔，高速公路四通八达。武汉境内江河纵横，湖港交织，一百多个湖泊错落其间，水域面积占到城市总面积的四分之一，如今建设成了环境优美的滨江滨湖城市。我常想，按这种发展速度，再过二十年，不知道武汉又将是一番怎样的繁华景象。

退休后，我不时还会来到武汉长江大桥上遥望。第一次站在这里遥望时，我还是个少年，今天在这里凭栏远望，我已成了老翁。岁月留痕，眼前有景。而心中的风景，更是一幕幕在脑海里显现。我想，这就是我与这座城市一辈子的情缘吧。

洪湖畅想曲

徐鲁

从农历端午开始，生活在江汉平原上的千家万户，谁家饭桌上会少了洪湖的咸鸭蛋、皮蛋和新鲜藕带？湖北省洪湖市是有名的鱼米之乡。每年夏至一过，一望无际的藕田，满湖满塘的荷花，会把这片水土装点得分外美丽。

洪湖更是一块浸透了红色记忆的土地。土地革命时期，贺龙领导的红二军团与洪湖地区苏维埃政权在千里湖墩、港汊和苇林间浴血战斗，狠狠打击了国民党反动派和当地湖霸的嚣张气焰。“洪湖水呀浪呀么浪打浪啊，洪湖岸边是呀么是家乡啊……”一曲优美动听的《洪湖水浪打浪》，将洪湖赤卫队的英雄故事唱遍了全中国，也把洪湖的乡土之美深深刻入了中华儿女的心中。

初夏时节，我又一次来到洪湖市瞿家湾镇。前几年，因为采写长江江豚保护的故事，我数次到过洪湖、监利、石首以及对岸的洞庭湖一带。有不少亲历的故事，已写进了我的小说里。然而，一部小说盛不下我对洪湖这片热土的全部眷恋与崇敬。尤其是贺龙等老一辈革命家率领的红二军团，以及洪湖赤卫队的红色传奇，我一直想写，但迟迟未敢动笔。

在我看来，瞿家湾称得上是洪湖红色记忆的“脉”与“魂”。当年，湘鄂西革命根据地首府就坐落在瞿家湾老街上。贺龙、周逸群、段德昌等革命家率领着红军队伍，在这里播下了革命火种。这里也是洪湖赤卫队诞生和战斗过的地方。当我踏上老街的青石板路、看到几扇斑驳的老门板的瞬间，《洪湖赤卫队》里的情节便一幕幕浮现在了眼前。

老街两边的旧屋，是清末民初江汉平原小镇上典型的穿斗式结构建筑样式。曾经，多少个战斗的黎明和黄昏，在这一间间饱经沧桑的老房子里匆匆交替。如今，那些大刀、鱼叉和梭镖，还有红二军团、赤卫队等名词，都已写入了历史。但是，只要伸手轻轻触摸，仿佛还能感到，这里斑驳的墙壁依旧灼热；静下心侧耳倾听，仿佛还能听见，年轻的红军战士和无畏的赤卫队员战斗的呐喊声与胜利的歌声，像军号一样嘹亮……

时光流逝，英雄的湖区儿女用青春、热血和生命，在这片水土上谱写的滚烫的诗篇，人们不会忘记。湘鄂西根据地和洪湖赤卫队留下的数十处遗迹，散存在瞿家湾老街和沿河街，以及附近的墩子和村垸里。多年来，到这里追寻红色记忆、重温党的奋斗故事的党员群众和青少年络绎不绝。我来瞿家湾这天，就巧遇华中师范大学师生们的一次“红色走读”和“快闪”活动。在瞿家湾老街上，当熟悉的旋律响起，背着短枪、扎着皮带和绑腿的“韩英”，脚步坚定地走在青石板街上，后面跟随着一群青春洋溢的大学生，他们一起高唱着《洪湖水浪打浪》……

在《洪湖赤卫队》里，韩英给战友们描述过洪湖的未来：“等全国都插上了红旗，打倒了地主、湖霸，庄稼人都扬眉吐气过日子，畈里用拖拉机耕田，年年五谷丰收；湖上用机器船撒网，天天鱼虾满舱，彭家墩会变得像武昌城一样。”韩英和战友们朴素的愿望、美好的憧憬，在新中国成立后，都一一变成了现实。

除了追寻红色记忆，来到洪湖的人，还少不了品尝鱼米之乡的各种“湖鲜”。

老唐是我上次来洪湖时结识的一位藕农。他是瞿家湾桃花村人，现在兄弟两人一起打理着一片藕塘，还养了三四个池塘的虾和螃蟹，每年的藕带、莲米、螃蟹和虾的收入，少说也有十几万元，日子过得不赖。

老唐说，在洪湖乡下长大的孩子，谁没有小时候下湖摸藕带、扯藕带的记忆？每年五月间荷箭刚刚开始挺出水面，水下和湖泥里的藕带已有一二尺长。急于吃藕带的人，就赶着这个时节，下湖摸藕带、扯藕带了。

当然，洪湖人都知道，藕带采扯过度会影响莲藕和莲米的产量，所以，扯藕带也是要讲究时节、有所节制的。现在，专家和藕农们已培植出一种以生产藕带为主的莲藕，采扯期可以延长到立秋时，这也为藕农们带来了可观的收入。

近年来，随着党和政府相关政策的实施，洪湖大地和洪湖儿女迎来了新的发展机遇。洪湖综合治理进程的落实和提速，让今天的洪湖已不仅是人们心目中的“红色之湖”，也是美丽丰饶的“绿色之湖”“生态之湖”。

“湖塘里水草多，还有螺蛳、鱼虾等，螃蟹就吃这些天然的饲料长大。水草还能净化水质，这样养出来的蟹又肥又大！”说起自家的螃蟹和虾来，老唐眉飞色舞。的确，如今，“洪湖清水大闸蟹”已成当地支柱产业之一，“洪湖清水螃蟹节”也已经举办了多届。

“从 2020 年元旦起，长江就进入 10 年禁渔期了。洪湖是革命老区，当然不能落后的！眼下，靠江的村镇大约有 11 万条渔船、近 30 万名渔民，都告别了‘水上漂’的生活，退渔上岸。”老唐对退垸还湖、生态修复、渔民退捕上岸这些名词了如指掌，说起来头头是道。

听了老唐的话，我由衷地感叹：是啊，只有这样做，如洪湖这样的众多湖泊，才能把荆楚大地装点得更加美丽，才能让在这里浴血奋战过的赤卫队憧憬的“人人都说天堂美，怎比我洪湖鱼米乡”的景象，变成世世代代永续发展的美好现实！

荆门的红色路标

刘良军

“楚塞三湘接，荆门九派通。”因为地理位置特殊，地处湖北中部的荆门，自古就是兵家必争之地，自然也是一个特别有故事的地方。

尤其在荆门生活过后，你会发现老城区的街巷、道路名称，虽然字面上浅显直白，却蕴含着丰富的历史掌故。一条街道、一段路，就是一部历史书，记载着风云际会、时代变幻、人物传奇。那些至今沿用的街巷、道路名称，无疑是红色文化的传承，是历久弥新、让人由衷致敬的红色路标。

荆门城区哪里最繁华、最热闹？熟悉荆门的人会脱口而出：中天街。然而细心的人会发现，路牌标注中天街的同时，还提示中天街有另一个名字——解放街。这条街见证了荆门解放的历史。

史料记载，1949 年 2 月 2 日，荆门战役打响。解放军集中兵力，经过激战，于 2 月 4 日一举打掉国民党军第 79 军军部，并活捉军长方靖。当时，就是在解放街上，人们载歌载舞、欢天喜地，迎接解放军进城，让荆门自此换了人间。

夕阳西下，荆门市民最喜欢的去处之一，是龙泉公园的文明湖畔，或跑步健身，或休憩闲游。然而无论男女老少，途经文明湖西侧，都会禁不住停下脚步，向一尊静默的石像致以敬意。那正是著名爱国将领张自忠将军的石像。

1938年冬，由于日军飞机的狂轰滥炸，荆门城遭到严重破坏，市民生活已是相当艰难。这时以曾志为代表的共产党人在城内三里街办起军民合作饭店，为衣食无着的群众提供免费食宿。而中共地下党员、国民党第33集团军参谋长张克侠，更是主动提出援助经费，并号召团以上军官捐款，筹得一笔资金交给曾志，用于增添设备、加派人员、扩大经营，一时传为佳话。但地方豪绅与国民党军中的反动势力，纷纷向张自忠告状，说曾志是共产党，应立即抓捕、严惩不贷。没想到将军不以为然，还对曾志等人的行动大加赞许，并选择在军民合作饭店设宴待客。新中国成立后，三里街更名“民主街”。张自忠将军以民族大义为重的事迹，也从此深深印入人们心中，人们视将军为顾全大局的民族英雄。

而与解放街毗邻的建设街，则见证了社会主义建设时期，荆门人民战天斗地，将曾经肆虐的漳河改造成为润泽一方的“幸福河”。在董必武、李先念等党和国家领导人的亲切关怀下，自1958年起，先后有60余万人次参与修建漳河水库。在有限的条件下，建设者们团结一心，不畏艰险，一些人为此献出了宝贵的生命。如今水库承雨面积2000多平方公里，库容超20亿立方米，水面100多平方公里，从高空鸟瞰，简直就是一颗晶莹剔透的明珠，镶嵌在一望无垠的荆楚大地上。

还有星火路，取自“星星之火，可以燎原”，提醒人们永远不要忘记红色政权是怎么来的。1928年年初，为声援秋收起义，中共荆门县委先后领导城南、城西、城北地区的农民多次举行大规模武装起义。起义遭到残酷镇压，主要领导之一靳吉祥被捕后遭受酷刑，最后壮烈牺牲。但毋庸置疑，此时争取民族独立、人民解放的革命火种已经点燃。由荆门而至整个湖北，到处都是抗争的呐喊、斗争的号角，可谓红潮涌动，烽火遍燃……红色路标在荆门城区俯拾即是，老市民对红色掌故信手拈来，这无疑是一座英雄的城市。

屈指算来，我已在荆门生活近 30 年。每逢周末，我就会骑一单车，城东城西、城南城北巡游，只为再看一眼那些红色路标，再听附近老人讲一讲路标背后隐藏的故事。正是从这些路标中，我看到了荆门人民身上始终充盈着做中国人的志气与骨气，以及“为有牺牲多壮志，敢教日月换新天”的豪情。

今天的荆门，乘着改革开放的东风，沐浴着新时代的阳光，经济社会步入高质量发展轨道，在多个领域谱写了新篇、铸就了新绩。譬如农业方面的“中国农谷”，航空业方面的 AG600 水陆两栖飞机水上首飞，等等。而这一切的一切，追根溯源，是因为荆门人民传承了红色基因，赓续了红色血脉。那些红色路标背后的故事和精神，指引着一代代荆门人不畏艰险、开拓进取、追求卓越。我想，身为荆门人是幸福的，因为先辈先烈锻造的红色精神已成为这座城市无价的精神财富。

被列为省重点烈士纪念建筑物保护单位的荆门烈士陵园，正坐落于荆门市内的象山上。每每拾级而上，站在象山上四望，那一枚枚红色路标早已镌刻于心……

又到襄阳

何向阳

夏天的时候，到襄阳去。刚住进宾馆，就接到媒体电话。下楼接受采访，记者问我："您是第几次来襄阳？"我听了一愣，真就是一个提醒。我想起上次，是 1998 年，从河南乘坐火车一路南下，到三峡去参加一个会议，路过这座城市，只待了不到一天。第二次？也不尽然。后来从三峡回来，印象中还是从这里转车北上，但那次是真正的路过，哪儿都没去。从 1998 年算起，我已和这座城市"阔别"了足足 23 年。想到这里时，我吃了一惊。作为一个 23 年后才与它重逢的人，我能给出什么样的"印象"呢？直到——

"您是何老师吧？"一个温婉的声音传来。

怎么？难道 23 年了，在这里还有记得我的朋友吗？

我扭过头去，看到一个女子，长长的头发绾起来，还有一双弯弯的眼睛，那眼睛里始终有温和的笑意。我搜索了一下记忆，真的是第一次见她呢。

"我认识您，何老师。"面对我的疑惑，她轻轻地说，"我也是第一次见您。但您前几年生病时，我曾受一个朋友委托给您寄过些草药。"我想起来了，曾经有一个女孩给我打电话要过地址，那应该就是她。几年前我吃过她给配的草药，我该怎么说出内心的感激。我只能一把抓住了她的手，那只曾向我提供帮助的手，我感到了真实的温热。

纵然相隔23年，但我与襄阳的缘分，又岂是时间能够衡量。

接下来的采风分三路，一路去了老河口、谷城，一路奔赴枣阳、宜城，而我选择了留在襄阳古城，一是想看看阔别多年后一座城市的变化，二是弥补23年前未能进城一探究竟的遗憾。也许潜意识里，还有和新结识的这位“老”朋友做更深了解的愿望。

说来惭愧，我对于襄阳的认知，只停留于23年前对于古城墙的模糊记忆，或者还有地理交通意义上的襄阳，历史文化遗迹、历代文人诗词中的襄阳，对于它的今天，我真的知之甚少。

那几天，在有限的时间里，我跑遍了襄阳。站在古城墙上，面前是汉江，汉江那岸是樊城。陪我一起的那位女孩说，樊城是她现在住的地方。她用手一指：“我的家就在那片高楼里。”两相对照，樊城的楼要更高一些，而身后的襄城因属古城，没什么高楼。女孩的手又一指：“再往那边，是您去过的鱼梁洲，那里也不允许盖楼，只能种树。早上您若去那里跑步，听到的全是各种鸟叫声。”语气中有掩饰不住的自豪。

望着汤汤的汉江水，我想，这就是陈子昂、王维、孟浩然、李白、杜甫、白居易、韩愈、刘禹锡等人目光所及的地方，他们的书写，使襄阳一时成为诗歌的“高地”。

这样走走停停，从城中的昭明台，到临水的瓮城，又从樊城的码头、会馆到正待搬迁的襄阳博物馆，我对于襄阳的认识每天都在更新。看着兴致勃勃介绍着家乡的女孩，我不禁想起了前几天，我因熬夜写作手臂着凉忽然抬不起来，就是她，以一种缓急有序的手法将我的后背揉了几下，奇迹一般，我的手臂当时就能抬起来了。我感叹她的中医资质，她腼腆地笑了。第二天中午，她居然带了艾条过来，20 分钟后，我的后背一下子暖和起来，手臂已能举到最高。她比我还兴奋，弯弯的眼睛笑着，然后腼腆地从包里拿出一本书，是她写的一部从《诗经》中寻找本草的书。她依旧有些腼腆地说，在这里的晚上，不累的时候翻翻吧。

“古人含蓄，不说爱，不说恨，也不说想念和忧伤，只是一个劲地说植物。”“古人用最原始的方法让植物的宽厚、仁慈、坚韧和爱，滴水穿石般慢慢渗透进华夏儿女的骨子里。”这是她在书中写下的感悟。

从阅读中，我得知她是中医世家，太爷爷悬壶济世，却不收穷苦人的费用。“高热发烧的，他大手一挥，指着江滩，挖三棵芦苇根，洗净熬水喝；浑身发痒出风水疙瘩的，他又是大手一挥，指着江滩，半斤浮萍煮上，边喝边洗；牙痛尿急的，他还是大手一挥，指着江滩，竹叶一把、荇菜三把……”看得我禁不住莞尔。

寻孟浩然相关古迹后回到住地，华灯初上，窗外万家灯火。我再次翻开那个女孩的书，等从书中抬起头来，已是深夜。那些可以疗治人类病痛的植物和围绕植物所展开的一段段人生记忆，带我走到了襄阳的细部，那是百姓日常生活的深处。一个个个体生命的展开，也如一株株我叫不上名字、认不出形状却葳蕤茂盛了几千年的植物，在我们看不到的地方。

第二天，这部书的作者来接我。我谈到其中最打动我的一篇题为《酸枣仁》的散文。为子女劳作了一生的母亲病逝，她一个人跑到母亲的墓前，那种亲人已逝、儿女却找不到机会报答的心情，让我痛彻。同样身为女儿，我与她有相同的感受，在对话中我们不断深入，说着说着，她竟流泪，我也哽咽。让我感到惊异的是她说的一句话：“我没想到您会读我的书！”此后我一直在心中念叨这句话，我想我要在未来一直记住这句话，这无疑是一种提醒。

离开的前一天傍晚，我们已然成为很好的朋友，相约一起去她说的一家沿岸小巷面馆吃饭。她兴奋地介绍，要吃正宗的襄阳牛肉面，就得到这种小馆子来。我们一人一海碗。正当我埋头于美食时，抬头她却不见了。再抬头，一枚卤鸡蛋缓缓落入我的面汤中。她说，这几天您跑得辛苦，身体要补一下。那一瞬间，一股暖流再次涌遍我全身。

回北京后，我在网上购买了她写的第一本书。拿到书，我捧起阅读，仍是一部关于本草的书。她弯弯的充满笑意的眼睛又出现在我眼前。我该怎么说出感谢？这个让我心灵与身体同时得到治愈的——襄阳的女儿！

韵味长沙

马笑泉

韵味，是长沙人的一种生活追求。表达某一时刻的轻松惬意，长沙人会蹦出三个字——好韵味。前两个音声调高而悠长，最后一个音则发第三声。韵味本是个书面语，却活跃在长沙人市井气极浓的日常口语中，有时是形容词，有时又变成了动词，频繁而自然，耐人回味。

20 世纪 90 年代，16 岁的我怀着满心欢喜，背着几乎有自己身躯一半高的牛仔包，兴冲冲地踏上从邵阳开往长沙的绿皮火车。七个多小时的车程后，我终于抵达了长沙。在长沙老火车站，我坐上中巴车去往湖南银行学校所在地雨花亭。途中，经过林荫密集的袁家岭、窑岭和长岭，然后是彼时长沙最繁华的商圈——东塘。我侧身站在拥挤的车厢内，当看到那栋在电视天气预报中常出现的百货大楼时，内心充满了激动——我真的到省城来读中专了！

刚到学校读书时，我不太爱说话。有个同寝室的长沙本地同学见我总是沉默寡言，便找话头和我聊天。渐渐地我们开始熟络起来，我的话也多了起来，还和同学们一起去逛服装批发市场。其实，我当初的沉默中，包含着一个来自小城的学子初来乍到省会的谨慎。但是，通过与这些长沙本地同学聊天，我感受到了长沙人的热情，特别是一种生活的态度——要有味。将生活的趣味充分挖掘，体验有味的人生。

在同学们的影响下，我也很快爱上了长沙小吃。学校对面有一条坑坑洼洼的黄土路，通往黄土岭，而黄土岭则接通老长沙的中心区域南门口。每逢周末，我便会怀着轻松愉快的心情，踏上那条土路。从清早出发，到夜晚归校，我能在长沙城里逛上一整天。

那些清早就坐在家门口或街边茶馆的长沙人，用一根筷子串起两个包子，再配上一杯热气腾腾的茶，就是一顿美美的早餐。茶泡得极酽，大搪瓷杯中一派深沉的黑黄之色。这一杯浓茶、两个包子，便能让他们稳稳地坐一个上午。甚至到了中午时分，有的人还意犹未尽，不肯归屋。我就曾见到一名中年汉子，在自家门口铺张草席，盘膝而坐，抿两口小酒，夹一筷子菜，并跟每一个路过的熟人大声打招呼。如果有人称赞他生活得真幸福，他便连浓眉和胡子里都溢出得意之色。长沙人愿意展示自己的幸福，也愿意和他人分享自己的幸福。这种带着几分孩子气的坦荡，令我对他们倍增好感。

多年以后，我还会常常想起南门口散发着醇香的糖油粑粑，碧湘街辣得让人连连嘘气却还要继续咀嚼的捆鸡，以及“杨裕兴”的面和兰花干子。我还屡屡回忆起这样一幕场景——为了吃上一家远近闻名的臭豆腐，人们在路边摊前排队，耐心等上十多分钟甚至更长时间。

在学校读书时，我发现，长沙本地同学尽管有时说话声调很高，也会因为一件事而争得面红耳赤，但是在他们心里，做事情都有一条底线，而且，当他们在内心认同对方之后，会爽快地承认甚至表达佩服之意。后来我意识到，这也许正是长沙这座城市活力不断、人才涌现的一个重要原因。这里地形狭仄、不甚平整，比之省内一些其他城市，地理环境优势并不明显。然而，这座城市很包容，在认同你之后会竭尽全力帮你创造机会，因此能将周边很多地区的人才吸引过来，使他们愿意扎根在此，发挥自身的优长，建设这座城市。

毕业后，我离开了长沙。但是，我仍然喜欢着这座城市，和它的联系也从未间断，并且还在慢慢地深化。作为一名文学爱好者，我不时会来这里参加文学活动。我还通过自考，先后拿到了这座城市一所大学的专科和本科文凭。2014 年，我调进湖南省作协，实现了当专业作家的梦想，同时也成了一名新长沙人。到单位报到后的第二天，我便去南门口大吃了一顿口味虾，风味不减当年。

如今的长沙城，已经呈现出大都市的气象。河西新区的拓展，破解了河东老城区的地形制约，高新产业在此蓬勃发展。而老城的文化积淀，日益受到重视与保护，彰显着这座城市的悠久气韵。东塘依然繁荣，然而更多的商圈早已崛起。南门口、沙子坡、碧湘街、白沙路等地，依然是老长沙的精髓所在，不远处的黄兴路和解放西路，则充满着日新月异的活力。曾经一度沉寂的太平老街，在改造后汇集新旧滋味于一身，成了新的网红打卡地。过有韵味的生活，在韵味中不断创造新的韵味，这是一种理念，更是长沙这座城一种看得见摸得着的生活态度。

在怀化看火车

江月卫

20 世纪 70 年代末期，九岁的我和哥哥凌晨三点钟从家里出发，赶九点钟的火车，去县城看望生病住院的母亲。那是我第一次坐火车，感觉就像坐在家里的铺上一动没动，人却已经随车跑出去了好远。这桩事我无数次描述给没见过火车的老祖母听，她每次都津津有味地点头。

后来母亲转院到了湖南怀化，我乘车的目的地也变成怀化。印象中怀化火车站前的广场很大，但广场周边最高楼没有超过三层，通向广场的公路两边，也都是一两层的砖瓦房，房子后边是开满了油菜花的农田。这景致，现在想起来觉得普通，但在当时，一度令我很是向往。而“怀化是火车拖来的城市”这一说法是后来我从广播里听来的：湘黔、枝柳两条铁路相继修通，在怀化县榆树湾交会，使得这个人口曾经不到三千人的小镇迅速发展成为铁路交通枢纽。这个说法和我坐火车到怀化的经历，将“怀化”与“火车”在我心中连在了一起。

2009 年，我调到怀化工作，参与怀化火车站的拆迁改造，由此走访了多年来居住在火车站附近的十几位老人。记得一位老人拿出一张发黄的黑白照片，站在街道边用手指着说：这是当年的火车站，从这里一直往候车大楼就是照片上的斜坡，照片上的小溪就是从这位置一直往前流，这里是稻田，那里是山岗……老人还说，那时，这个地方没有通电，一到晚上只有猫头鹰在大树上“咕咕”叫。可如今，我眼前看到的是高楼林立、车水马龙、灯光璀璨。

21 世纪初，随着湘黔铁路复线建成和高速公路开通，以及芷江机场通航，整个怀化的交通便捷程度大大提升。怀化高铁站建在城区南边，命名为怀化高铁南站，与北边的老火车站遥相呼应，撑起怀化的商贸物流。随着高铁线路的建设，怀化的经济与城市面貌不断发展。现在，怀化中心城区建成面积已发展到 65 平方公里，这座年轻的城市在一天天长大。这一切，我都亲眼见证。

在怀化依然保留着绿皮火车。绿皮火车开得很慢，每一个小站都会停靠，乘客多为带着农产品外出交易的沿线老百姓。这些车除了票价便宜，更重要的是绿皮火车允许把装有“土特产”的担子挑上车。新鲜蔬菜、土鸡土鸭、鳝鱼、泥鳅、干笋等土特产到了怀化城里都成为抢手货，价格也比在乡下卖得好。而绿皮火车不疾不徐的“步态”，也每每勾起我对往日生活的回忆。

那天我从老家新晃坐绿皮火车到怀化，在公坪站上来一位提着一篮枞菌的农妇。她五十多岁，胸前挂着二维码收款牌子。列车员问，多少钱一斤？农妇说，25 块钱一斤。我在旁边轻声提醒农妇，拉到怀化迎丰市场，就能卖到 30 到 35 块钱一斤。农妇却说，卖给这些列车员算是回报，如果没有这趟绿皮火车沿路停靠，在我们镇里市场上 20 块钱一斤都没人买。我问她，你坐这绿皮火车卖东西每月收入怎样？她想了想说，多的时候有三千多元，少的时候两千多元……说着就爽朗地笑起来，满满的幸福感写在脸上。

如今，怀化的铁路不仅保障了沿线百姓的出行，更载着大家走上了致富的“高速路”。火车把村里人“拉”到城里打工，乡下的农具和民俗也随主人到了城里。农耕博物馆、乡村体验园、民俗博物馆等等在怀化这座城市应运而生。这些年，怀化城里有人在街头广场或溪边树下对唱山歌，在春节的时候也打闹年锣，还舞龙灯和狮子等等。铁路牵起城乡，推动了城市与乡村的协同发展。

正月的一个下午，适逢春运高峰期，天气暖和得出奇。我脱下棉衣出门走了走，不知不觉就走到门前的铁路上。我边走边想，如果没有这些铁路的汇入，怀化这座城能够大起来吗？火车把怀化这座城市变热闹了，把老百姓的荷包变鼓了，把周围的农村也带上了富裕的道路。

在怀化看火车，看到的不只是火车线路多，跑得快，还看到了火车与一座城的关系。我相信，这座火车拖来的城市会像奔驰在铁路上的火车一样，越来越现代，向着美好的生活不断前进……

寻访故乡英雄气

邓跃东

踏访英雄热土、领略红色传奇，很多人常常想到的是远方那些著名的地方。而对自己脚下这片土地，每每感到平淡无奇。

什么样的土地才能出现英雄？

我从学生时代开始思考这个问题。每次打开历史教科书，彩页、插图都是南昌起义、四渡赤水、翻雪山过草地、飞夺泸定桥、狼牙山五壮士等等。这些地名深深烙进了我的脑海，让我有几分羡慕，也感到遗憾，因为我没有看到自己故乡的名字——湖南邵阳。

我们这里没有英雄吗？小学四年级时，班主任老师告诉我们，我们这里是打过仗的，一支红军队伍经过我们西中乡，遭到敌人的飞机轰炸，有人牺牲了，还有伤员在村里休养过，牺牲的红军就安葬在茶山边上。我们去看过，碑很普通，似乎跟村里的墓碑没有两样。这让我对老师的话将信将疑。

直到几年后，我到邵阳绥宁县走亲戚，夜里在公路上追着看耍龙灯时，突然看到路边矗立着一座高大的烈士碑，上面刻着“革命烈士永垂不朽”，跟历史书上画的一样雄伟。表哥说，埋着的是红军，山上打过仗，村民上山砍柴还捡到过子弹壳！

这一下，把我深深震撼住了，一晚上都想着那座烈士碑不能入眠。五角星、战斗、火光、子弹壳……当年倒下的红军，就在身边的碑下啊！

这以后，我有了一种底气，可以自豪地对人说，红军从我家乡经过，还打过仗呢！

多年以后，我有幸成为这支英雄队伍中的一名新成员。在西北一个陆军团，我和战友们紧握钢枪，枕戈待旦，苦苦操练。我长期在战史书页中跋涉，研究了不少的战役，常常被故乡邵阳这个名字照亮眼睛、击中心灵。比如，邓小平、贺龙等将领都曾率领红军途经邵阳；王震曾率队穿越城步苗族自治县的莽莽荒原，之后在他的关怀下，这里建成牛羊成群的南山牧场；陆定一在湘江战役后来到这里，后来写了一篇《老山界》……

回到故乡邵阳市工作之后，在一次次的踏访中，我对这块土地上的英雄气概有了更深的领悟。

不久前，我到邵东农村出公差，听当地朋友说，新四军政治部主任袁国平就是这里的人。我知道他是有名的军人，但不知道就出生在这里。袁国平出身黄埔四期，曾说过："如果有一百颗子弹，九十九颗要射向敌人，最后一颗留给自己。"这句话，他做到了。在皖南突围中，他身负重伤，为不拖累他人，果断结束了自己的生命。从袁国平老家开车出来不远，又遇见了音乐家贺绿汀的老屋，他年轻时离乡投身救国，创作了《游击队歌》。真想不到，那活泼灵动、铿锵有力的旋律，竟与这样一个普通的小山村缘分深厚！

又有一次去绥宁县，听到了独臂上将贺炳炎的故事。他那条胳膊是长征经过绥宁时、被子弹击中发炎而截去的。因为当时没有麻醉药，只能把他绑在门板上，借来当地木匠的锯子进行手术。手术进行了两个小时，贺炳炎嘴里的毛巾全咬烂了。手术时贺龙在旁坐镇，他捡起一块锯下的骨头对大家说：看看，这就是共产党员的骨头！我听了这个故事，一整天茶饭不思，那是怎样不惧痛楚的钢铁意志！又是怎样不惧牺牲的英雄风骨！

抗日战争时期，党中央审时度势，将八路军驻湘通讯处迁移至邵阳。当地党组织及时抓住这个“势”，组织武装在纵横百余公里的雪峰山脉游击日寇、破坏工事，为夺取抗日战争的最终胜利做出了贡献。邵阳旧称宝庆，解放战争中的衡宝战役又使邵阳熠熠生辉，国民党军白崇禧的主力在此被军民围歼……

无论何时，你去亲近和聆听这片土地，敬意总是涌现在心间。据党史部门统计，已发现 2000 余位烈士牺牲在邵阳境内，留下 160 余处红色遗址遗迹，每一处都进行了修葺或扩建。欣慰的是，我们乡那处红军墓也重新立碑修坟，建设了广场，不时有人前来瞻仰，鲜花四季不断。

久远的故事叩击着人的心怀，而身边人的际遇更令我遐思感喟。有一天，同事老李给我讲起他家的旧事：他的外公参加了雪峰山抗日地方武装，牺牲时才 38 岁，那时他妈妈还在外婆腹中。他妈妈多年来为外公的烈士名誉四处奔波，后来在南京历史博物馆找到一张外公的军装照，老人家看到父亲的面容，终于觉得了却了一桩心事。

这让我更深刻地意识到：家乡的土地上，还有许多像老李外公那样默默无闻的英雄！烈士遇难之地就在洞口县高沙镇的一个小山头上，离我家只有 7 公里。后来每次回去，我都要朝这个山头多望两眼，山上青草离离，随风飘动。草木默默无语，却见证了一位位无名英雄的气概……

云龙在奔跑

张雄文

我与云龙的缘分，始于二十多年前。

那年 8 月底，刚出校门的我顶着烈日，揣一纸报到单，来到离家四百余里的湖南株洲。出了火车站，逢人便打听，终于找到了城区深处的教育局。在等待宣布具体去向的空隙，我盯着大厅墙上的郊区地图看了起来。围着城区或宽或窄铺展开来的区域，唯有西北角的云田乡最特别，不仅与城区隔好几个乡，还昂着头向外延展，似乎在竭力挣脱株洲而去。我心里咯噔了一下：千万别分到云田乡。可谁知怕什么就来什么，分配结果很快张贴了出来，我的单位正是云田乡中学。

坐上乡教育办租来的中巴车，我出发了。出城后，沿着弯弯曲曲的道路颠簸了两个钟头，拐上了一条黄泥土路。路边是一人高的芭茅草，芭茅草凹陷处，偶尔露出一两栋村舍。中巴车又摇晃了半个钟头，总算到了目的地。学校的红砖围墙斑驳破落，生锈的铁门洞开。乡政府隔着田垄相望，也不过两栋老式房屋。

安顿下来，与人闲聊，才知云田虽是有 16 个行政村的大乡，却距城区 50 里，与隔壁的龙头铺乡，一道夹在长沙县、浏阳县和株洲市区之间。因属远郊，偏远落后，这里的人一直都想离开。我到了云田后，人地两疏，出行不便，很久都不进一趟城。

1998 年前后，往昔冷清的云田突然热火起来。乡政府组建了“云田花木有限公司”，建成了年产 300 万盆西洋杜鹃、50 万盆蝴蝶兰、20 万盆红掌的花木基地，带动 3500 多户农民种植花木致富。几年后，云田有了规模庞大的花木市场，建成了十里花木长廊、一千亩花木精品示范园，被授予“全国花卉生产示范基地”和“中国花木之乡”的称号。我虽然不是花农，但是也由衷地感到高兴。

2002 年，沪昆高速潭邵段开通，穿云田隔壁的龙头铺而过。步行二十来分钟，我便能望见那条簇新的“银飘带”。公路往西的那一头，直达我的家乡冷水江，我骤然感觉离家近了。学校门前的黄泥土路，也改成了连接沪昆高速的柏油路，往来车辆和陌生脸庞明显多了起来。附近农民的腰包鼓了不少，许多人家都忙着翻盖新房，家门前的田地里栽满了各种花木，等着株洲、长沙甚或外省的人们前来拉货。学校的条件同样在悄悄改善，围墙焕然一新，还矗起一幢新的教学楼。我偶尔上城里走走，听到越来越多的人说起云田，十字路口还标上了去往云田的醒目箭头。

2007 年，随着一个消息传来，云田再次沸腾起来。长株潭城市群获批为全国资源节约型和环境友好型社会建设综合配套改革试验区。处于长株潭腹地的云田，倏忽间成了“香饽饽”。不久后，云田和龙头铺一道被单独划出，成为一个新城区——云龙示范区，后又成为株洲经济开发区，开始了迅疾的奔跑。

原本，我暗存了一个心思：设法调入城区，把家安在城里。没想到，不用我劳神，云田已经成了城区。从此，我每天聆听着云龙示范区飞速奔跑的脚步声，振奋不已。曾经空旷的田地、小丘和长满芭茅草的荒野，都渐渐变成了人来人往的街巷、小区和产业园。云龙示范区又规划为四个“区”：两型生态城区、文化旅游景区、职教双创新区、新兴产业园区。我所在的学校属于文化旅游景区。学校不远处曾是荒地的地方，如今建成了国家4A级景区。茶余饭后，我推窗而望，眼前便是一片漂亮的楼宇，外墙、屋顶形状各异，颜色五彩纷呈，颇似童话里的城堡。城堡内外熙熙攘攘，各地的游客漾着笑意，纷至沓来。

新兴产业园区更是云龙乃至株洲的骄傲，园区内有轨道交通城、云龙大数据产业园、金融产业园等。单是一个云龙大数据产业园，总面积就有3820亩，投资约230亿元，着力吸引移动互联网、物联网、云计算、智能终端等新一代信息技术产业集聚发展。每每路过曾是一片菜地的产业园区时，我都要停下来张望一番，感慨良久。

因为是新城，所以政府部门在开发时就树立生态、绿色理念，新建楼房无不因地制宜、有序规划，采取集中供能、智能电网、雨水收集、污水处理等节能环保措施。已经化为城区的云龙并未照搬老城区模式，而是“城中有乡、乡中有城”，林木、小区、楼宇和村舍错落有致。我居住的小区便在碧波荡漾的云峰湖边。这里从前仅是一个人迹罕至、几近干涸的水库，而今已是众人向往的宜居之所。巧的是，老城区的人也纷纷前来购房定居。我的一位新邻居，便是从前千方百计调往老城区的同事，没想到他又回来了。我打趣他，他却笑道：“这说明咱们的缘分未断嘛！”我微笑聆听着，为自己是一名云龙人感到荣幸。

浏阳河边是家乡

谭仲池

“浏阳河，弯过了几道弯

几十里水路到湘江……”

离开浏阳30年了，可家乡的浏阳河时刻在我心间流淌。

去年年初，听说浏阳河通过治理，水质大为改善。年底，又成为全国首批18个示范河湖之一。不禁想起自己在浏阳工作时，一遇汛期，山洪暴发，满河漂浮着垃圾，还有沿河工厂流出的黑色废水。那时的我，常常为此感到焦急、忧虑，常常站在河岸边想，什么时候我们才能还浏阳河一河碧水？

如今，这一愿望终于实现了，我激动不已，迫不及待想回家乡看看。

就在今年5月，杜鹃花满山开放的时节，我又一次回到浏阳。

车在去浏阳方向的高速公路上疾驰。公路两边的田野，荡漾着禾苗簇拥的绿色波浪，一直涌向苍翠的远山。伴岭依坡建起的错落有致的农舍，白墙黑瓦，点缀着翠绿的山乡，一切让人赏心悦目。不一会儿，厂房林立、车流穿梭、绿树掩映的国家级浏阳高新产业园就出现在我眼前。我知道，这里原是一片贫瘠的荒地，野草丛生。20年前，浏阳敞开大门，引进生物医药、电子信息、智能装备制造等主导产业。现在，一批又一批高科技人才在这里落户创业，让这里的面貌大为改观。

进入浏阳城，一条宽广笔直的柏油大道一直向前延伸。道路两旁的树木花草，显然经过了精心修剪，看上去整齐而有层次。透过树木间隙，可望见一片片整齐的楼房，耸立在蓝天白云下。还有散发着现代气息的图书馆、体育馆、欧阳予倩大剧院、立交桥等，淋漓尽致地展现着这座城市的美丽景致和蓬勃气息。进入新世纪，浏阳城继续向西拓展，建起了金阳新区，面积拓宽了十几倍。浏阳正成为具有巨大发展潜力的经济文化重镇。

我清楚记得，1979 年 10 月，我从乡里调到县委机关工作。那时浏阳经济十分落后，整个县城不到六平方公里。绕城而过的浏阳河上，只有一座水泥浇筑的拱桥。一到枯水季节，河里大小不一的石头便显露出来，让人看着心里很不是滋味。当时城市基础设施建设还处在起步阶段，市民的饮用水只能靠井水或到浏阳河边提水。我那时住在岳父家，就经常在傍晚时分，沿着通向河边的小巷，踏着麻石铺就的阶梯，去河边取水。

如今，浏阳变了，变美了，变富了。浏阳人一直向往的“满城烟花、一河诗画”的现实美景，已经鲜活真切地展现在人们眼前。

站在河岸边，我禁不住浮想联翩。浏阳的发展如此迅速，究竟是有什么神奇的密码吗？这座城市发展的精神动力之源又在哪里？

历史的风云在我脑海中回荡。红色的记忆，再次重温。

1926 年 7 月 24 日，叶挺、林伯渠率领北伐军第四军独立团和第六军一部由醴陵进入浏阳。闻讯而来的群众，像迎接久别的亲人一样，扎彩楼，放鞭炮，敲锣打鼓，送茶水送鸡蛋。在叶挺、林伯渠的帮助指导下，10 月，浏阳第一次党代会在文庙召开，成立了中共浏阳县委，潘心元同志任书记。1927 年 9 月 9 日，毛泽东同志来到湘赣边发动秋收起义。

1958 年上映的电影《永不消逝的电波》中李侠的原型之一，就是浏阳张坊镇白石村的农家儿子李白。李白 15 岁加入中国共产党，1927 年在县委书记潘心元带领下参加了秋收起义。1927 年 9 月 19 日，在毛泽东同志指挥下，各路起义部队在浏阳文家市会师，转战上井冈山。

1930 年，毛泽东、朱德率领红一军团，从福建打到江西，再打到湖南。一路红星闪闪，旌旗猎猎。8 月 20 日，红一军团在文家市歼灭敌军三个团又一个营，毙敌纵队司令兼旅长戴斗垣，取得文家市大捷。8 月 23 日，毛泽东、朱德领导的红一军团与彭德怀、滕代远领导的红三军团，在浏阳永和镇会师。当天就在永和镇的李家大屋，整编成立了中国工农红军第一方面军。这支近 4 万人的队伍，为了不打扰人民群众的生活，官兵们都和衣睡在老乡的屋檐下。

从浏阳河畔出发，无数浏阳儿女跟着共产党闹革命，在硝烟弥漫的斗争中，赴汤蹈火，前仆后继，牺牲了数万人。后被认定在册烈士就有 17035 人，其中，潘心元同志牺牲时，已是红十三军政委。

我知道，浏阳人最期待的是自己的儿女能代代发扬革命传统，为祖国争光；我知道，浏阳人天天爱唱的歌是《浏阳河》，无论走到哪里，在什么岗位拼搏，都会用心用情唱它，总想用发自内心的歌声，表达自己对党的热爱、对祖国的赞美、对奋进新征程的祝福；我更知道，浏阳儿女会永远进取，在这片古老而充满希望的热土上，尽情描绘乡村振兴和现代化建设的美丽画卷。

想到这里，我的心情异常激动。我要深情拥抱家乡，唱一首在心中沉淀已久的歌：

东风鼓满千张帆

两岸花开万里香

浪花朵朵润心窝

碧水长流向远方……

红一方面军成立旧址（李家大屋）

毛泽东、朱德领导的红一军团与彭德怀、滕代远领导的红三军团，在浏阳永和镇会师。当天就在永和镇的李家大屋，整编成立了中国工农红军第一方面军。

花城的英雄气质

许　锋

朋友，你见过广州的木棉吗？假如你见过，我相信，你是不会忘记它的。我无数次看过广州的木棉，无数次地为之赞叹——在大自然之中，竟有如此壮美的红！

木棉花，开在树上；木棉树，长在大街小巷。三四月的花季，整座城市，不用刻意寻找，到处都有壮硕高大的树干，顶挂着朝霞一样繁密鲜艳的红，那便是木棉花！只一眼，你的心便被震慑住了。你会走近它，仿佛有什么力量在拉着你、拽着你。及至树下，仰头看去，木棉花簇拥绽放，火红热烈，透着一股子劲。

木棉花，是广州的市花。我想，是因为那火红的花瓣、挺拔的树干——火红，像英雄的鲜血；挺拔，像英雄的脊梁。故而，人们又叫它英雄花。广州，也正是一座散发英雄气的城市。

位于广州的农民运动讲习所，毛泽东曾任第六届所长。1926 年 5 月，23 名进步青年被当地共产党组织选送来到广州农讲所，毛泽东为学员们讲授了《中国农民问题》《中国社会各阶级的分析》，周恩来讲授了《军事运动与农民运动》……至当年 9 月，来自 20 个省份的 327 名青年学生，在此学习农民运动的理论与方法，并接受严格的军事训练。

广州农讲所如强大的磁石，吸引着全国农民运动骨干，以强大的辐射力，影响着中华大地。据不完全统计，1925—1928 年，广东、福建、江西以及两湖地区等，先后举办了 40 多个农讲所或农训班，培养了成千上万的农民运动骨干，有力推动了全国农民运动蓬勃发展。

广州起义烈士陵园，是纪念英雄的地方。那里，埋葬着广州起义部分烈士的遗骸。1927 年 12 月 11 日，中国共产党发动广州起义，由中共广东省委书记张太雷和叶挺、恽代英、叶剑英等人领导。因敌我力量悬殊，起义最后失败了。“愿化作震碎旧世界的惊雷”，张太雷以年仅 29 岁的一腔热血和火红青春，实践了他曾经立下的不朽誓言。广州起义失败后，革命群众和起义士兵惨遭国民党反动派屠杀，5700 名志士壮烈捐躯。

云台山，也是纪念英雄的地方。1949 年 10 月，广州解放前夕，解放军第 44 军 132 师奉命追歼逃至广州从化一带的国民党军残部。12 日晚 9 时，作为先遣部队的 132 师 395 团的战士们在当地游击队和群众的引导下，从山路抄近道追歼残敌，并与敌军在云台山发生激战。这一场激烈的战斗历时 7 个小时，共毙俘国民党军 500 多人，缴获轻重机枪 20 多挺。可是，50 位解放军战士在战斗中失去了年轻的生命。这是解放广州的最后一场战斗，胜利的曙光已现，可惜年轻的战士们没有看到。

我认识一位老人，他叫李晨旭，曾任中国人民解放军汽车第 37 团政委。这个团参加过抗美援朝作战。老人的很多战友，都曾经血洒疆场。

愈到暮年，他愈怀念自己的战友，愈珍惜自己所过的生活。他常去农讲所、烈士陵园。去过多少回，不记得了。刚到广州时，地铁还没修，就挤公交车去；后来通了地铁，就坐地铁去。不但他去，战友来广州，他带着他们一起去；每年清明节，全家老小一起去。

苍茫暮色之中，有很多人，如他一样，在纪念碑前徘徊流连。

这些年，这座具有红色革命传统的城市，悄然发生了巨变。每一个来过广州、身在广州的人都会感觉到，这座城市正在不断创造新的传奇。

如果登上广州塔，又逢雨后，偌大的城市于云蒸霞蔚之中，另有一番美景。若是幸运，还能看到彩虹，甚至双彩虹。珠江之上，风起云涌，云层游移，光影明暗，蔚为大观。街上的行人总是匆匆，人们为了理想与事业而奋斗着。那随处可见的活泼可爱的孩童、朝气蓬勃的少年、充满活力的青年，更让这座城市散发着昂扬向上的气息。

广州东北部的中新广州知识城很值得走一走。我早年去时，那里还是一片工地。10 年之后，已是高楼矗立，道路纵横，地铁通达，高速飞架；有湖，名曰凤凰湖，碧水微澜，水鸟和鸣，虫声喁喁；幼儿园、中小学、大学、研究院、高科技企业，错落有致……按照国务院关于中新广州知识城的总体发展规划，这块占地 178 平方公里的区域，未来将会有 60 多万人生活、工作、学习、休闲于此。知识就是力量，创新孕育发展，这就是广州的茁壮成长之路。

还有从化，素有广州后花园之美誉，流溪河畔，芳草萋萋，美丽乡村，如诗如画。米埗小镇、童话小镇、西和小镇、罗洞工匠小镇……如同镶嵌于青山绿水间的一粒粒珍珠。在经济高速发展的同时，新时代的广州正建设着一个个诗意栖居特色小镇。徜徉其中，怡然自乐，可以感到一股劳动气息、工匠精神在小镇的每一个细节里悄然流淌……

深圳情思

侯军

本以为，退休后到北京定居，我与岭南的那座城市已渐行渐远。谁知，连日来，深圳经济特区建立 40 周年的各种信息如潮水般涌来，令人目不暇接，怦然心动，甚至还会由目之所见引发回忆和遐想，情不自禁地泪眼迷离——顿时醒悟到，原来我与深圳早已血脉相连，空间上的距离并不能阻断情感的纽带。毕竟，我把自己 27 年的宝贵年华留在了深圳，把自己的激情与梦想留在了深圳，也把自己最珍爱的文字留在了深圳……我的生命已经和深圳这座城市密不可分了。

一

1993 年年初，我从天津南下深圳。当时，这片土地上到处都是建筑工地，新项目一个接一个破土动工。

我身为报社文艺部主任，却经常主动请缨，四处奔波去采访新闻，我渴望亲身感受深圳的脉动。在盐田港的建筑工地，我目睹了这座日后成为举世闻名的集装箱大港热火朝天的建设场景；在大亚湾核电站，我见证了核电站一号机组并网发电成功；在大鹏所城，我在尚未修缮的旧街老屋里，采访赖氏家族在世的最后一位老奶奶，虽然她说的话我听不懂，但却实地探明了“鹏城”之所以成为深圳“别名”的渊源……作为一个异乡人，我每天都被这些亲眼所见、亲耳所听的人和事感染着，并把这些新鲜的感受融入文字，披露于报端。那是我置身于深圳改革开放大潮中，所写下的激情燃烧的文字。

然而，每到夜晚，却难挨身心的孤寂。背井离乡，孤身闯荡，以往自诩的“辉煌”瞬间归零，甚至连语言都要从头学起。这种失落感时常令我对自己的选择产生怀疑。除了孤寂，还有对家乡亲人的思念。不过，我从不讳言自己的孤寂和苦闷，也从不对故乡的亲朋“报喜不报忧”，我甚至在原先工作的报纸上开设了一个名为“感受深圳”的专栏，把自己初来深圳的点点滴滴写给家乡的朋友们。在我看来，人生的逆旅同样是宝贵的精神财富。现在回想起来，我为当年自己没有遗漏这些真实的感受而感到庆幸。

记得初来深圳时，我应邀为荔枝公园撰写过一副对联：“无意秋风迷望眼，多情细雨洗乡思。”那是为公园里的一座“风雨桥”度身定制的，对联就悬挂在桥两旁的抱柱上。望乡之眼，思乡之愁，无意秋风，多情细雨，全都凝聚在这小小风雨桥上。其实，对于当时我这个初来乍到的“异乡人”来说，这副对联几乎就是我的自况和内心写照。

而今，这副对联在风雨桥上已悬挂了二十多年。近几年还不时会有朋友打来电话，告诉我在荔枝公园里看到了它。想来，对联所写内容应该牵动过许多“新深圳人”的情思。二十多年来，一批又一批新移民蜂拥而至深圳，他们也如我当年一样，在秋风细雨中感悟着各自的乡愁——“乡愁”在深圳，应是一个永恒的主题了。

二

在深圳的这些年里，我切身感受到一座城市是如何一步步迈向现代文明的。

你能想象吗，在我初来深圳时，深南大道的红绿灯路口，除了斑马线，还要有人拉起一条粗麻绳。每当红灯亮起时，绳子就会迅即拉起，用以阻挡行人，同时大喇叭中会高声呼喊，提醒人们过马路要注意安全……如今，深圳拥有先进的道路交通指挥系统，无论车辆还是行人，很少有人违规而行。

当年我要买本书，得冒着烈日，蹬自行车近一个小时，赶到东门的新华书店或国贸对面的古籍书店，苦不堪言。然而，几年之后，深圳书城就拔地而起，随后，中心书城、南山书城以及遍布全城的大小图书馆相继建成。我将自己的喜悦之情诉诸笔墨，写下一篇篇文章，为深圳日渐浓郁的书香而欢呼；作为深圳读书月组委会成员，我还四处拜访名家，写下一系列纪实访谈……这些，都是我作为一个爱书人、一个“新深圳人”，为深圳营造书香社会所写下的真情告白。

三

我总想，我是幸运的。作为深圳这座城市建设和发展的一个亲历者、一个记录者，在那些值得铭记的时间节点上，都曾或多或少地留下我的“雪泥鸿爪”——

1997 年，香港回归祖国之际，深圳在沙头角中英街上，用青铜浇铸了一座高大的“警世钟”，以纪念百年前的屈辱和如今“珠还合浦”的荣耀。我受命撰写《警世钟铭》，并被镌刻在钟上，用以昭示后人，永志不忘。

1999年，为庆祝新中国成立50周年，深圳与中央电视台合作拍摄了一部四集纪录片《共和国的窗口》。我被委派担任纪录片的总撰稿。上百个日日夜夜，摄制组奔波于深圳的大街小巷，挖掘着这座城市的“春天的故事”。当时正值深圳筹办首届“高交会”（中国国际高新技术成果交易会），于是那些场景被浓墨重彩地摄入了纪录片中。如今，深圳的高新科技产业已举世瞩目，而我则有幸见证了这巨变的“发端时刻”。

2000年，深圳经济特区建立20周年，一台名为《我们的春天》的大型文艺晚会在深圳大剧院隆重上演。当表演艺术家瞿弦和以激情洋溢的声调，朗诵出我所撰写的主持词时，我在台下禁不住热泪盈眶。如今，又是20年过去了，还是在深圳大剧院，深圳经济特区建立40周年大型文艺晚会隆重上演。那天晚上，我盯着电视荧屏，全神贯注地观看着这台晚会，同时也在脑海中对比着、回忆着。如今的晚会已不设主持人，但是字幕里打出的每一个字，仍牵动着我的思绪。

2003年，“非典”疫情突袭而来。深圳医护工作者和广大市民齐心抗疫，战胜病魔。深圳当地政府决定在深南大道北侧立一座以医护人员为主体的汉白玉雕像，作为抗击“非典”纪念碑。在群雕的背面，镌刻着我所撰写的《真情英雄》纪念碑文。能够为这些可敬的“逆行者”铺展笔墨，无疑是我的无上荣光。

2006年，沈阳举办世界园艺博览会，当中有一座“深圳馆”。我应邀为其撰写了一篇礼赞改革开放、讴歌深圳奇迹的短文《鹏城赋》。当我来到沈阳，流连于那面文字墙前时，作为一名深圳人的自豪感油然而生。后来，深圳建起了漂亮的园博园。主事者又将这篇文章“移回”鹏城，镌刻在一面高大的玻璃幕墙上。一篇短文，两处留痕，作为文章作者，何其幸哉！

哦，还有位于盐田的《双拥公园碑记》，福田南路浮雕墙上的《福田铭》……这些文字，也许并不完美，但都是我的珍爱，都是我饱蘸浓情殚精竭虑的心血之作。我庆幸，自己能有机会把它们献给深圳，也感激深圳能够接纳它们，并让它们与这座城市一起，相伴久远。

四

文字无声，笔墨含情。这些多情的文字，伴随我走过了生命力最为旺盛的青年和壮年。如今，退休北归，仿佛是为我观察深圳拉开了一段距离，变换了一个视角。深圳人爱说一句话：“来了就是深圳人。”而我却想换个说法：“走了还是深圳人。”——毕竟，深圳的新老移民一直来来往往，像我这样退休返乡者并不在少数。然而，一个人一旦把自己的某一段人生岁月交付给深圳，就如同打上了一个相伴终身的“深圳印记”。每个人的“深圳印记”有不同的呈现方式，而我的“深圳印记”，最主要的呈现方式就是这些文字。我相信，不论我走到哪里，这些文字都会与我如影随形。我珍视它们，并为有机缘写下它们而深感荣幸。

红色的记忆　永恒的力量

沈卫星

一

汕头，似乎得到了大海的格外眷顾。自1860年开埠以来，就因海阔港深、水陆便捷、物产丰饶而商业兴盛。一时间，钱庄酒楼比肩而立，中外货品充斥档口。站在小公园开埠区的圆形广场转身张望，一栋栋、一排排独具风情的骑楼如辐辏般扑面而来，仿佛能看到当年人头攒动、市声鼎沸的繁盛景象。

改革开放特别是设立经济特区以来，汕头这座城有了更大的跃升。今天的年轻人即便没去过汕头，也知道那里一定是一个好玩的去处，一个与碧海相连的浪漫打卡地。然而，透过历史的烟云，你会发现，汕头还有着其他美名，比如，唐宋以来诗人文士辈出的贤名，近代侨民海外开拓冒险的盛名……因五月的一次汕头行，我发现这方土地还有着中国革命斗争的红色基因，这是一座英雄的城市。

在中国革命的许多紧要关头，汕头都有重大贡献。辛亥革命时期，汕头就是重要的革命策源地。第一次国内革命战争和土地革命时期，这里也点燃过革命的烽火。二次东征、北伐讨逆、八一南昌起义、“潮汕七日红”、创建大南山革命根据地、潮侨抗日斗争……都为汕头增添了鲜亮的红色记忆。当年一大批汕头儿女舍生取义的身影，虽经百年沧桑，依然鲜活在这座城市。

二

海平路 97 号的三层小楼，便是当年的中共中央至中央苏区秘密交通线汕头交通中站——华富电料行，现在是重要的红色革命遗址。

1930 年，因为国民党当局实行了铁桶般的封锁和围剿，为保证人员、物资和情报的输送畅通，中央交通局开辟了由上海经香港—汕头—大埔—青溪—永定进入中央苏区的秘密交通线。站在一楼的沙盘前，全线及各交通站点的位置、山形、地貌、距离、关隘等一览无余。为了这条交通线，多少英雄流血牺牲。

楼上的起居用房，是当年地下交通员用于接头、密商、接发指令的地方。小楼之所以成为交通线上的重要枢纽，是由于这里是闽西南和潮梅地区物资集散地，信息灵通，出入便利，好掩护，宜隐蔽。别看站点小，却联结着革命大风云。整面墙上贴满了通过交通线安全进入中央苏区的 200 多位革命干部的照片，一个个耳熟能详的名字让人心潮澎湃，更深深感动于那些在“刀尖上行走”的英雄。

从小楼出来，发现不远处小巷里的一间低矮小屋人来人往。走近一看，密密麻麻的油灯照得通亮。这不是伯公灯吗？每逢农历初一、十五，当地百姓都要点灯来祭祖敬宗。想起刚才看到“一门七烈士”的邹家七位先烈，在交通站经常用它来做联络暗号，我明白了，革命者来自百姓，使用的斗争工具有时就是他们的日常用具，革命成功靠的就是广泛而坚实的群众基础。

三

清晨，火烧云在天边移动。今天要去大南山革命遗址。这里曾是由彭湃同志领导的、我党我军较早建立的红色苏区。

大南山建有一座革命历史纪念馆，外观庄严简朴，馆内史料翔实。彭湃、邓发、徐向前、李富春等共产党领导人的事迹分布陈列，让我们重温了他们在这块土地上领导革命运动、成为苏区开创者的“激情岁月”。

随后，我们来到位于潘岱村西南山窝里的“英雄石洞”。1928 年，彭湃在敌情逼迫下不得不转入山区领导红军作战，为隐蔽躲进这个石洞，而且一待就是四个月。一位村民天天扮成砍柴樵夫，为彭湃送吃送穿、传递情报。

从洞口远望四周，山峦起伏，林木浓密，确是打游击的理想之地。为体验当年生存的艰苦，我们决定穿越石洞。进到里面，才知道所谓石洞，也就是一堆巨石互相累叠留出的缝隙而已，幽暗、阴湿、逼仄。我们与其说在洞里走，不如说常常手脚并用着爬、滑、攀，不一会儿便汗流浃背。想象彭湃他们当年在石洞既要与敌斗争，又要防御蛇虫，遇到刮风下雨当然更难，那些日子真不知是怎么挨过来的。

彭湃出身富裕家庭，家中拥有土地和雇工。我常想，那些原本生活优渥的中国共产党早期领导人，何以投身无产阶级的革命事业，成为先知、先觉、先驱的一代？其实道理很简单，他们都是时代的“大我”者，为了改造不平的世界，不惜背叛“小我”，决绝投身革命。彭湃就是其中的代表之一。他肩上扛着救国救民重任，却被家人骂为“逆子”。为防止他“败家”，亲兄弟分产自立，彭湃便把自己分得的田契送给佃户，宣布“日后自耕自食，不必再交租谷”。如此胸怀，难怪日后能一呼百应，成为农民的杰出领袖，即使后来被捕赴死而终不悔。想到他心怀的理想，困于洞中的这点苦，对他又算得了什么？

四

翁千，一个石匠的名字，也是英雄的名字。

在红场镇阅兵台的正面，镌刻在圆形巨石上的“巩固苏维埃政权”红色大字迎面扑来，气势沉雄，笔画苍劲有力，正是出自翁千之手。

1879 年出生于汕头后坪村的翁千，因家贫如洗，只读了三个月私塾，便跟着父亲种田、打石。心灵手巧的他青壮年时就成为大南山一带著名的石匠。1926 年各乡农会兴起，他就联合全村穷人组织了后坪农会，还在山边一块大石上凿出一幅犁徽，刻上“农民协会建造”的字样。

那便是翁千为革命刻石之始。1930 年，他携全家三代人同上大南山闹革命。在后来的日子里，他以铁钎作武器，将岩石当战场，常在主要道路的两旁凿刻革命标语。

群众越把标语当作指路明灯，敌人就越恨得要命，千方百计毁坏它，而当地百姓越要拼了命地保护它。有时用土泥糊上，有时在上面盖草种藤，等敌人撤走后再复原。自然，敌人对翁千恨不得置之死地而后快。一次翁千正在刻标语，敌人悄悄近身、猛然扑来，翁千纵身跳入水中。

敌人开枪猛打，水面泛起血花，最后翁千还是死里逃生。

让我想不到的是，这个普通石匠为了革命，竟有次子、四子、六子、堂弟、堂侄等多位亲人相继牺牲。即便如此，他也没有停下手中的那杆铁钎，直到1933年去世。正因如此，人们用“血刻石标震南山，忠烈满门数翁千”来唱颂石匠的革命功勋。

到过其他革命根据地，当年那些用笔墨写在墙上、屋顶、门板上的红军标语，只能在展馆的照片上看看了。而大南山革命标语口号因勒刻于石，才得以长久保存。在大南山革命历史纪念馆，还保存着翁千用过的铁锤、铁钎和眼镜等工具。他用手中之钎，靠心中信念，从普通石匠成长为意志如石头般坚硬的革命者。那些石刻标语，犹如“刻在大山上的诗行”，成为永不褪色的“红色风景”。

五

汕头之行，是一次难得的红色之旅。除了实地踏访外，还忘不了那套连环画带来的惊喜。

听说市里正在赶印一部描写汕头革命历史的读物，争取我们离汕前能拿到。果真，一天傍晚，市委的同志匆匆赶来，说一定要亲手把读物送到大家手上。当拿到这10本装的一套“红色汕头”系列连环画，我瞬间明白，这是要用红色英雄谱，给下一代讲好革命故事，传承好红色血脉。

20世纪五六十年代前出生的人，常把连环画称作“小人书”。做这套“小人书”，动静可一点儿也不小，不仅市委宣传部挂帅主编，还严格组建了撰稿组和绘画组，邀请有关党史专家、文化学者及知名艺术家担任顾问，收集整理汕头革命人物及红色故事史料。共有 24 位本地作者和画家参与创作，各册封面则由市里 10 位著名画家精心绘制。粗略一翻，便感觉文字生动，作画精良，带着红色边框的封面尤其令人印象深刻。

晚上回到房间，又细细翻看起来。虽然有些故事这几天实地看过，但真实的历史场景、细腻的故事情节、感人的人物形象，在连环画里有了更为详细和生动的展开。一向以为，连环画是“小人书，大天地”，小中蕴含大道理，特别是它的故事性、形象性，于孩子有着独特魅力。童年岁月也许会泛黄发旧，变得模糊，但有些记忆却是清晰的，譬如那些陪伴成长的连环画，多少英雄人物和故事从此深深扎根在心里，这就是“小人书”生命力长久的原因。

如果年青一代对这座城市奋斗的昨天知之不多，又怎会懂得珍惜今天呢？得知这套连环画作为党史学习教育的教材，将送进机关、社区、学校和公共文化场馆，尤其是送到孩子手上，我心中颇多宽慰与感慨。仿佛能看到，有更多的人敲响晨钟、接力火炬，红色的血脉在下一代、下下一代身上延续……

在梧州看水

黄咏梅

地处桂江和浔江交汇处的梧州城，傍山依水。两江交汇，相互依偎，难分难舍，直到逐渐融为一体，汇成一条颜色介于黄绿之间的西江。

水是梧州人的另一种血脉。水路，从梧州的历史上看来，等同于财路、生活之路。水路的发达，成就了梧州自古以来的“百年商埠”。梧州人还喜欢到江中游泳，到江边看看水、吹吹风，跟遇见的熟人聊聊天，就像走亲访友一样平常。喜欢看水的梧州人顺势在这两江交汇处，建起了长廊和孖亭。岸边榕树婆娑、柳树依依，岸下两江鸳鸯戏水，此处便被称为“鸳江春泛”。不要说外地人，就连土生土长的我们，也把这里视为节假日看水的好去处。

小时候最开心的事情，就是被父母牵着，跨过大桥，穿过热闹的珠山隧洞，到鸳江春泛看水。沿着长廊走下孖亭，再步下几级台阶，直接走到河滩上。离水越近，越能感受到两江交汇所形成的湍急。激流扇动起来的风带着湿润的水汽，钻进衣裙里，黏在皮肤上，清凉清凉的。当然，对于我来说，去鸳江春泛看水的吸引力最终还是为了吃。岸边的大榕树下摆着一溜小吃摊，小木桌、矮竹凳，男女老少围坐一起，嗍田螺、嚼酸嘢、串牛杂……炒一碟牛肉河粉，蒸一条刚钓起的河鱼，盛一碗明火白粥，灼一盆盐水菜心。江风徐徐，两江拍岸的声音会从脚底升上来。

这些时候，父亲会给我开小灶。他从矮板凳上起身，漫不经心地走开，几分钟后从对面凉伞下的冰柜里，给我买回一根红豆冰棒，或一支冰镇维他奶。如此甜蜜的美好光阴，成为我人生中第一次“愿时光停留在此刻”的记忆。

父母牵着我一起去看水的时光伴随我整个成长过程。记忆中，父亲和母亲，一个朝着桂江的上游眺望，一个朝着浔江的下游眺望。他们向身边的那个孩子指认着远方，向她描绘那里有两个看不见的故乡。父母是这个城市的异乡人，如脚下的这两条江水，他们被命运推到了这个城市，相识相爱，共饮一江水，于是有了我这个土生土长的梧州人。很多年以后，当我站在珠江边，朝着上游眺望，目光穿过广厦，穿过遥远的水平线，以期能望得更远一些，望见我的故乡，望见那条街上那间熟悉的房子，望见房子里我亲爱的父母，这时候我才理解，父母看水，也是在望乡。在那些通信尚不发达的岁月里，这江水便是他们思念的邮路，顺流、逆流，如光纤一样传递着他们的乡愁。

由于与江水为邻，所以梧州人祖祖辈辈都在生活中预留了水的位置。“骑楼”是梧州城常见的老建筑。为了不让水轻易进屋，三五层的房子却有着三四米高的廊柱，看起来就像房子长了两条“大长腿”。每条“大长腿”上，都会钉着一两只牢固的铁环。涨水的时候，人们取出备用小船，从二楼的小水门出来，摇着船前行；到了，就把船系在铁环上。

进入 21 世纪之前，江水上涨，洪水浸街，在梧州时有发生。这固然给生活带来影响，但在梧州人看来并不罕见，应对起来也经验丰富。从小到大，我家搬过四次，每次地势都比较高，所以水并没有“光临”过我家，但我见过洪水浸街时的光景：船只安然来往，人们摆渡到地势高的茶楼去饮早茶、吃冰泉豆浆和龟苓膏。咿咿呀呀的粤剧唱腔从茶楼里传出来，广播里 12 点依旧准时开讲《杨家将》……大约过了个把星期，水慢慢退回河滩的时候，人们穿着高筒雨靴，拿着长长的竹扫帚，到大街小巷去扫水。那些被水淹的家庭，一趟趟跑到某个“西水借用”的聚集地，领回寄存的家居物什。“西水借用”那张纸片，时常贴在我家附近的中学、文化馆等门口，那里是免费提供给人们的安置场所。

那年，我从学校毕业后去广州工作，父亲送我。一个夕照满天的傍晚，我和父亲拎着重重的行李，站在港运码头向岸上目送的母亲挥挥手，然后登上了正在鸣笛的“红星号”客船。父亲坐在窗边，对着岸边后退而去的街道指指点点，话很多，我却嫌船开得慢。出于对新生活的期盼和忐忑，我坐在船舱的大通铺里，混在嘈杂的旅客和拥挤的行李中，毫无看水的心情。我甚至暗暗埋怨父亲为什么不选择陆路，321 国道上飞驰的大客车五六个小时就能到广州，而这艘“红星号”顺着西江，需要多出一倍多的时间。船开过那座江心小岛系龙洲之后，熟悉的街道便看不见了，再开一阵，广播里报出了封开的站名。父亲告诉我，我们已经离开梧州，进入广东，西江就要流入珠江了。父亲拉我到船尾看水。太阳已经落入江面，剩下几朵染着余晖的云朵卧在我们来时的方向。父亲指着那个方向说，在那里，梧州现在叫作你的故乡了。父亲说出这句话时，眼眶湿润，如同过去许多次跟我们提起他的故乡时那样动情。这时候我才意识到，这艘“红星号”将我送达异乡，这个小城将成为我频频回首望见的那个地方。一片沉默中，我和父亲在船尾站了很久，直望到云彩彻底消失，逐渐看不到远处的水平线，感觉不到船的速度。

进入 21 世纪后不久，绵延梧州城区近二十公里的防洪堤建成，江水被牢牢框定在堤坝下。洪水浸街的景象已经成为记忆。那些为了“招待”洪水而建的骑楼，现在变成“骑楼城”观光景点。楼墙上的一道道水痕也已经被粉刷干净，挂在“大长腿”上的铁环被装饰上一层彩色的荧光圈，仿佛向行人炫耀着它的光辉岁月。在这个提速的时代，那艘曾经载我离开故乡的“红星号”已经停运，321国道上的车流逐渐稀少，高速、高铁穿过这座小城，将人们带到更远的远方。但梧州城商埠的本色没有改变，江水担负着不因速度而被取代的使命，一条三千吨级内河航道的“水上高速公路”去年开建，直通粤港澳，水路依旧是这座城市的发展之路。梧州人也依旧喜欢看水，站在防洪堤漂亮的绿化带上，远看、俯瞰，江水涛声依旧，而小城已经扩大了版图，改变了模样。

一座城和一个人的关系，刚开始是命运，接着更多的是情感。那个黄昏，在那艘缓缓行驶的“红星号”上，面对江水，父亲对我说出“梧州叫作你的故乡”这句话时，这座城市就开始在我的记忆里与现实中交替出现。在“籍贯”这一栏我很多次写下这个城市的名字，在文学作品里我用书写的方式反复回到这个城市，甚至在一阵潮热的空气里我都能闻见这个城市的气息。人到中年，逐渐体会“故乡”深藏的意味和愁绪。无论身在何处，在曾经驻足的珠江边，还是我现在生活的钱塘江边，我总是要找到一个水流的方向，眺望，并在心里写下一封封家书。

澳门的大街小巷

甘恬

到澳门读书之前，我并没有来过这个地方。想象中的澳门，是热闹与喧哗的。而当我真的坐上巴士，穿梭在澳门的大街小巷时，脑海中原有的想法渐渐消失。原来，澳门是温馨的，是平和、淡然的。

澳门城市虽小，却多姿多彩。极具特色的建筑，不同语言的交流，各式各样的节日美食，多姿多彩的娱乐时尚，闲适自在的生活方式，都折射出它的万千风情。

澳门别样的魅力，在于其热情、富有个性，这尤其在建筑上得以体现。不管是那些历史文化遗产，还是新建的地标性建筑，抑或是文化气息浓郁的公园，都在用自己的方式讲述着不同的故事。古老的房子及碎石路面，与现代摩登的高楼大厦对比强烈。这里的人喜欢把房子刷上一些令人愉悦的色彩，让街道鲜艳斑斓得如同一幅油画。各种门类的博物馆小而精致，隐匿在街道的某个角落，里面的展品却蕴藉着多少时光的故事。那些遍布小街小巷，尤其是路环一带的老房子，总是给人一种特别的舒适感。它们点缀在各方各角，在山腰，在湖畔，在海边，在街旁，交错林立。从它们身上，可以深切感受到岁月的沉淀。

关于澳门的宣传片，总会串联起各种文化节日与美景盛典，从不同的角度展示澳门的韵味与风姿。大大小小的展览，这里似乎每一天都有，音乐剧、舞台剧每个夜晚都在次第绽放。一年到头，我从未见澳门有过淡季，只要出门，总有来自世界各地的人们擦肩而过，耳边充斥着各种各样的语言。市政厅前永远人潮涌动，但是广场却是干净有序的。如此种种，让我求学之余的闲暇生活变得非常愉快，每一天都充满了期待。走过绿树围绕的海湾，走过静谧少人的小巷，都能感受到澳门淳朴的美丽。

澳门这座城市，路少而绕，且以单行道为主。这儿的路边，许多店铺上午开门都比较晚，将近 11 点钟了，才见店主打着哈欠开始营业。下午太阳的余晖还未落尽，店就已经打烊。最初的时候，我以为他们工作有点懒散，后来我才发现，这是当地人生活态度平和随性的一种体现，店家似乎并不执着于多赚多少，够生活就好。

澳门的天气似乎也很“随性”，经常变幻莫测，前一秒还艳阳高照，下一秒便狂风暴雨。总感觉澳门的天空很低，抬头看天感觉触手可及，起风时稍微下点雨，高一点的建筑就隐匿在云中。人在街道穿行，举目尽是若隐若现的“空中楼阁”，充满了奇幻感，恍惚间以为自己身处海上秘境。

我时常思念家乡的饭菜，回到家乡却又十分想念澳门的美食。杏仁饼、澳门豆捞、木糠布甸、榴梿雪糕、义顺牛奶、蛋挞、牛杂、水蟹粥、虾饺……林林总总，说也说不全。澳门就是这样，随便走进一家店铺，食罢都会有想写一篇美食推介的冲动，每每让人唇齿留香、流连忘返。这几年得空时，我就拉上同学到没去过的餐厅尝鲜，从未让我失望过。比起那些声名在外的餐厅，街头巷尾做街坊生意的店铺更受人青睐，时常有老伯老太推着小车来光顾。店里售卖的，往往是自 20 世纪就有的、一代又一代人记忆中的经典美味。

不知不觉间，我已经在澳门生活了三年多，总觉得它有一种别样的惬意。夜幕降临，精巧的街灯映衬着花朵，将澳门装点得美轮美奂。每次在晚上经过跨海大桥，只见灯火璀璨，像极了温暖的家园，唤起归乡的思绪。海风从脸上拂过，轻轻柔柔的。船停泊在桥下的海上，伴着星光，随着波浪摇曳。这是我记忆里温馨的澳门，也是我心中最美的澳门。

南川的街

熊芯

南川地处渝东南，是座美丽宜居的小城。我在这座小城生活了近三十年，对城里每一处景、每一条街，都怀有特殊的情感。

记得第一次进城，是读小学三年级的时候，远房的姑姑嫁到南川城郊，我和姐姐作为送亲客，坐车到南川城。在城里，姐姐拉着我走在热闹的大街上，我胆怯地一路小跑，跟着姐姐东瞅瞅、西瞧瞧，手心里全是汗。当我们走到鼓楼广场一个面包店时，我看到玻璃橱窗里陈列的各种面包，馋得不停吞口水。姐姐走进去给我买了个面包。面包是金黄色的，散发着诱人的甜香味。我坐在路边的花台上，将面包嗅了又嗅才舍得吃，那也是我第一次吃面包。

20 世纪 90 年代初，我大学毕业分配到南川中学教书。刚参加工作时，周末常约几位同事，在县城的大街小巷走走逛逛。从陌生到熟悉，慢慢发现，南川县城其实很小，一条半溪河穿城而过，凤嘴江绕城流淌，两条小河在城郊的龙济桥交汇成大溪河。这座城因为有河流的洇染而富有灵气。

整座县城以鼓楼坝为中心，分东南西北四条街道。东西向的是综合街与南大街。综合街从西街口起步，七弯八拐，终点在北街的花盆山脚下。南大街看上去要笔直宽敞一些，但也只有一公里多的长度，从电力大楼直行十分钟就到了水泥桥。站在桥头，听半溪河流水潺潺，往长满野草的岸边眺望，河床低矮，两岸有泥石堆砌，一年四季，溪水似乎都是从堤岸漫过去的。

两条并不平行的街道两头，分别是东街和西街。人口较为集中的东街，20 世纪一直是南川最繁华的街道，也是出城的唯一通道。去武隆、万盛、涪陵都要从这里经过，甚至由此连通了川湘、川黔两条跨省公路。整条东街蜿蜒曲折，街上青砖黛瓦，木结构的二层楼房，上层住人，下层作店，清一色的木板门，以利坐店经商。南来北往的商人，鳞次栉比的门面，农机厂、粮站以及各种特色小吃，让东街呈现一派欣欣向荣的繁华景象，成为南川城一颗璀璨的明珠。

西大街不太热闹，但这里有当时享誉川东的交易大楼和 M 形的弯弯大楼。登上交易大楼俯瞰，弯弯大楼的结构其实是三角形。楼房有三道拱门可以进出，随便选一道拱门进去，里面都豁然开朗。大楼里边有个天井，天井里有一口小官井，井水常年清澈透明，口味甘醇。井旁有两棵古树，遒劲苍翠。一辈子生活在这里的李婆婆，夏天用井水煮好老荫茶，在临街的拱门旁撑起遮阳棚，支起凉茶摊，摇着蒲扇向过路人提供一角钱一碗的老荫茶水。口渴的路人，喝一碗李婆婆煮的老荫茶，立刻消暑解渴，满口生津。

时光流转，岁月悠悠。南川改造旧城，建设新城，全方位打造重庆都市后花园，“九高四铁一机场”的宏伟蓝图正在逐步实现。而今，整座城市拥有了六纵八横的宽阔街道，一至四环路将城市空间布局不断拓展延伸。西大街曾经的标志性建筑弯弯大楼不见了，取而代之的是新兴的商业经济圈。在广场的拐角处，李婆婆的后代开了家李氏茶楼，生意火爆。闲暇之时，我喜欢来这里喝茶，看茶艺表演，听金山评弹与说书。

半溪河、凤嘴江两岸修建了十几公里长的步游景观带。两岸街道干净整洁，绿树成荫，河水四季清澈，碧波荡漾。以新的渝南大道为主轴，凤嘴江上的五座大桥，将新城和旧城连接起来，桥面是双向通行的六车道，桥下是悠悠流淌的凤嘴江。傍晚时分，游人如织，观景灯次第点亮，微风徐徐，满河尽是波光粼粼、灯火闪耀。

在东街长长的青石板街行走，曾经榫卯木结构的二层楼房，早已变成了高楼大厦。在这里，景城大道与金佛山景区相互映衬，体现了山与城的互动、人文与历史的交融。东街广场四周有花山公园、民俗酒店和梦想摩天轮。夏季的早晨和黄昏，宽阔的花山广场灯光闪烁，音乐袅袅，喷泉跃动，人们在广场上载歌载舞，怡然自乐。南川东街，是我最喜欢去的地方，那里沉淀了我太多的记忆。

南川在飞速发展，但那些让人怀念的老地方、老牌匾，还是被保留了下来。剃头匠、酒坊、铁匠铺，以及明朝嘉靖年间的那段古城墙，还有傅纪米粉、解放食堂馒头等老字号，不时会映入眼帘。我隔三岔五都要到东街解放食堂买手工馒头，有时也会专门去吃一碗傅纪米粉，或者喊一碗鲜嫩的韦氏豆花，欢快酣畅间，味蕾被美食、美味激活，满足感与幸福感在心底缓缓荡漾。

江城万州

文猛

向往一座城市，从城市之味开始。

1983年夏天，我初中毕业，获得到万州参加中专考试的机会。父亲细心地给我准备行李，一再叮嘱我别忘了到城里面摊上吃一碗炸酱面，到西山茶楼去听一段竹琴。父亲早年在万州（那时叫万县市）城里一家药铺当过伙计，后来一直有个心愿，就是能够再走进城里，吃一碗炸酱面，听一段竹琴。

山那边遥远的江城万州，我想象不出那些高楼那些街道。我心中的城市就是父亲口中那碗面、那段竹琴。

步行几十里山路，等到一辆开往万州的客车，翻越几十座高山，客车把我送进较场坝车站，那是当年万州唯一的车站。走下汽车，扑面而来的不是炸酱面的香味，而是柏油路的柏油味——软软的路面，一脚下去一个窝窝，鞋上立刻镶上一圈黑边……

那时的万州不是我想象的那么宏大，较场坝车站所在的一马路很快走完，进入河对面所谓的主城，长江边是三马路，再往上是二马路，再往上是高笋塘，再往上就是传说李白“大醉西岩一局棋”的太白岩，依山而上，依江而立。

找到要考试的学校，大门口黄葛树下有一家面摊。“来考试？来一碗炸酱面吧！吃饱啦，睡一觉，好好考！”老板端出一碗面，上面铺满了黄亮亮的炸酱。没有太多的客人，老板操着竹琴在悠悠地弹唱，那香味跟着悠远的竹琴声飘进我的心里。

考完最后一科，来到面摊，老板端出一碗面，又用铜瓢给我碗里加了半瓢炸酱：“以后别忘了到我这里吃炸酱面！”

老板指给我西山茶楼的位置。我记着父亲的话。疾风骤雨似的竹琴声闹台后，表演者上台啦——

“巴渝所辖百多县，热闹不过成渝万,万县要算小重庆，四十八景摆当心……”

钟声悠悠，竹琴悠悠，江水悠悠，如同面前的江水，我不知道流向何处——后来我考取的是位于乡村的师范学校，毕业后回到的还是乡村的中学教书，虽是我预料中的结局，却让我觉得辜负了那半瓢炸酱。

1992 年 4 月，一纸调令召唤我从一名乡村中学教师成为一名报社记者。这次，父亲没有叫我走山路，要我走水路，从学校边的天缘河，走向浦里河，从浦里河走向小江，从小江走向长江，走向万州码头。

走下码头，江水很低，城市很高，那座叫西山钟楼的万州城市地标，必须尽力仰视。奔流的长江尚未高峡出平湖之前，江城万州下有夔门、巫峡，上有巴阳峡，万州是长江上一方枕梦驿站。搏浪闯滩的江轮散发出浓烈的柴油味，汇集川东各地桐油、榨菜、猪鬃、生漆、煤炭、药材之味，扑鼻而来。这是江城万州的岁月之味，是万州之味的封面。

那一年，三峡大坝建成，古老的长江从一条江到一汪湖，水涨村高，水涨城高。三峡百万移民，万州几占四分之一。作为一名新闻记者，我记录着那些拆迁的楼房、街道、码头、店铺、古巷、古桥、古树、古井……上涨的江水淹没了江边的古城，学校门前黄葛树下已经没有了面摊，再过几天，树也要挪走。

城市变迁，报社的工作也逢变动，我心中不由生出迷茫。向我南下在媒体供职的同学倾诉，同学很快回信：孔雀东南飞，我们等着你。办理完调动手续，我再到江边。江边人很多，大家指着波光粼粼的湖面，说水波之下哪里是他们的老街，哪里是他们的古井。一个老人操着竹琴，对着江水弹唱《万县八景》。走到老人身边，我突然发现老人居然就是当年的面摊老板。老人并没有认出我，他说当年考试的学生很多，学校已经搬迁，面摊活计交给了孩子们，自己有了时间专门操演一生钟爱的竹琴，用万州古老的竹琴给子孙们讲述古老的万州。我的眼里突然有泪，录下竹琴声发给同学——我不能当“逃兵”！

水在哪里，路在哪里。城在哪里，人在哪里。

从 1992 年到 1997 年，这座城市从四川省万县市变成重庆市万县区。如今，它叫作重庆市万州区。当年的车站、码头、高高陡陡的石梯沉入江底，宽阔平静的江波，淡去了码头独有的柴油味。曾经高高在上的西山钟楼就在江畔，客船的夜半钟声不再悬空，仿佛就在指尖。一座新城，仿佛凤凰涅槃。

2019 年世界大河歌会，南方回来的同学带着中外记者要我请吃夜宵。我把他们带到江边面馆，给每人喊了一碗炸酱面。面是普通的面条，面条上覆盖着融一方水土味道的炸酱。随着各地客商纷至沓来，各种口味在万州云集，从最初的五花肉炸成的炸酱到舀上红烧的牛肉就是牛肉面，舀上红烧的肥肠就是肥肠面，还有酸菜面、腰花面、鸡杂面、杂烩面、鳝鱼面、海鲜面，不一而足。

“众水会涪万，瞿塘争一门。”诗圣杜甫给万州写了一首很大气的诗，众水汇来的不仅仅是水，有这片土地、这座城市的岁月之味。走进小巷中的万州格格店，店主人端上用竹皮盘成的圆形蒸格，小碗大小，是一种古老的蒸菜。有羊肉、肥肠、排骨……一方大炉、一口大锅，里面全是一格一格热气腾腾的。

我们漫步滨江路，江风吹来，传来远处的竹琴声，湖映江城，城在湖中……

走进成都

彭家河

1997年春，我第一次到成都，是参加四川师范大学自考毕业论文答辩。在同乡带领下我去了杜甫草堂。其时，杜甫草堂远在荒郊，游客稀少。游玩的细节早已模糊，却记得我们在一本游客留言簿上写下“茅屋人去诗作主，草堂我来风开门”的字句。几日里，我们还去了槐花初放的狮子山、人头攒动的地下商场和芳草萋萋的天府广场。离开成都前，我在川师大校园里买了本论文集，在扉页写了句“锦城虽云乐，还须早还乡”。然后，便在客车颠簸中回到偏远的乡村小学继续教书。

后来，我考调到县城，结束了七年教师生涯。三十岁出头时，我跟两位同事到成都参加公招考试。其中一位同事考进了成都，我们很是羡慕。从此，我开始利用工作之余的时间静心写作。一个偶然的机会，有省级机关需要能写公文又热爱文学的人，就这样我幸运地调到了成都——我与成都终究有缘。

刚到成都生活时，天天都在街上走，对这座城市充满新奇。想到可能要在这里生活几十年，那真得好好地融入这个陌生的城市才行。我像记忆乡下老家那些田地、河沟、山垭的名字一样，开始细心观察并牢记成都的建筑、街巷以及历史掌故。

那时，每天一早，我就换上运动鞋，从成华区人民北路步行到万福桥，接着左转沿府河前行，经过星辉桥、北门大桥、活水公园、太升桥、武成门桥，然后右拐穿过几个小巷抵达单位。单位的小院曾是熊克武的公馆。小院南面的学校原叫志诚法政学堂。街对面是清代名将岳钟琪的故居，街名也因此叫岳府街。有时，我也跟那些老市民们一起晨跑、吊单杠，体验成都的日常生活。我还下载了叫车软件，一到周末便抱着体验生活的想法客串司机，不花油费就摸清了成都的东南西北。

后来，女儿转到成都上学，学校在锦江区。每天早上，从出租屋把女儿送到学校后，离上班时间还有一个小时，我便从女儿学校步行到单位，每天穿行不同的巷子，寻找每一条街巷的名胜旧事，比如，玄奘年满 20 岁受具足戒的大慈寺，石达开就义的科甲巷，名声在外的春熙路，后来红遍网络的太古里……冬去春来，终于把锦江区的街巷走了个遍，也留下了很多关于它们的生动记忆。

再后来，我在驷马桥边羊子山路买了房。羊子山土台，据说是古蜀国所建的祭坛。那时地铁 3 号线刚刚开通，每天早上七点，我便带着女儿赶乘地铁。一上地铁，我就背诵那些陌生的站名，对应地面上的街道、楼宇和曾经的故事，同时细心观察地铁上人们的穿着打扮、言行举止以及表情神态，枯燥的行程因此变得充实。

地铁 7 号线开通后，出门换乘方便了不少。然而女儿已经小学毕业，初中学校在武侯区，著名的武侯祠就离学校不远。学校离家有十多公里，我们只得在学校附近租了间小房，每天早晚接送。早上七点女儿进入校门后，离我上班时间还有两个小时。咋办？走！成华区走了，锦江区走了，武侯区接着走！

从广福桥向北，穿过榕树遮蔽而成的绿色隧道武侯祠横街，正对着的就是古柏森森的武侯祠。旁边是古巷锦里。巷子里，早起的摊主正在准备糖油果子和伤心凉粉，三五个工人在清洗青石街道，等待南来北往的游客……古旧的街道，熟悉的烟火，让人猜想古时的早市或许就是如此。

我每天换一条路线行走，一次次在陌生的街头偶遇早年看到过的词语和故事，自己仿佛也是历史的剧中人。黉门里、洗面桥、衣冠庙、万里桥、玉林路……远去的、当下的，悠久而鲜活的成都故事扑面而来。黉门即为校门，身入黉门，便是天子门生。黉门街因在清代陕甘总督杨遇春旧居兴办存古学堂而得名，存古学堂后改为四川国学馆，并入国立四川大学，后几次易名，至今仍是莘莘学子求学之地。洗面桥边的雕塑，再现着刘备到衣冠庙祭拜战死沙场的关羽时在此洗面沐浴的传说。北行不远，街口有巨船形建筑，碑刻说当年费祎出使东吴，诸葛亮在南河桥头饯行，费祎叹曰“万里之路，始于此桥”，从此老南门桥便称万里桥。江边，粗大的黄葛树结出一串串红红的果实，草木葳蕤的锦江绿道上，有晨跑者不时经过。

走！人生旅途一直走下去，就是胜利。现在，我每天要给女儿煮早饭，下班还要到学校接她。躺在出租房客厅的行军床上，想着两年后女儿就要上高中了，那时，名校云集的青羊区是否也有机会让我每天走一走呢？

每到周末，我还会带着尚未上学的儿子，也在成都这座城市里走一走，他由此知道了春熙路、天府广场、宽窄巷子。我的出生地他一次也没有去过，他自己出生的县城，估计也没有多少记忆。想起同村的那些伙伴，中学毕业后外出广东、福建和江浙等地打工，几十年难回老家，他们的孩子也在城市上学、成家，日渐老去的叔伯们有的也随子女在城市里长住。人生短短数十年，村民们大部分时间已经生活在城市，他们是农村人还是城市人？那些孩子，如何确定他们的家乡？

在我看来，生我之地是家乡，养我之地亦是家乡。那些承载着我们喜怒哀乐的起居之地，保留着个人丰富记忆的生活之地，就是人生无法抛却的家乡。时代发展，四海为家已成常事。每居一地，我们都要改变寄居心态，积极融入参与，不做旁观者，而是做尽心尽力的建设者。

吾居之地亦家乡，吾念之地皆故乡。

诗文润达州

李明春

初次去达州，是 1977 年恢复高考前夕。别人忙着复习备考，我却在赶写发言稿，因为我是知青队长，还是大队书记，要在地区知青表彰大会上发言。那次会议规模很大，达州城里的旅馆招待所都住满了。好在还有个新建的红旗旅馆，四层楼高，在一片民居中很显眼，初来者易记好找，解决了住宿的一时之急。

那时的达州城，小街小巷，沧桑曲折。街名都富含诗意，翠屏街、来凤路、凤翎路、荷叶街……城市规模不大，略比其他县城兴旺。开会时的场景，至今让人难以忘怀。坐在台下，抬头一看，主席台上的老革命真不少，这位曾是老红军，那位曾是地下党。下面的人群中免不了一阵小热闹，敬仰之情很快就充满了会场。

听知情的参会者介绍，达州城里住着许多老红军，他们多是参加过长征的。仅干休所就有三处，文家梁有一处，名红星村；达巴路口上面有一处，名永红村；还有一处就叫老干所。街上的红色遗址也不少，从地委出来没几步路就是文化街，那里有当年红九军军部和红三十军政治部遗址。小红旗桥过去不远的四川文理学院，曾经叫达县联中，出了三位青年才俊——张爱萍、魏传统、杨超。张爱萍是开国上将，诗词、书法俱佳；魏传统是开国少将，也是著名的诗人、书法家；杨超则是延安时期有名的哲学家。多年后，三人聚在一起，共叙同窗情谊，在达州传为佳话。

20 世纪 90 年代，我转岗到县教育局工作。一次到达州开会，竟邂逅另一位达州籍著名诗人杨牧。杨牧先生前几年才从新疆回到四川省作协工作。我与他虽是一个县的老乡，却总是无缘相见，没想到他竟回达州来了。有人说是回来参加诗歌颁奖典礼的，有人说是回来讲课的。无论他回达州来为何，这个机会我是不会错过的。于是邀上几位文友，约杨牧先生一聚。我们想请他谈谈他的代表诗作《我是青年》。可惜那晚杨牧先生并没有谈《我是青年》，他说老乡见面，乡情为重，他有一首新作的《故乡》与大家分享，“没有离开故乡的时候 / 故乡，是一幅铺在地上的画 / 我在画中走来走去 / 只看到天边遥远的云霞 / 远远地离开了故乡的时候 / 故乡，是一幅挂起来的画 / 一抬头，便能看见 / 每当月下，透过一层薄薄的纱。”后来这首诗被收录进小学教科书。每当看到娃娃们翻开课本，我便不无得意地说，这首诗，我可是在达州先睹为快的，不信你问杨牧先生去。

后来，去达州的次数更多了。有几次恰好遇上元九登高节，目睹了人流如潮的盛况。元九登高节说来话长，只因唐朝时达州曾来过一位著名诗人元稹，他在这里做了几年的通州司马。在通州司马任内，元稹写就了《连昌宫词》。元稹离开后，达州的人们仍然记得他的政绩，记得他的诗文，为了纪念他，便有了一个元九登高节。四川由此多了一份非物质文化遗产，达州由此有了元稹纪念馆、元稹文化广场、元九诗会。

元稹因排行老九又称元九，并且是在元月初九那天离开达州，因此当代诗人梁上泉写诗道：“达州原是古通州，山自青青水自流。元九登高怀元九，诗魂常伴凤凰游。”一首《小白杨》让梁上泉家喻户晓。我与梁上泉同是老达县人，但一直未曾谋过面。我从小就喜欢他的诗，相较而言，更喜欢的是他的现代诗。

近几年，我常到达州。我喜欢在晚上约几个朋友，去州河边上品尝小吃。灯影牛肉，色泽红润、麻辣鲜香，其肉片之薄，灯光下可透出物象；七星椒卤菜，香味宜人，油而不腻，回味无穷；大王包子，绵软香甜、鲜美可口……天上星光闪烁，脚下流水诉说，和朋友们论及诗文，总觉达州这方水土细腻滋润，适宜诗文生长。

记得有一次，谈到达州的历史，忽然生出一问：随州河流淌的，是诗魂还是文脉？朋友中有说是诗魂，有说是文脉。赞同诗魂的人言之凿凿，说达州历代诗人辈出，当下也不乏写诗的才俊；赞同文脉的也有根有据，说元稹不仅是诗人，还是一位了不起的文学家，一部《莺莺传》引出了董解元的《西厢记诸宫调》。

我说，不管是诗魂还是文脉，总之是国运昌，文运则昌。今天的达州，街道越来越宽，楼房越来越高，城市越来越大，五千多平方米的巴山文学院和达州文学馆坐落于凤凰山。钟灵毓秀，诗文鼎盛。我因此来达州，也更勤了！

花是一座城，城是一朵花

召唤

最早知道攀枝花这座城市，是在中学地理课本上：“中国铁矿八大家……四川一朵攀枝花。”因为“攀枝花”这个独特的名字，我对这座城市产生了极大的兴趣。攀枝花，是一个什么样的地方？

没想到的是，有一天我会来到这座城市定居。十几年前，我从湖北来到攀枝花。从那以后，我对这座城市有了更多的了解。攀枝花因三线建设而生，是万里长江上游的一座城，也是中国西部一座美丽的城市。

刚来时，我把文学梦安顿在金沙江边一间八平方米的出租屋里。有一天夜里，滔滔不绝的江水从梦中呼啸而过，我仿佛看见了当年奔赴攀枝花三线建设的千军万马……我似乎听到了一种召唤，召唤我去书写那段波澜壮阔的难忘岁月。

于是，我开始追溯这座城市的血脉。弄弄坪、瓜子坪、弯腰树、大渡口、九附六……这些沿用至今的老地名，“不想爹不想妈，不出钢铁不回家”……这老城区的大红标语，以及众多的三线建设遗址遗迹，早已同半个多世纪前的峥嵘岁月交织在一起，植根于几十万三线建设者的心头，成为这座城市不灭的记忆。

20 世纪 60 年代，由于符合三线建设“靠山、分散、隐蔽”的要求，攀枝花成为三线建设的重中之重。1965 年 2 月，攀枝花特区成立。4 月，攀枝花特区改名为“渡口市”。攀钢基地、兰尖铁矿、宝鼎煤田、渡口大桥等地，曾留下多位党和国家领导人的足迹。三线建设 1000 多个项目中，攀枝花钢铁工业基地建设被放在重要位置。

一声号令，数十万三线建设大军从祖国各地集结到金沙江畔的攀枝花。一片荒山野岭的不毛之地，一夜之间沸腾起来……

李身钊，是我采访的第一位三线英雄。

1964 年 2 月的一天，正在鞍钢设计院上班的李身钊，突然接到上级通知，赴攀枝花参加科技攻关，破解钒钛磁铁矿高炉冶炼这一世界性难题。

“那年，我 25 岁。”回忆当年，老人依然很激动。他指着一张发黄的照片对我说，当时是“先生产，后生活”，苦得很。但没有一人叫苦。为解决技术难题，李身钊与同事们常常通宵达旦工作，不休节假日，放弃与家人团圆的机会。试验、失败、改进、再试验……直到最后成功。

“1970 年 6 月 29 日，当攀钢一号高炉第一炉铁水，像一条金色游龙从出铁口钻出来时，我们都哭了……”讲到这里，李身钊老人突然攥紧拳头，说：“就这样，我们与困难斗，创造了普通高炉冶炼钒钛磁铁矿新技术……”

更多的李身钊们，以英雄气概和铁血豪情，不惜用青春、热血甚至宝贵生命，创造出一个又一个生产建设奇迹。

今天的攀枝花，早已融入成渝地区双城经济圈，携手攀钢全力打造世界级千亿钒钛产业企业集群，构建“攀钢钒钛产业生态圈”，实现了“百里钢城”到“钒钛之都”的华丽转身。

昔日“黄桷树下，七户人家”的攀枝花，今天总人口已发展到 120

多万。其中 98% 的城镇人口，是来自全国各地的三线建设者及其后代——“攀二代”“攀三代”。

“花是一座城，城是一朵花”。如今的攀枝花确实处处是花，除了地上的攀枝花、凤凰花、三角梅、蓝花楹等，还有天上常开不败的“太阳花”。“国家园林城市”“国家森林城市”“中国优秀旅游城市”等美誉，与漫山遍野的灿烂阳光一起，吸引着外地游客纷纷来到这里夏天纳凉、冬天晒太阳。生活在攀枝花的市民，获得感幸福感也与日俱增。

而我自己，同日新月异的这座城一样，也发生着破茧羽化的“蝶变”：因文学创作方面的成绩，我从一名没有户口的临时工，成为一名专业作家，并获得了本地的多项荣誉，还享受到人才优厚待遇。在攀枝花的这些年里，我也有了宽敞明亮的新居，有了温暖幸福的家，有了源源不断的创作源泉。

我把家安在攀枝花，把根扎进这座城，把情播入这片热土。几年前，我放弃外调的机会，回报这座城，主动来到偏僻边远的贫困村驻村扶贫三年。

现在，到了周末，我会时常怀着崇高的敬意，去瞻仰攀枝花英雄纪念碑。我看见，那一拨拨瞻仰的人群中，有白发苍苍的“攀一代”，更多的则是“攀二代”“攀三代”。我总会将目光投向那些“长大后我就成了你”的“攀一代”的后代们。

那一刻，又一篇作品的创作激情与灵感，宛若永远奔流的金沙江水，在我的心头澎湃激荡开来……

南充，一片红色的土地

颜庆

南充，是一片红色的土地。一锄挖下去，泥土呈赭红色，乡亲们称之为“红石谷子”。这种土壤滤水、透气，特别适合柑橘树生长，南充也因盛产柑橘而有了一个美丽的别称——果城。

那一年，我的裤腿上还沾着没有洗尽的红色泥巴，就打着背包从乡村来到果城南充求学。在课堂上知道，“红土地”原来还有另外一层含义——南充是川陕革命根据地的重要组成部分，先后有五万多名优秀儿女参加红军，近四万人血洒疆场，这当中就包括“为人民服务”的典范张思德。

红土地，也是革命者用鲜血染红的土地。

从那时起，每次写文章，我都会情不自禁地把南充称为“红土地”。这样的称呼，既饱含着我对这片生我养我的土地的深情，也寄托着我对这片哺育了无数英雄儿女的土地的敬意。

走过南充的街头，随处可见红色的印记。朱德读书室、张澜纪念馆、罗瑞卿故居，还有顺泸起义遗址……一抬头，一望眼，那一抹绚丽的红色就会闯进眼帘。

在今天的南充市北湖公园，可以看到一尊手持拐杖的青铜雕塑，那是南充人张澜先生。雕塑前面的一条步道旁边，一块块展示牌讲述着张澜先生和他的两个学生朱德、罗瑞卿廉洁奉公的故事。有一个故事尤其令人难忘：朱德元帅在逝世前嘱托夫人康克清，将自己在新中国成立后省吃俭用积攒下的存款全部作为党费交给党组织。南充市民每当经过这里，都不禁驻足重温一遍这个熟悉的故事，胸中升腾起敬佩之情。

从北湖公园出发，往南边走经过五星花园，可以到达大北街的朱德读书室；经过表方街，很快就到了张澜先生的纪念馆。人民共和国大将罗瑞卿的故居要稍稍远一些，从北湖公园过去有五六公里。这几个地方，连同朱德同志故居纪念馆、张思德纪念馆，以及长坪山红军纪念馆、阆中市红军烈士纪念园等，共同构成了南充经典的红色参观线路。

1906 年，朱德来到南充城，进入顺庆府中学堂读书，受教于张澜先生，于青年时代早早立下了“祖国安危人有责，冲天壮志付飞鹏”的远大志向。在朱德同志故居纪念馆，90 后解说员陈薪伊每次讲解“朱德的家书”，都禁不住哽咽落泪——抗日战争时期，朱德得知年过八旬的母亲在老家生活困难，不得不向老同学写信“募两百元中币”，帮助母亲渡过难关。战功赫赫的八路军总司令清贫如此、清廉如此，让人肃然起敬。

在今天的南充市顺庆区西山风景区内，有一座“顺泸起义纪念碑”，纪念中国共产党人为配合北伐战争的顺利进军，于 1926 年在四川的泸州、顺庆地区领导发动的武装起义——顺泸起义。指挥这次起义的中共重庆地委军事委员会重要成员为：杨闇公、朱德、刘伯承。

这些红色地标，让南充这座嘉陵江畔的城市有了说不完的英雄故事，有了鲜红的底色。

我当年在南充读书，工作后又一次次追寻那些红色的足迹，走遍了南充的山山水水。红军刘连长的故事，就是做“红军从南充走过”这组报道时发掘出来的。

出南充城区北行，有一座山叫长坪山，那里的一户农民一代接一代给红军烈士刘连长守墓，到现在已经传承到了第四代。

红军当年在嘉陵江畔发动了仪（陇）南（部）战役，刘连长和战友们就是那个时候挺进了南部县境内的长坪山，在当地农民家里住了很长一段时间。红军纪律严明，战士们吃得很差，却从不拿群众的东西。用了老百姓的柴火，都要当场把钱付清。刘连长是在掩护部队转移时牺牲的，房东不知道他的名字，只知道他是河南人，乡亲们都亲切地叫他“刘连长”。

多少年来，这些红色的故事代代相传，已经融入了南充人的血液里，激励南充人不畏艰险、勇往直前。南部县的气候、地质导致当地经常干旱缺水。从 20 世纪 70 年代开始，南充人民为了战胜干旱，开始修建工程浩大的升钟水库。这场和干旱作斗争的持久战，一打就是几十年。这个了不起的工程，为南部县、南充市及整个灌区的群众早日摆脱贫困、过上小康日子，立下了汗马功劳。2017 年 10 月，南部县通过国家专项评估检查，在四川省率先摘掉了贫困县的帽子。

今年春天，我和我的同事们再次踏上征程，启动了“将帅故里，红色南充”采访活动。在长坪山红军纪念馆，我们见到了给刘连长守墓的第四代传人。这位姑娘大学毕业后听从父亲的召唤回乡当教师，去年才举办了婚礼。如今，她把为先烈守墓作为人生中的一件大事。今天的年轻人，虽说距离那些红色故事发生的年代已远，但是那一份炽热的情感却血脉相连。

南充，这片红色的土地，只要种下一粒种子，就是满眼希望。

会理，春天永驻的地方

李美桦

隶属四川省凉山彝族自治州的会理，是位于川滇交界处一座有着悠久历史的古城。儿时的我对会理城充满了好奇，因为一首民谣：会理有座钟鼓楼，半截伸到天里头……那时我一直在想，什么时候自己能去会理城，看看那座神奇的钟鼓楼？

第一次到会理是1983年中考。有机会进城，心里别提多高兴了。可是考试一结束，老师就把我们送回了乡下。一个月后，我收到消息：我已经达到中专线。但另一个消息却让我发愁：体检当天就结束了！我赶紧出发，终于赶到了县城。好不容易完成了体检，还得赶回学校补手续。几番周折，哪里还有心思在县城里逛？逛会理城、看钟鼓楼的愿望，再一次落空。

毕业后，我到一个边远的乡里任教。每学期，我们几个年轻老师都要到县城参加自学考试。考试一结束，就得风尘仆仆往回赶。学校老师少，那么多孩子在等我们上课。就这样，我一次次地与会理城擦肩而过。

15年后，我和妻子先后调到城里工作，终于在会理城安了家，也实现了好好逛逛会理城的愿望。从那以后，每逢节假日，我就陪着家人，在暖融融的阳光下，漫步在古朴的大街小巷，感受浸润在岁月中的古城历史文化。

会理可以说是一个春天永驻的地方。这里夏无酷暑，冬无严寒，四季如春。盛夏时节，绿树葱茏，空气里有着凉凉的芬芳；入冬以后，蓝莹莹的天，金色的阳光，小城的暖冬一片和煦。很多来到会理的人，来了之后都不想走；很多走出去的会理人，上了年纪后又回到心心念念的家乡来养老。

“寄放乡愁，这才是好地方！”在大城市打拼了多年的云子大姐，退休后回到了会理。她乐呵呵地对我说：“会理的气候、阳光、空气、鲜嫩的瓜果蔬菜、厚重的本土文化，是我最想念的……”

和云子大姐一样，我们自从到城里安家后，越来越爱这座小城。我尤其喜欢在清晨到滨河大道上跑跑步，一边呼吸着新鲜的空气，一边欣赏着沐浴在晨曦里的小城。我知道，在古城深处，有街巷里的明清院落，有鲜香味美的小吃，有淳厚质朴的乡音，它们是那样的亲切。

记得刚来会理时，一位老人告诉我：这个地方好，不管在哪儿你都暖和和的。时间一长，我才越发读懂了这句话的深意。会理不仅是一座四季如春的城市，而且，会理人的实诚、厚道，让人交往起来总感觉心里暖暖的。

我和妻子以前是乡村教师，能到城里工作，是梦寐以求的事。进城后，我到政府部门从事文字工作。刚开始时，能不能胜任新岗位的工作，我心里直打鼓。好在办公室的领导和同事不断鼓励我，帮我修改文稿，使我很快成长为业务上的骨干。妻子进了城区小学后，同事手把手带她，让她很快适应了工作环境。同事和同学知道我们照管孩子忙不过来，有空就会过来搭把手。时至今日，我们仍然会时时想起那些暖心的瞬间。

还有很多我不认识的会理人，他们的故事同样让人感到温暖。

在一次报告会上，司法所工作人员沈学莉的事迹打动了我。为帮民工讨要医药费，面对对方的刁难和推诿，她反复交涉较量，即便是累倒在病床上，还不忘琢磨调解的办法，最终让对方支付了费用。

退休教师陈作恕，为让乡亲们更好地了解党的政策，在家乡建起简易的播音室。每天清晨8点，广播声会准时响起。九年来，他淳朴的乡音如缕缕春风，滋润着乡亲们的心。

在会理，这样的人还有很多。他们用质朴的行动，让这座城市温暖如家。

会理是一座积淀深厚的古城，留下了钟鼓楼等历史遗迹。会理也是一座红色的城市，当年红军长征曾经过会理，并在此召开了“会理会议”。现在，外地客人到了会理，我除了领着他们去钟鼓楼、逛古城，还会带他们去红军长征过会理纪念馆，听讲解员讲述红军巧渡金沙江的故事。当年，皎平渡两岸的穷苦船工不舍昼夜，帮助三万多名红军渡过金沙江，留下了军民鱼水情的佳话。这个动人的故事，我已经听过多遍，但每次听都有新的感悟，会收获很多温暖和感动。

如今的会理，是国家历史文化名城，中国石榴之乡，国家4A级旅游景区所在地，在一代代人的努力下，会理多了一张又一张新名片。前段时间，一位曾在会理工作过的外地朋友对我说，他离开会理十多年，现在的会理已经变得让他认不出来了，真好！说起会理的变化，会理人都无比自豪。城北城南新区开发，城东文旅康养项目，城郊十里城河建设，一片片新开发的楼盘，一个个地标性建筑……楼高了，路宽了，城美了，人的精气神更足了。

好一幅生机盎然的壮阔画卷。2021年，会理正式撤县设市。我无比眷恋的小城会理，正大步走在发展的快车道上。

光荣的城市　信仰的力量

肖勤

一

幼年，遵义是一座遥远又亲切的城市，亲切是因为那是父亲的故乡。父亲 16 岁时当知青，坐上解放牌大卡车，在一片雾雨中离开了生他养他的遵义城，从湘江到乌江，从城市到农村。而我，则出生在远离遵义的乌江河畔。

那时候，车马慢、天涯远。遵义是什么样子，我不得而知，只能在父亲的讲述中一次次想象。6 岁那年冬天，父母终于带着我和妹妹回了遵义。冰封雪裹的三道坎、延绵不断的群山、辗转两天的艰辛车程、锈迹斑斑四处漏风的车厢，通通挡不住我们要去看遵义城的热望。

父亲从遵义出发时是一个人，如今回来是四个人。爷奶是如何大呼小叫抱着我们进家的场景，我早已记忆模糊了。只记得第二天一大早，父亲就带我们出了门，他庄重地说，到遵义，一定要去看一个地方。

于是，那天我看到了一栋造型别致、风格典雅的二层小楼，一株大槐树守在旁边，好像在无声地注视着我。

年幼的我还不知道，终有一天我会在课本上看到这栋楼以及与它相关的描述——1935 年 1 月，中央红军在长征途中召开了遵义会议，遵义会议在危急关头挽救了党，挽救了红军，挽救了中国革命。

人的情感是如此神奇。自从知道了遵义会议，我和我的小伙伴们突然觉得，自己和世界上别的地方的孩子似乎不一样了。这样的自豪对于少年来说有些太宏大，以至于必须要写信给远方的伙伴们倾诉和炫耀："我的家乡在遵义，这是红色革命圣地……"

那时候，我所有的信，开头都是这样子。

二

时光荏苒，父亲永远留在了他下乡当知青的土地上，那里有他青春的汗水和坚实的脚印，而我却来到了遵义城。以往是父亲带我看遵义，现在则是我带着各地的朋友看遵义。

或许他们就是当年曾收到我的信笺的人，因为他们都说，我们要来看看红色的遵义。

是的，遵义是红色的，这红色在遵义无处不在。红军与遵义人民生死与共，在这片土地上写下了无数感人的诗篇。

中央红军进入遵义城后，遵义城里的人们从四面八方涌向南门关丰乐桥，手执红旗、肩扛缠绕着鞭炮的竹竿，会聚到湘江河岸欢迎红军。在彭雪枫将军的回忆中，遵义是这样一座城市："长征以来遵义是最使战士们想念的一个城，那比较繁华的街市，那相亲相爱的群众，那鲜红的橘子，那油软的蛋糕……"

相亲相爱。遵义人民与人民军队的感情正是如此。红军在遵义、娄山关、赤水河的山岭河道间排兵布阵、攻守辗转，遵义人民不惧生死，掩护和帮助着红军。红军在遵义的三个月间，数不清的遵义群众为红军修路架桥、送情报、抬担架、收治伤员，帮助红军印刷文件、布告、宣传品，为红军抢修枪炮。娄山关下的桐梓县城，当地群众曾昼夜不休，为红军碾米 20 余万斤，数十名缝纫师傅为红军赶制军衣 3000 多套……湘江战役后，红军从 8 万多人锐减到 3 万人，而仅仅在遵义一地，红军又扩红 3000 人。革命的火种在遵义大地上接续点燃。

新中国成立后，昔日的丰乐桥已改名迎红桥。桥名改了，但遵义人民与红军之间的血肉深情却从来不曾改变。2019 年 3 月，当电视剧《伟大的转折》在遵义汇川区团泽镇卜台村拍摄时，演员们看到了感人的一幕——当地村民敲锣打鼓，抬着一头系着大红花的牲畜，带着水果、蔬菜和鸡蛋，自发跑到拍摄现场慰问，而队伍最前面的一幅大红标语更是分外醒目，因为上面写的竟然是——“欢迎红军再回家”。那一瞬间，所有的演员都感动得流下了眼泪。

在遵义红军山烈士陵园，有一座特别的塑像，在遵义，人们都亲切地叫她小红。红军长征撤离遵义期间，一名红军小卫生员因为救治当地患鸡窝寒（伤寒）的父老乡亲而耽误了归队。红军离开后，这名小卫生员被国民党反动派残忍杀害。当地群众含泪掩埋了这名小卫生员，并为这个不知姓名的小红军起了个名字叫小红。半个多世纪过去了，小红的墓前时常有群众前来祭奠。遵义市妇幼保健院更是将小红的塑像敬立在医院里。医护人员说，看到小红，心里就会想起身为医者的担当与使命。

一个人、一群人、一支队伍、一段岁月，在遵义这座城市，信仰的力量从未消失、光芒从未减退。在遵义，戴着红领巾的孩子会用稚嫩的语气流畅地向你讲述遵义会议和小红的故事；在遵义，鹤发童颜的老人会如数家珍地告诉你，红军哪年哪月从河的哪一段渡过来，又从哪一段渡过去，仿佛滔滔赤水河尽在他的眼前；在遵义，某位貌不惊人的老师会轻声跟你说，连环画《一把七星刀》讲述的就是他爷爷石扬光当渡船工时保护红军过江、红军送他七星刀的故事，如今这把刀作为红军长征播下革命火种的历史见证物，保存在中国人民革命军事博物馆……

有人说，遵义这片土地太神奇，随便捧一把时光的沙砾，里面都有比钻石还耀眼的故事。是的，红军长征过遵义，留下了太多太多的红色印迹。数十年过去，这座城市的每一个人都成了长征的讲述者和传播者。难怪世人感慨：遵义红，红得正、红得烈、红得荡气回肠。

三

翻开今天的遵义画卷，你还会发现，原来，遵义不仅是红色的，还是绿色的。

86 年前，在遵义琵琶桥一间不足 30 平方米的小屋里，年轻的中国共产党终于找到了自己的领路人，开启了党独立自主解决中国革命实际问题的新阶段，于是地球上多了一条著名的“红飘带”。

86 年后的今天，站在高高的凤凰山上望去，这座红色的革命之城，竟然也是一座绿意盎然的生态之城。遵义人坚守着“绿水青山就是金山银山”的科学理念，建公路、架桥梁、送科技，硬是在山山岭岭间连起了致富路、种下了致富宝——竹笋、茶叶、白芨、金银花，真正是“卫生院修到了山顶上、公路修到了山脚下、产业送到了家门口”。仅仅一个湄潭县城，就种下了 60 多万亩茶。不知不觉间，遵义绿了，遵义的绿是渔樵耕读、世代传承下来的人文的绿，更是奋斗不息、连接幸福生活的生生不息的绿。当年的徐霞客何曾料到，他昔日走过的所谓“穷山雾瘴”，今天已经变成了绿水青山和金山银山。

数十年前，父亲带我看遵义。当我长到父亲的年纪时，我陪父亲看遵义。如今，乡村振兴的朝霞已经悄然映红了遵义的山河大地。

父亲是与新中国同龄的人，心中始终怀有理想和信仰。这样坚定的信仰，来自生他养他的遵义城，来自浸透在遵义每缕微风、每缕阳光中的红色基因。他冒着风雪，带幼小的我们去瞻仰那栋小楼，是想把那栋小楼种在我们的记忆里，让我们记住这座城——当年的他何曾想到，从知青点到遵义会议会址，翻山越岭、迎风沐雪的两天路程，如今只需三个小时就可以抵达。

2020 年 3 月 3 日，遵义市最后一个深度贫困县正安县成功脱贫摘帽，标志着遵义全面脱贫、整市脱贫，也意味着 812 万老区人民从此告别延续千年的绝对贫困。

当年走出小楼的那群人，是点亮星光的领路人；今天扎根红色土地的遵义人，是不负星光的赶路人。而今天的遵义城，不但是一座光荣、厚重的革命之城，更是一座生机盎然的现代之城。

遵义会议会址内景

只记得第二天一大早，父亲就带我们出了门，他庄重地说，到遵义，一定要去看一个地方。于是，那天我看到了一栋造型别致、风格典雅的二层小楼，一株大槐树守在旁边，好像在无声地注视着我。

青山环抱的小城

简默

如果不是因为出身红军的外公滞留在贵州荔波乡下老乡家养病，我肯定不会与这座黔南的偏远小城结下不解之缘。

病愈后的外公留在荔波参加剿匪，后来就在荔波扎下了根，一晃 70 年过去了。外公热爱荔波，安心建设荔波，给我的大舅和二舅，分别起名为建荔和建波，可见他对荔波的感情。

小时候，父母工作忙，无暇同时顾及我和弟弟，便将我送到荔波的外婆家待了半年多。长大之后，每年春节父母都会带着我和弟弟回荔波看望外公外婆。早晨从都匀坐上长途客车，经过近一天的跋涉，接近黄昏时，车驶到荔波郊外的登高坡，隔窗就可俯瞰山脚下的外婆家。

荔波是一座很安静的小城，四周青山环抱，一条樟江澄澈如练，呈 S 形贯穿县城。两岸绿树和翠竹葱茏，青瓦屋舍俨然。荔波县城里纵横几条街道，铺着清一色的青石板。

记得那时横过外婆家门前一条南北走向的街道，荔波人习惯叫北街为北门街，南街就叫南门街。从北门街进去，首先路过一栋房子，砖木结构，青瓦覆顶，两边以青砖砌筑起马头封火山墙，门前挂着黑底白字牌子——邓恩铭故居。旁边一棵大榕树，已经三百多岁，主干苍老，枝叶青翠，掩隐了半条路。

我每天从北门街进去，到南门街回来，走过邓恩铭故居，也与大榕树擦肩而过。那时我不了解邓恩铭的详细生平事迹，只知道他是中国共产党创始人之一，中共早期工人运动的领导人。

我 14 岁跟随父母离开贵州，来到山东，这里是邓恩铭 16 岁离开荔波后求学、革命和英勇就义的地方。高考结束后，我陪母亲回荔波探亲，再次走进邓恩铭故居。故居已按照原貌进行了修复，在后院新建了陈列室。我详细了解他的生平事迹，产生由衷的亲近和崇敬。

邓恩铭在山东的 14 年中，三次被捕入狱，组织领导两次越狱失败，而立之年高唱《国际歌》慷慨就义。他刚毅坚定的面容一直萦绕在我心头。2011 年，我专程来到邓恩铭的出生地荔波水浦村，了解了他更多的英勇事迹。此后我多次到荔波采风，有朋友向我介绍了红军将领蒙九龄，这位血性男儿与邓恩铭的经历有许多相似之处。他先后参加过北伐战争、南昌起义、湘南起义等一系列战斗，最终与他的新婚妻子双双壮烈牺牲，年仅 25 岁。

家住荔波北门街的邓恩铭北上参与建党，成为中国共产党创始人之一；家住南门街的蒙九龄南下参加建军，成为创建新型人民军队的参与者、推动者和见证人。

如今，地处黔南喀斯特腹地的荔波成功申报为世界自然遗产地，吸引着一批批游客来这里访山问水。被誉为“地球腰带上的绿宝石”的荔波坚持走绿色和生态的可持续发展之路，撕掉了曾经贫困的标签。

大榕树掩隐的小城荔波，红色是它永不褪改的底色，绿色无边无际，生机盎然……

在平利的时光

沈奕君

熟悉过一个地方的烟火，感触过一个地方的冷暖，总想为这里记下点什么——城市的脉搏、春天的花朵，即便是节令中的一个片段，也让人难忘。平利于我，便是如此。

平利，这座位于秦巴山区的县城，隶属陕西安康市，连湖北，接重庆。15 年前，我来到这片土地上，从此与这座城结下了不解之缘。

依稀记得那天的情景。正在四川的我接到同学打来的电话，问我想不想去平利，那边有医院在招人。学医的我知道后，抱着试一试的态度，应承了下来。

买完票，踏上旅途。到安康，转车去平利，约 40 分钟便到了老县镇。我以为老县镇附近就是新县城，正准备下车，旁边的人却告诉我，现在的平利县城离这还远呢。又颠簸两个多小时后，我才终于到达平利县城。这是一座深山小城，东西走向，整个县城被山环抱。一条河把城分成两半，北边是县城，没有高楼，南边是沙地，种着蔬菜。

我从车站赶到医院，挤在同学的屋子里度过了在这座县城的第一晚。第二天早晨，在同学的引领下，我见到了医院的院长，介绍了自己的情况。从此，我便留在了这里。

在医院工作期间，我认识了一位老中医。他戴着眼镜，不苟言笑，每次看病的时候，都会全身心投入望闻问切中，还会给我讲诊疗的故事。下班后，他带我去爬医院附近的山，给我讲述县城的变迁过程，讲解老正街和新正街的由来，每次我都听得着迷。

当时，我的办公室在三楼，从窗户往外看，视野很好。车流频繁的省道，山坡上的人家，群山苍茫时几树花开，大地苏醒时油菜吐黄，万木枯竭时芦苇飞舞……一幅幅画面触动着我的内心，一次次地驱使我拿起笔。诗歌、散文、随笔，从我的笔端不断地流淌出来。时常，写着写着就到了深夜，往外一看，不是皓月当空、蛙声一片，就是大雪纷飞、万籁俱寂。

对面的那座山叫马盘山，我常在周末独自上山。越往上，路越窄，丝茅草也就越茂密。站在山顶，整个县城尽收眼底。下山之后，会经过一条河，叫坝河，河道离医院也就两百来米。附近的妇女常在坝河边浣衣、洗菜，手里的棒槌溅起一道道水花，日子是那般恬淡悠闲。

一天又一天。对于平利而言，我从一名游子变成了居民，融入这座城市的日常生活之中。每到周末，我会去后街买菜。相对于新正街，我更喜欢后街，那里满溢着生活的气息和人情的滋味。

那次，我在一个卖洋芋粑粑的妇女面前停了下来。“多少钱一张？”我问她。“这种四块，那种两块。”她一边用手指着，一边说。接着又告诉我，四块的是八仙洋芋做的，两块的是外地良种洋芋做的。可是在我看来，两者之间似乎并没有区别，“您都卖四块也没人怀疑呀！”她一下认真起来，说做人要实在，虽然做的是小生意，但也不能哄人！听她这么一说，我立即买了两张。后来，我与她渐渐熟起来，得知她的丈夫在外打工，孩子上高中后，她便从离县城五十多公里的八仙镇山里面，搬到县城租房子陪孩子读书，顺便做点小生意，补贴生活。

我总爱在她那里买洋芋粑粑。前不久，我又去她那儿，告诉她县里新建了菜市场。我问她去不去那儿，她说，不了，这几年村里发生了翻天覆地的变化，孩子上学有补助，家里建了新房子，丈夫也不在外打工了，回乡建猪场、种洋芋，一个人忙不过来，她要回去帮丈夫。

从后街再往后，便是老街了。老街保留着古老的气息，斑驳的墙、陈旧的房屋、暗淡的灯光、长长的街道……这里仿佛沉淀着历史。曾经的门市部、理发店、铁匠铺，悄然地躲在了城市的背面。

县城在翻过的一页页日历中不断变化着。昔日种着蔬菜的城南沙地现在热闹非凡，茶农们在河边买了门面房，装修一新，摇身一变成为茶老板。曾经的坝河流经县城，围河成湖，取名月湖，形成了一道新景观。马盘山建起了生态观光园。高速路西接安康，东抵湖北。我工作过的医院已经南迁，办公楼改建成宾馆，对面山上的花开了又谢，谢了又开，只是看花人换了一拨又一拨。

不知不觉中，县城有了高楼，路宽了，车多了，灯亮了，多了不少新的去处，电影院、图书馆、体育场进入人们的生活。城南和城北，城东和城西，原来寂静的广场响起了广播和音乐，之前不愿出门的妇女走出家门跳起了广场舞。人们开始喝茶养生、旅游度假、观影读书。县城附近的村民，也在社区工厂有了新的工作。

临近不惑之年的我，经常从城南的家，赶往城北的单位。沿途经过商场、商店，穿过学校、步行桥，在抵达文化广场时，会不经意间听到广场上那座五峰楼的铃声。每当此刻，我都会抬起头来，看着阳光从云端洒下，享受着平利新一天的平静与祥和。

我的家乡在泾阳

白描

我在陕西泾阳县出生、成长、读书，后来从学校返乡做农民。十几岁时，去两百多里路外的煤矿拉煤，在火车站装车卸车扛两百多斤的盐包子，打土坯，盖房，扬场，犁地，挑土，担粪，干过很多苦活儿。有一阵子泾阳县城修地下排水道，我们大队工人受雇开沟埋管。泾阳县城历史上几建几毁，县城街道底下的砖头石块因此很多，开挖起来特别吃力，有时铁镐抡下去，能砸出火星。干完一天活，累得要命，也饿得要命。灶上改善伙食，土豆白菜羊肉汤，每人一老碗，我两根筷子穿了六个杠子馍，稀里呼噜吃个精光。

那时最大的愿望，就是走出泾阳，去体验外面的生活。在我就读的中学附近有一土丘，顶上矗立着一座很高的铁塔，我曾经爬上铁塔，眺望南边的塬，东边的铁路。翻过塬去是咸阳，铁路通到西安，那是另一个世界，是我们农村人向往的地方，心想有一天我能离开农村，去大城市工作多好。

这个愿望后来终于实现，我接到了大学录取通知书。最后一次在生产队劳动，是给玉米堆肥。记得当时我穿着背心，在又高又深的玉米地里钻出钻进，脸上、胳膊上、脖颈上被玉米叶子划出道道血痕，但心里无比轻松畅快。因为这些在田间流汗的日子可能真的要结束了，这些玉米叶子留在我身上的，是幸福的伤痕，快意的伤痕，如同在告别宿命的文书上留下的戳记，也如同飞向一个全新大世界的祝福的披红。从此我走出了泾阳，先是到西安，后是到北京，在大城市里生活了四十多年，除了每年回乡省亲，再也没有在泾阳生活过。

直到退休后，人轻松自在了，回泾阳的机会反而多了。2017 年我为著书，回乡探访秦代著名水利工程郑国渠遗址。这条为秦国统一天下奠定经济基础的大渠，有一条支渠就经过我们村口，另一条支渠穿过泾阳县城。写作期间，我又踏踏实实在泾阳住了下来。回故乡，写故乡，说泾阳话，吃泾阳饭，会泾阳人，谈泾阳事，一种既熟悉又亲切的乡土气息包围着我，很多感觉被调动，很多记忆被激活。我沉浸在家乡文化氛围当中，沉潜到家乡历史的情境深处。那是一段亢奋、充实、快乐的时光。

我每天 5 点起床，开始写作，写到 10 点钟吃早饭，饭后不休息，继续写，写到下午 4 点，吃下午饭。家乡人传统上是一天两顿饭，就是这个钟点，傍晚则随便垫补一口，不算正式吃饭，叫“喝汤”，我连“喝汤”也免了。我恢复了家乡的习惯。

在泾阳，我寻访故地，旧时的印象全然无存。早先县城北面，有一片大湖，叫泾干湖，我是在泾干湖里跟着人才学会了蛙泳、自由泳。如今县城扩展，大湖已被填平，建成了公园，还竖起宽大的墙体式电子屏幕，早晚都有老人们在那里翩翩起舞。城里建有体育场，我年轻时爱好体育，没少在体育场上挥洒汗水。如今重回泾阳，潜心写作那段时间，下午饭后我常去体育场散步。来这里锻炼的人很多，走进体育场，当年在这里奔跑拼搏的情景就历历在目，恍若还能听见我在跑道上冲刺时观众给我的加油助威声。

泾阳最著名的地标，是中华人民共和国大地原点。大地原点也叫大地基准点，是国家大地坐标的起始点。科学家们勘察计算了很久，最终把这个原点定在了泾阳，而且这个点，正是我当年攀爬的高铁塔所在的位置。铁塔如今已不在，代之而起的是一座七层建筑，大地原点标志是一颗红色玛瑙，镶嵌在主体建筑地下室正中的大理石基座上。

过去泾阳人去西安，坐火车从咸阳绕一大圈，经过六七个车站，三个小时才能到达。我返乡当农民的时候，一次生产队派出十几辆架子车从西安往泾阳拉建筑脚手架。我们抄近路，从窑店过渭河渡口，这样能少走 30 里路。谁知中途车子陷进渭河沙滩里，我们汗流浃背艰难挪行，过了渡口时天色已是伸手不见五指，只好在窑店住了一夜。现在新修的高速路和几条宽敞大道从泾阳直通西安，车程也就 40 分钟。从泾阳去西安北高铁站，比西安南郊人还便捷。西安机场离泾阳更近，开车半小时就到。

前几年，泾阳郑国渠风景区为我设立了工作室。现在一年当中，我有几个月住在泾阳。杜甫有诗：安得如鸟有羽翅，托身白云还故乡。我生于斯，长于斯，梦想孕育于斯，起飞于斯，这里也必将是我此生的归宿。

心底是兰州

陈炜

一

兰州，是一个长满兰草开满兰花的地方吗？

1985年秋天，怀揣兰州大学录取通知书，我从中原大地搭乘向西的列车，奔向那个陌生的城市。

哐当当、哐当当……铿锵之声周而复始，一天一夜，我就伏在小桌板上，望着窗外。风景从平原变成山峦，从绿色变成土黄。穿越了一个个隧道，经停了一个个车站之后，我拖着僵硬的双腿，踏上了兰州城的土地。

已是次日下午。斜背军挎包，我站在兰州火车站广场举目四望。斜阳正浓，阳光穿越干燥的空气打在脸上，有些疼。眼前，一条宽阔的马路笔直向北，路的尽头，隐约现着一脉远山。转过身，看见候车大厅上面遒劲的“兰州”二字，接着视线就被一座土黄大山阻隔。广场到处是拉脚的三轮车，蹬车人甚至能将一侧的车轮翘起来，穿越看似无法通过的窄道。

“师傅！三轮的一个坐上！”伴着方言，一个瘦小伙儿将三轮车停在我面前。他侧伏于车把，上下打量我。我也看着他：绿军帽，宽裤脚，鞋很惹眼——黑色布面、鞋跟高而白。我摇摇头走开了。之后才知道，这种装束是当年兰州小伙时髦的标配。

夕阳余晖里，我在兰州大学新闻系接待处报到。刚刚还饥肠辘辘，现在却突然不怎么饿了，尽管周边弥漫着蒜苗和牛肉的清香。来到宿舍，我爬到上铺，胡乱铺开被褥，倒头便睡。

梦里，我没有见到兰草。

二

日子一天天过去，陌生烟消云散，兰州一点点融入我的心中。我开始喜欢她了。

牛肉面的清香打动了我。一个周日上午，我走进街边一家小店。“宽的么细的？”店里的小伙子问。我如坠雾中，只好指指旁边一位的碗：“这样就行。”

几分钟后，一碗浮动着红色辣椒油、飘散着香气的牛肉面摆在我面前。我狼吞虎咽，风卷残云，抹抹额角的汗珠，咂咂唇齿间余留的香味，留下三角钱，走出小店。

从此，我与牛肉面结下不解之缘。兰州人对牛肉面的爱深入骨髓，从黄发垂髫到青壮汉子，从都市白领到市井商贩，没有人不喜欢牛肉面。他们的一天从一碗热气腾腾的牛肉面开始，没有早晨这碗面垫底，一天就少了精气神；没有这碗面伴随日常，兰州人就觉得生活少了滋味。

1988 年春天，我在兰州晚报实习。一次，我写一篇关于兰州牛肉面的稿子，采访了好几位拉面师傅，翻阅了不少资料。原来，兰州牛肉面有“一清二白三红四绿五黄”之说——汤清、萝卜白、辣油红、蒜苗绿、面条黄亮；还有大宽、薄宽、二柱子、三细、二细、韭叶、细面、毛细、荞麦棱等多种品相，宽若皮带，细如游丝，粗可直立，真正形色各异，款款有致。

那年暑假，一位美国眼科专家来兰州访问，我陪着她到位于盘旋路上的和平饭店，品尝大厨精心拉制的牛肉面。只见汤色清亮，面呈微黄，碧绿的蒜苗和朱红的辣油散发出诱人的香气。饭店用的不是市井大碗，而是口径若拳头般的小碗。那位专家吃完一碗又叫一碗，仍意犹未尽。我问她味道如何，她露出洁白的牙齿，高兴地说了一个词：delicious（美味）！

前年春节，我和弟弟带着家人自郑州一路南下自驾游。大年初一清晨，我们在古城扬州幽静的瘦西湖畔徜徉。忽然，一丝久远而熟悉的香味飘过眼前的拱桥，热情地拥抱了我。兰州牛肉面！

于是，在离家千里的扬州城，我和家人沐浴着新年的阳光，围坐在兰州牛肉面馆门前的小桌，吃了一顿难忘的早餐。

这么多年，走遍大江南北，眼见着兰州牛肉面“越拉越长”，影响力越来越大，甚至远渡重洋，在许多国家地区扎根。但是不管走到哪儿，那独特的香气总带我瞬间回到兰州，回到那青春飞扬的年代。

三

黄河，是融化在我血脉里的母亲河。少年时，我喜欢在晴朗的午后坐在姥姥家的堂屋门口，目光越过邻居家屋顶，看远处悬在“天上”的黄河。粼粼波光中，白帆片片日边来。多少次，我幻想自己跟随一片白帆，从西往东，顺流而下到大海。

到兰州读书后，我终于踏上了著名的兰州黄河铁桥——中山桥。站在这座建造于 1907 年的桥上，脚下是滔滔东逝水，我的目光随一片落叶顺流而下，乡思缕缕。我在想，这片叶子会穿越激流险滩一路东去吗？它什么时候到达我的家乡呢？

摆弄着借来的照相机，我和另两个同学依次坐在铁桥南岸的桥墩上，抬头望远，意气风发，留下难忘的瞬间。那胶卷送到了兰大对面的照相馆。那之后每天傍晚，我都会站在照相馆的阔大橱窗前，想象着柜台后面那一排小纸袋里，有一个坐在铁桥桥墩上的我。

几天后，我拿到了那张不足巴掌大的照片。第一眼，我看到了高大的铁桥，黑色铁栏纵横交错，仰拍的视角让它十分巍峨，滔滔河水从桥下通过，在远处呈现一带亮光。我看到了桥头的自己，尽管豆人寸马，依然须眉毕现。过马路走进邮电所，把这个小小的自己装进信封，投进邮筒。我知道，接下来的日子里，“我”会翻山越岭，顺着黄河回到故乡，回到日夜牵挂我的父母的怀抱。

四年似在转瞬间。毕业前夕，我又一次踏上兰州铁桥。前途漫漫，此次一别，不知何时归。伤感袭来时，看见远处河滩上，有汉子扛着羊皮筏子走向流水。那筏面方方正正，与十几个黑乎乎圆滚滚的吹胀羊皮捆扎在一起，朴拙而简约，别具一格。走过去招呼，递根烟，说要离开兰州了，想坐一下羊皮筏子。那红脸膛的筏子客爽快，冲我一歪头：师傅上来！

但见他推着筏子推着我，在看得见卵石的浅水里一阵跑，然后轻轻跳上了羊皮筏子。顺流而下，筏子越行越快，铁桥越来越远，岸边树木行人纷纷后退。我索性躺下来，面朝天空，闭上双眼，听着耳边哗啦啦的水声，恍惚间变成了少年时的那片白帆……

一别 30 年，再回兰州时，已是“华发春催两鬓生”。去年秋天，我和妻子送儿子赴兰州大学读研。

走出站台，伫立兰州火车站广场举目环顾。眼前一切熟悉又陌生，阳光明媚，空气清润，绿树葳蕤，鲜花明丽。顺着宽阔的天水路放眼北望，车流滚滚如水，远山隐隐如黛；转过身，目光越过候车厅高大屋宇，竟与绿色的皋兰山撞了个满怀。它是当年那个光秃秃的大山吗？一瞬 30 年，古城换新颜。

接下来的两天，我领着妻儿，循着记忆的小径走回过去，又沿着崭新的路标来到现实。那个傍晚，我们怀着感佩的心，沿着杨柳依依的滨河路，听着黄河绵绵不绝的滚滚涛声，走过美丽的白塔，走过阔大的水车，走过雄健的中山桥，来到青春依旧的“黄河母亲”雕塑身旁。我紧紧地偎依着她，让相机镜头定格这难忘的瞬间。

多想，再回到当年，还是那个坐在桥头意气风发的少年！

转身的当儿，我看见了一大片美丽的兰花。

黄河岸上羊皮筏

看见远处河滩上，有汉子扛着羊皮筏子走向流水。那筏面方方正正，与十几个黑乎乎圆滚滚的吹胀羊皮捆扎在一起，朴拙而简约，别具一格。走过去招呼，递根烟，说要离开兰州了，想坐一下羊皮筏子。

逐梦在小城

杨军民

那年，我因为偶然的机会来到石嘴山。

当时，我已在故乡的一家企业工作两年了。科长去石嘴山考察回来，对那里一家瓷厂赞不绝口：厂子坐落在黄河边上，汩汩滔滔的河水，井然有序的庞大企业，还有一对夫唱妇随的厂长伉俪……

“如果年轻 20 岁，我就去投奔他们，跟着好好干一场。”

说者无心，听者有意。科长不知道，他在我心里埋下了向往的种子。

那是 1993 年，改革正如火如荼，我也怦然心动，给石嘴山瓷厂的负责人写了信。我是专业人员，几乎没费什么周折，就办好了调动手续。

到达的当晚，住在石嘴山的旅社。第二天早晨，我被窗外槐树上啾啾唧唧的鸟鸣惊醒，一骨碌翻起来，简单洗漱后就奔上大街。一位老人走过，她个子不高，穿一身雪白的练功服，花白头发，手里拿着一把剑，剑穗子一甩一甩的。

“老姨，瓷厂怎么走？”

老姨笑眯眯地看着我：“外地人吧？走，顺路！”

这里是宁夏平原的北缘，地势平坦，太阳似乎出来得更早一些，一大早就霞光万道，大地明亮。我与老姨边走边聊，她告诉我，这是一座因煤而立的城市，有三个区。这个区就一条大街，街上除了矿务局、银行、人民商场等单位有一些楼房外，大部分都是错杂的平房。

“那里就是瓷厂。”老人向街道北边一指，“好厂子呀，半条街的人都靠它吃饭。我就是从那里退休的，原来是电焊工。”

老人握紧拳头，把手臂抬了抬，似乎在说：加油，小伙子！我迈进厂门时，看见老人又折了回去。原来她是专门帮我带路的。我心中一片温热。

办完报到手续，继续向北，我终于站在石嘴山黄河大桥上。桥面上车辆穿梭，桥身微微颤动。这里的黄河宽阔而宁静，没有“黄河之水天上来”的奔腾，却多了一些从容。

那一天，我在桥上看了很久。

我在瓷厂成家立业，豪迈奔涌的黄河水更是激发了我的灵感，我开始了自己的文学创作。1997 年，我的第一篇小小说在《宁夏日报》发表。

人生总在颠簸中前行。2003 年，我们的厂子在经历了多次改革尝试后，还是破产了。我下岗了。我内心充满苦闷、彷徨，又想瞒着妻子，怕她担心。于是每天早上，我依旧按上班时间出门，来到黄河边，呆呆地看几位老人钓鱼，看到日头西斜。等到平日的下班时间，才踽踽回到家里。

一天，一位捕鱼老人凑到我跟前：“小伙子，有火吗？”老人瘦瘦的脸庞，花白的头发，接过我手里的火，用眼睛瞟着我：“小伙子，咋不去上班呢？烟少抽点，对身体不好。”老人用脚尖划一划满地的烟头。

老人的关切，让我淤积在心里的委屈一下涌上来。我忽然热泪盈眶，有些窘迫地把头扭向一边：“没班了，下岗了。”老人在我旁边坐了下来，目光射向远处隐约可见的煤矿的皮带楼：“当年这里啥都没有，我们还不是把矿建起来了。你知道最初的设备咋来的？用肩扛，用驴驮，用羊皮筏子从兰州往回漂。你这，能算个事儿？此地不留爷，自有留爷处。到新区那边的工业园区去看看吧，好多厂子咧！”

老人站在滩头，扭身把渔网高高抛撒起来，渔网和老人花白的头发一起闪着银光。老人的豪迈和爽朗击中了我，渔网打开的时候，我的心结也打开了。真如老人说的，城市几个新区都建了工业园区，好多外地企业在这里落户了。我有管理经验，文笔又不错，抖擞起精神，跨过心里的坎，果然很快就找到了工作。

去新单位要坐厂车，穿过整个城区，在黄河岸边行驶四十多分钟。那段日子，我每天都能看见城市的新变化。原来那些平房被楼房代替了，城市变高、变绿了，有了现代城市的味道。

再就业之后，我把更多精力放在写作上。我没有受过专门的写作训练，底子薄，经常怀疑自己，甚至产生过放弃的想法，是我的岳父给了我莫大鼓励。岳父早年落户石嘴山，是50年代从东北支宁过来的老矿工。他从不跟我摆道理，但他的经历就是一本书：腰椎间盘突出病退后，二次创业，修自行车、配钥匙、开锁，后来有了自己的开锁店，成了城里小有名气的锁匠。一个瘦小、佝偻着腰的老人，能在退休后成为一个锁匠，我怎么就不能成为一个作家呢？不断地学习、不断地阅读、不断地写，我文学的路子一步步蹚开了。

有一段时间，我觉得我的作品已经走得很远了。但静静坐下来翻阅，才发现我写下的仍然是黄河、沙湖、贺兰山这些宏阔雄浑的自然景色，是森林公园、星海湖、石嘴子公园这些人进沙退的绿色风物，是和岳父一样坚韧的石嘴山人。原来，不管我的稿子发表在哪里的刊物上，我写下的其实还是这座城市。

2019年，应南方同学邀请，我去参加一个聚会。知道了我的故事后，同学不无遗憾地说，如果我当时去南方，一定不是现在这个样子。他也是那几年出去的，现在已经身家千万。他问我后悔不后悔。

也正是在那个晚上，在社区工作的朋友打来了电话。之前我曾嘱咐他，遇到有趣的事一定告诉我，我需要素材。他说有一位煤炭老矿工，住在老房子怎么都不搬。因为煤炭资源枯竭，机构撤离，老人所在的那个区已经搬空了，老人却执意留下，每天扛着铁锹上山种树，还说这座山是他挖空的，现在他要把树种上，让山恢复绿色。

“找到了，终于找到了！”我惊喜地喊出声来。我一直想写一篇能够展现这座城市精神内涵的作品，却没有找到合适的角度和人物。现在，我找到了。我要立即回去，把它写出来。

临行，我给同学微信留言：我不后悔，我已是石嘴山的一部分！

延安新貌

厚夫

时间过得真快，一转眼我在延安已经工作 30 年了。在这座城里住的时间长了，熟悉了它的性格，也与它有了深厚的感情。

巍巍宝塔山，滚滚延河水。延安是中国革命的圣地。但延安具体长什么样，一些外地的朋友未必清楚。具体来说，延安有“三山二水”。“三山”，就是宝塔山、凤凰山、清凉山；“二水”，就是延河与南川河。延安城以延河与南川河的交汇处为基点，分别向北、向东、向南沿着三条河谷不断拓展。

20 世纪 90 年代初，我任教的延安大学还属于延安城北郊。那时候，延安城里的公交车还很少，骑自行车是人们出行的主要选择。成家之后，我便索性把家安在延安城南，平常骑车上下班。

其实，骑车有骑车的乐趣。延安城在我一天天的骑行中，悄悄地发生着变化。这种变化，最早出现在城区的二道街。二道街东临延河水，对望宝塔山，位于延安城的中心地带。这里经过改造，变得面貌一新，成为延安城里著名的商业街。许多外地朋友来延安，都会来二道街逛逛夜市，尝一尝地道的陕北小吃。

桥是延安城的重要风景。以前延安的桥少，人们出行不太方便。自 90 年代以来，延安人在延河与南川河上架起了嘉陵桥、西沟桥、川口桥、罗家坪桥等十多座造型各异的桥梁。其中最著名的要数王家坪的彩虹桥。这座橘红色的钢结构桥，远远望去恰似彩虹凌波。过了彩虹桥，便是著名的延安革命纪念馆。

随着城市的发展，延安城边那些或长或短、或粗或细的山沟里，也都纷纷盖起了居民楼。为了方便人们出行和休闲，城市的建设者在山脊间打通隧道，在山梁上修建山体公园。群山之中的道路，像彩线串珠一样，把整个延安城都串联起来。

经过几年努力，延安新城如今也建起来了，承接了城市众多的公共服务功能，也接纳了老城区疏解的人口。有了新城的支撑，延安开始加大对老城区革命旧址的保护力度：治理宝塔山、凤凰山、杨家岭、枣园、王家坪、桥儿沟等革命旧址的周边环境，并在各个景区设立游客中心；恢复中共中央西北局、陕甘宁边区政府等代表性旧址，并立碑标识；新建延安文艺纪念馆等一些内涵丰富的纪念馆舍；建成枣园公园等一些休闲广场与旅游文化综合体。

延安新城在山上，老城区在河谷。多条宽敞的道路让新城区和老城区紧密联系在一起。每到夜晚，新城区的延安大剧院华灯璀璨，尽显现代化气质；而延河畔、宝塔山的灯光秀，则一次次点燃人们心中的火热激情。此时，若登临凤凰山远眺延安城，会发现夜晚的延安如此绚丽夺目。

这些年，退耕还林稳步推进，延安的天更蓝了，山更绿了，城市也变得更美了。每年夏天，延安城四周的群山满目苍翠，空气清爽宜人。

如今，越来越多的观光客来到延安，在宝塔山上、延河桥边、土窑洞里，找寻延安岁月的记忆，感受延安精神的魅力。我也会经常到杨家岭革命旧址走一走，看一看。每去一次，我都会觉得自己是在与历史倾心对话，在接受崇高的精神洗礼。

现在，我搬到了离学校很近的小区，不必再像以前那样，过穿城而行的骑行生活。但有趣的是，共享单车却逐渐兴起，一股新的骑行风尚正在延安形成。目睹这一切，青年时的故事，有关延安的记忆，长久地萦绕在我的心头。

杨家岭中央大礼堂旧址

我也会经常到杨家岭革命旧址走一走，看一看。每去一次，我都会觉得自己是在与历史倾心对话，在接受崇高的精神洗礼。

黄河边的小城

李光泽

我虽然不是吴堡人，但对于吴堡县城却很熟悉。六七岁的时候，我曾随父亲到20公里外的吴堡县城去卖梨。那是我第一次去吴堡，也是吴堡留给我最初的记忆。

在镇上读初中后，去吴堡的次数就多了。我曾骑着自行车去吴堡配过近视眼镜，还经常利用课余时间去吴堡贩卖空心饼子，给小伙伴们卖十个，可以赚得自己吃一个。也曾用自行车驮着父亲去吴堡县医院看过病。考上中专以后，又用自行车驮着母亲去吴堡县城买过新衣服。

世界真是无比奇妙。谁能想到，2013年年底，我会来到吴堡工作。看来跟吴堡毕竟有缘。对我来说，吴堡虽然是外县，但因为老家与吴堡接壤，语言、饮食、风俗习惯几乎没什么差别，加之以前经常去吴堡，所以我也可以算是半个吴堡人了。

吴堡是座小城，依山傍水，山是黄土山，水是黄河水。县城驻地在宋家川，老百姓习惯把县城叫作川里。当年，川里只有一条老街，规规整整，几岁的娃娃也不会迷路。街道上没有十字路口，也没有红绿灯。后来，县里在黄河岸边修了一条兼具防洪、交通和休闲功能的滨河大道，加上那条规规整整的老街道和黄河河道，刚好构成一个宋家川的“川”字。吴堡人一半住楼房，一半住窑洞。黄河岸边，街道两旁，楼房林立。

而半山坡上，则是错落有致的窑洞院落，房前屋后种满了瓜果蔬菜。从这个意义上说，吴堡既有城市的现代化气息，又有乡村的原生态味道。

位于黄河中游秦晋大峡谷西岸的吴堡，与山西省柳林县虽然隔着一条黄河，却有四座黄河大桥相连，天堑瞬间变成了通途。有时候，我饭后散步，随便跨过一座黄河大桥，便一脚踏入了山西地界，似乎跨省比去邻居家串门还容易。至于高速公路桥和铁路桥，那都是高架桥，汽车和火车仿佛是从县城上空“飞”过去的。吴堡虽是小县城，但我跟别人介绍起来时，常会骄傲地说：咱们有两个机场守着，一个在陕西榆林，距离吴堡县城两小时车程，一个在山西吕梁，距离吴堡县城只一个小时车程。

我曾看到过一幅吴堡县城除夕夜的全景照片，是在黄河对岸柳林县的山疙瘩上拍的。照片上，一条大道，万家灯火，一弯河水，流光溢彩。当时，我真是深深感受到：如果没有黄河，吴堡县城可就逊色多了。黄河真是大自然对于吴堡的恩赐。吴堡县城就像是躺在黄河母亲臂弯里的一个幸福的孩子，城在河边，河在城边。夏天的黄昏时分，我经常约上三五好友去河边乘凉，把鞋子一脱，脚丫子一伸，就到河水里了。在滨河大道内侧，有三个广场，都不大，但草坪、绿植、喷泉、雕塑应有尽有，每天早晨和晚上，唱歌的、跳舞的、散步的、打拳的，人们各得其乐。在文化广场上，矗立着两尊雕像，一尊是作家柳青，另一尊是慕生忠将军，这一文一武是吴堡的骄傲。柳青自愿辞去长安县委副书记一职，在皇甫村定居 14 年，潜心创作了文学名著《创业史》，并于 1960 年捐出《创业史》第一部的稿费。说柳青是中国当代文坛的一座丰碑，不为过。如今，县里还精心打造了融柳青故居、柳青文学馆、柳青私塾、柳青书院、柳青驿站为一体的柳青文化园。慕生忠将军率一众人马，仅用七个多月时间，就在戈壁荒滩、悬崖峭壁上修通了青藏公路。直到今天，慕生忠仍是青藏线上一个响当当、让人听了肃然起敬的名字。

外地人来吴堡，最头疼的事是听吴堡方言。吴堡方言跟周边县区完全不搭。但是，对我而言，吴堡方言是从小就挂在嘴边的语言，我不仅能听懂，说得也很地道。吴堡人喜欢说“们吴堡”，“们”是典型的吴堡方言，念“méi”，是“我、我们”的意思，既可以指单数，也可以指复数。“们吴堡”，最初是一本研究吴堡方言的书名，后来，有一系列关于吴堡的宣传片、宣传歌曲和宣传画册，都冠以“们吴堡”的名号。如今，“们吴堡”已成为吴堡人一种常见的说法。吴堡人说起“们吴堡”，总是带着三分的骄傲。今年秋天，一位外地朋友打电话问我在哪，我说在“们吴堡”，朋友说我成了地道的吴堡人。我笑着回复道：咱一个出门人，头顶着吴堡的天，脚踩着吴堡的地，吃着吴堡的粮，喝着吴堡的水，不说吴堡话，像话吗？朋友听了，不禁哈哈大笑。

如今，我在吴堡已工作了七个年头。下班以后，我喜欢一个人在阳台上，泡一壶茶，翻一翻书，或者只是静静地看着窗外，看黄河奔流、夕阳西下，那真是一种在家的温暖与踏实。

嘉峪关的味道

胡美英

清晨，窗外的鸟雀叽叽喳喳地在枝头叫着。高大的椿树已触到五楼的窗沿，伸出手去，甚至能摸到那浓绿的叶片。椿树下是一园低矮的果树。青枣泛着菜绿的光晕，小酸果粉灯笼似的满树招摇，棚上的葫芦整整齐齐地排着队，苹果和梨子从院头探出去，路上的行人伸手便可摸到。

多年前，我刚到嘉峪关这座城市时，空气中常弥漫着一层黄土色的雾，充斥着一股辛辣刺鼻的尘土的味道。星星点点的小树苗，在突然袭来的沙尘暴中拼命地向地上匍匐。“城市里只有零零星星的点点绿意，如戈壁中的丛丛刺蓬零乱地散落在城市的角落里，像极了灰色衣衫上点点绿色的斑点”，这是我那时写下的文字。

因为干燥、缺水，初到这里的我老是嘴唇起泡。后来，我就使劲喝水，还大盆小盆地接水，放到窗台上、暖气片上，这样屋子里就会湿润一些。那时候，我甚至想过离开这里，回到生养我的那个湿润的家乡。

然而，每当我想念南方的时候，那些在风中舞动的小树苗就浮现在我的眼前。在这座城市里那么多人的身上，都糅进了风中小树苗的那股韧劲，那种沧桑与执着。于是，就有了留下来的理由。我找到了一份报纸校对的工作，将自己安顿下来，并全身心地投入到与文字的美好对话之中。

“十年树木，百年树人。”转眼间，那些风中的小树苗已经长大。路两旁，树木的枝叶郁郁葱葱，行人走在树下，扑鼻而来的满是草木青翠的味道。有时，还会看到白发苍苍的老人坐在槐树下看手机，这让我想起故乡那一个个炊烟缭绕的村庄和村庄里那一棵棵标志性的老槐树。不知不觉中，这满街的槐树，也长成了这个城市的标志，散发着故乡的气息。

而我，也像一棵移植到北方的小树苗，慢慢地在这个城市扎下根来，并不断地成长。

一年，我去深圳看望弟弟。弟弟买了一个西瓜，我问多少钱，他说三块五一斤。我说，这要在嘉峪关，可以买好几个又大又甜的沙瓤西瓜呢！那一刻，我突然特别想念嘉峪关野麻湾的西瓜。每到夏天，嘉峪关人吃西瓜不是论个，而是整麻袋地往家里搬；嘉峪关西瓜的好味道，是沙漠戈壁造就的。

在深圳时，走进当地超市，在一个食品柜上看见“嘉峪关酿皮”的字样。瞬间，嘉峪关的羊肉串、花样面食一股脑地涌现在眼前。原来，这座城市舌尖上的味道，早已深入我的味蕾里，只是我从没有意识到而已。

在南方，我开始想念这座远在西北的城市。想念夏天去长城边兜风，总也看不够那些仿佛不需要雨水就能生长的绿色植物；想念冬天去大戈壁撒欢，雪花满天的时候，在茫茫的雪原上狂奔不止；想念长城旁的果园里，草木葳蕤，一树一树的海棠果，沐浴着祁连山的雨露、黑山强劲的山风，红得明朗；想念嘉峪关关城之上，那些熙熙攘攘的游人……在这座城市里，还有我爱去的书店。书店在一个小楼上，隔三岔五我总要去逛逛。在这个城市里，有我喜欢逛的服装城，那些五颜六色的衣服，仿佛是一朵朵花儿在绽放。在这个城市里，有很专业的修鞋师傅，有信誉很高的裁缝铺……在这个城市里，我不费吹灰之力就能找到想找的东西、想去的地方，生活得安心踏实……

于是，匆匆启程。从南方的海边到西北的戈壁，一步一步靠近我思念中的塞上之城……

前年夏天，兄弟姐妹等家人齐聚嘉峪关。哥哥嫂子是第一次来我这里。他们到了后说的第一句话是："这儿不和我们家那边差不多吗？"在他们眼里，嘉峪关的生态环境和气候条件，和老家湖北已经没有什么区别。哥哥嫂子在这里住得舍不得走。听说我要把老城区的房子卖掉，便立马阻止："别卖了，我们以后夏天还要来这里避暑呢！"

送他们离开嘉峪关时，天空下着不大不小的雨。嫂子望着马路边松树上密密麻麻的松塔说："看它们多像燕子！"我仔细一看，那一树树从冬天晃到夏天的小松塔，确实很像一树树铁灰色的小燕子，它们正在雨中翘首眺望着。

此后，分散在天南海北的家人们会时不时地念叨起嘉峪关。弟弟说想念嘉峪关的水果，妹妹说嘉峪关的馒头真好吃。我说，等我有空了，都给你们快递过去。他们和我一样，走到哪里也忘不了这座城市舌尖上的味道。

嘉峪关这座城，融汇了长城的气质、丝路的气质、雪山的气质、戈壁的气质，这诸多气质混合起来的独特味道，让我走到哪里都会想念。不管我走多远，当返程的车轮驶进槐树夹道的新华路时，心中都会有一个声音在告诉我——我回家了！

会宁有座会师楼

牛庆国

会宁，黄土高原上的一座小城。历史的风雨一次次从这里走过，时代的阳光洒满今天的大街小巷。

二十多年前，我在这里工作，每天都会经过一座建于明代的门楼。《会宁县志》上说这是旧县城的西门，原来叫“西津门”，当年红军骑兵团就是从这里进入会宁城，拉开了红军三大主力会师的序幕。新中国成立后，门改名为“会师门”，楼即称“会师楼”。那时，会师楼是会宁城的制高点，每天的第一缕阳光最先照亮这里，每天的夕阳都落在门楼背后。后来，县里在会师楼前建了一座红军会师纪念塔，呈三塔环抱状，象征着胜利和团结。

有时，我会一个人登上城楼，眺望着远处连绵起伏的群山，遥想 1936 年 10 月红军在这里胜利会师的情景：那是红旗如火、人潮如海的时刻；那是欢呼声和口号声响彻云霄、欢笑和泪水交融的时刻；那是几千年来这片黄土地上从未有过的激动时刻……

我曾在城墙边的一间平房里工作生活多年，仿佛会师门的一个守门人。近处的会宁红军会师纪念馆经常举办各种纪念活动，城墙上飘着一杆杆红旗，喇叭里一遍遍播放《长征组歌》。每到这样的时刻，我都心潮澎湃。

在这里，因为工作需要，我翻阅了大量与红军长征有关的书籍，拜访了当地许多老红军。我的心也跟随着文字记录和老红军的讲述，一次次爬雪山、过草地。

后来，我离开了会宁，离开了那片我工作生活了 40 年的土地。那里的风风雨雨虽已渐渐淡忘，但红军留在这片土地上的一切，随着时间的推移，却在我心里愈发清晰起来。我创作了反映会宁会师的长诗《红旗 红旗 红旗》，纪念那光荣的时刻。

在兰州工作的这些年，我几乎年年都要去几次会宁，每次都要到县城里去看看，每次都会看到可喜的变化。我先是看到当年朱德总司令率部进入县城的南关，原来坑坑洼洼、尘土飞扬的土街道，变成了水泥大道；再是看见当年红军会师后离开会宁的北关，一间间低矮的平房变成了高大气派的住宅楼；接着看到县城里有了广场，有了花坛，看见走在街上的人们一脸的幸福和自信。一年年过去，古老的小城蜕变为一座现代化城市。

和这里的人们交谈，人们常常脱口而出的是“红军”“长征”“会师”这样一些词。这些字眼深深地烙印在一代又一代会宁人的心里，无论遇到困难还是取得成绩，人们都会用革命前辈的精神来激励自己。

现在，县城里最宽阔的一条道路被命名为“会师大道”，祖厉河上最漂亮的一座桥叫作“会师大桥”。此外，还有“会师中学”“红军小学”“长征景园”“会师镇”等，人们用这样的方式铭记会宁的光辉历史。

而在会宁人的习惯里，每逢特殊的日子都要去一次会师楼，孩子周岁、老人过寿、结婚纪念日……去会师楼前照张相；小学生戴上了红领巾、新兵入伍……去登一次会师楼；春节、七一、国庆……去会师广场展示一回风采；远方的亲朋好友来了，领着去看一看会师楼，照一张合影；来会宁任职的干部，第一件事是去看看会师楼，离开会宁时，还是要去看看会师楼；不管在哪里的会宁游子，回故乡都要去会师楼前转一转……

我的老家在会师镇杏儿岔。前些日子，我回了一趟老家，在县城里乘了一辆出租车，很快就到我们村子了。这让我心里生出无限感慨，想起几十年前走这一段山路，不管坐什么车，都得弯来绕去跌跌撞撞好半天，回到家时浑身上下都是土。如果冬天遇到一场雪，十天半月车辆都无法通行，人们只能深一脚浅一脚地在雪中的山路上步行。我就曾多次从县城步行回家看望父母。现在，县城和村子之间有了平坦的水泥公路，私家车、出租车随时都可以进出村子。原来因为自然条件艰苦而贫困的家乡，小康的花朵如今已开遍家家户户。原来荒凉的坡坡岭岭已是草木葱茏，梯田里的庄稼蓬蓬勃勃，田间地头不时飞起好多年都不见的锦鸡，生态越来越宜人，日子越过越红火。

回到县城，我看见此刻的会师楼，正沐浴在高原静谧的秋光中，弥漫在空气中的麦子清香扑面而来。此刻，我的心中又一次涌动着蓬勃的诗情，我要用诗歌记录下这片土地上前行的身影和奋进的脚步……

西宁的丁香

龙仁青

1986 年，我从一座小镇上的学校毕业，被分配到了西宁工作。就这样，我从草原进入了城市，成为城市工薪阶层中的一员。那一年，我 19 岁。

那时的西宁，以现在的眼光看，一点儿也说不上繁华，但在我眼里，却是一个令我眼花缭乱的世界，见到的每一样事物都是新鲜的：宽阔平展的马路、长长的可以弯曲的公交车、马路上的白衣交警以及在交警一侧眨着眼睛的红绿灯……

西宁的一切让我感到新奇：西门口的饺子馆、大十字的新华书店、五四大街天天能看电影的青海剧场……我最喜欢去的地方还有热闹的水井巷市场，那里有烤羊肉、酸奶这些让我想念起家乡的吃食。偶尔听到街头歌手的龙头琴弹唱，熟悉的韵律让我的心瞬间就能回到家乡的草原。

青藏高原将西宁裹拥入怀，把它抬升到了海拔 2200 多米的高处。这样的高度，让春天的到来仿佛放慢了脚步。进入 5 月，这座城市才有了春天的气息。一日，我游荡在西宁西关大街上。阳光柔和，气温怡人，我看到路畔那几根探头探脑的草芽儿，不由想念起家乡初春时节的草原。就在这时，一缕熟悉的花香蹿入了我的鼻腔。

这是馒头花的味道，是我家乡草原上最为常见的馒头花的味道！

我辨别着花香袭来的方向，循着花香迈开了步子。步子欢快，就像是在走向故乡。

很快，我就在不远的地方发现了花香的源头。一株花树站立在临街的一栋楼下，满树粉白细小的碎花，密密匝匝地簇拥在一起，裹拥住了整个树冠，密集的程度如同天上的繁星。

自从发现了那株花树，我几乎每天都要去它身边静静地站上一会儿，去吸吮它的花香。当浓郁的花香充满我的鼻腔时，家乡草原也在我脑海里逶迤地展开，那些有关馒头花的记忆，也会如梦境一般在我的脑海间闪过。

家乡的人们叫它馒头花，是因为它细碎的白色小花总是形成一束，从外围向着中间渐次升高，看上去就像白馒头一样。草原上的馒头花为什么和城市里的“馒头花树”有着同样的芬芳呢？那时候，我并不知道被我命名为“馒头花树”的花树到底是什么树，直到后来，我才知道，那株有着馒头花一样芬芳的花树，其实是丁香！

自从知道了那一株花树是丁香树之后，我发现西宁街头其实到处都有丁香树。每年到了丁香花盛开的季节，我就在西宁的大街上散步，追逐着丁香花的芬芳四处行走。八一路、民和路、滨河路、中下南关，以及人民公园、南山公园、北山公园，但凡有丁香树的地方，都留下了我流连的足迹。后来我知道，早在我来到西宁的头一年，丁香花就成了西宁市的市花，自此西宁便将丁香花作为西宁最主要的城市绿化植物，在绿地、广场、公园、河岸、车站、机场，以及单位、小区等广泛栽植。

到新世纪初，我已在西宁工作生活了近二十年。那一年，一座丁香园在西宁古老的南禅寺下落成。据媒体报道，这是一座以丁香花造景为主的园林场所，占地面积近两万平方米。之所以有这样一座园林，是因为这里有几株百年以上的丁香树，被有关部门列为古树名木悉心保护了起来。除此，满园还栽植了九个品种的丁香树。

丁香园成了我常去的地方，其中一株丁香树就在丁香园大门左侧，它不事张扬地掩映在满目的绿荫中，如果不去细心关注便很难发现。只有走近了，才发现它被一圈低矮的铁栅栏保护了起来，树干上挂着一块小小的牌子，写着它的名字：紫丁香，科属：木犀科，丁香属，还有它的年龄：101 岁（2007 年统计）。也许这就是相关单位的良苦用心，他们以这样的不事声张，使得人们不大注意它，反而让它得到更好的保护。

在西宁工作生活的 30 多年里，丁香花几乎成了我始终的陪伴，每年到了丁香花盛开的季节，我都会流连于丁香花丛中，而西宁的丁香树也越来越多了。如今，全市的丁香栽植数量已经达到上千万墩，主要以紫丁香、白丁香和暴马丁香为主。今年，西宁建成丁香国家林木种质资源库，收集、引进丁香品种 42 个，其中有北京丁香、四季丁香等。它们与本土的丁香树有着不同的花期，如此，各种丁香树错季开放，让花的美丽和芬芳更长。

转眼间，我也可以以一个老西宁人自居了，眼看着这座城市一点点地成为一座绿色宜居的城市。媒体上说，这座城市如今有各类公园近百座，这个数字令我惊讶：每个公园走一遍，也要花许多时间。

我的西宁，已经成为一座坐落在花园中的高原城市。

我在城市里的时间已经远远超过了在草原上的时间，但我依然时常梦见草原，梦见自己穿行在纷繁的馒头花丛中。恍惚之间，那遍地的馒头花又幻化成了一树树的丁香花，碧绿的草原似乎也是城市里一片郁郁葱葱的绿地……

伊犁的桥

宫明春

我总认为，若一个地方有一条河穿过，那么这片土地便会显得很生动。幸运的是我生活的伊犁，就有一条哺育了世世代代伊犁人的伊犁河。

春天，伊犁河岸两旁的柳树、白杨树、榆树、沙棘树抽出翠绿的新芽，野鸭悠闲地在河中嬉戏。夏天的伊犁河是孩子们的避暑胜地，一到晌午，小伙伴们便邀约到河边嬉水，一朵朵水花飞洒到脸上，一阵阵银铃般的笑声飘荡在水面。秋天的伊犁河边，落叶缤纷如金色的海洋，桥下成片的沙棘成熟了，摘一颗放入口中，那酸甜可口的味道让我至今难忘。冬天的伊犁河景色更加壮观秀丽，天地之间浑然一色，映入眼帘的只有皑皑白雪，桥下又成为孩子们冬日的乐园，有的在打雪仗，有的在山坡上滑爬犁，有的更顽皮，在河面冰上敲开一个窟窿用网抓鱼，提着鱼回到家，也可以免去父母对自己疯玩一天的责骂。

儿时记忆中的伊犁河给我留下了许多美好的回忆。时光如梭，转眼四十多年过去了，伊犁河两岸也随着时代的步伐有了翻天覆地的变化。变化最大的要数伊犁河上的桥。最初的伊犁河大桥始建于 1959 年，一开始只是在渡口上修建的一座木桥，是当时伊犁河两岸唯一的陆路通道。大桥在 1975 年重新翻建，桥型为钢筋混凝土双曲拱桥，桥面宽八点五米，长三百多米。这座桥可以说是伴随着我成长起来的，我对它有着特殊的感情，闲暇时光我都会来到这里扶栏远眺滚滚的河水向西流去，任由自己的思绪飞扬。

2004 年，伊犁河“二桥”在大桥以西不远处破土动工，最终建成桥面宽 27 米、桥梁路面长度超千米的现代化大桥。登上大桥，伊犁河的壮丽风光可尽收眼底。桥下的河滨公园，成为人们旅游度假的好去处。节假日里，前来野餐、休憩的游人络绎不绝。这里是摄影爱好者的乐园，四季美景的鲜活亮丽在摄影师的镜头下被永久定格。纯净的伊犁河水又是爱情恒远和甜蜜的最好见证者，所以伊犁河岸边常有婚礼举行。新郎把新娘从家中接出来时，接亲的队伍首先来到桥边，让伊犁河为新人作证。小伙子和姑娘们伴着手风琴的乐声，围绕新人载歌载舞。此时散步、游玩的市民都会被这热烈而幸福的场面感染，不经意间停下了脚步，或是鼓掌喝彩，或是伴着欢乐的歌声一起跳起舞来，让所有在场的人都能感受到伊犁人火一般的热情。

随着伊犁河谷的一座新城——可克达拉市拔地而起，伊犁河“三桥”——可克达拉大桥建成，成为伊宁市、霍尔果斯经济开发区、都拉塔口岸互通互联的交通枢纽。可克达拉历史悠久，丝绸之路古道上的东西方文化在这里交融、碰撞，一曲《草原之夜》将可克达拉的美景唱响了大江南北。作为新城的可克达拉市，其基础设施建设、产业结构、社会保障事业、城市绿化、亮化工程等都是城市的亮点。

除了伊犁河上的三座大桥外，我还想说说伊犁的果子沟大桥。果子沟位于新疆伊犁霍城县城东北 40 公里处，是一条北上赛里木湖、南下伊犁河谷的著名峡谷通道，全长 28 千米。整个沟谷的河滩、山坡长满了野生的苹果，“果子沟”之名由此而来，山林里还有野兔、狐狸、狼、熊、野猪等动物出没。果子沟大桥是连云港至霍尔果斯高速公路的重要组成部分，也是伊犁果子沟风景区一道亮丽的风景线。桥身腾空而起，穿过群山，跨越峡谷，充满“天堑变通途”的豪迈。

40年前，对于地处祖国边陲的伊犁人来说，走出伊宁市就意味着要出一趟远门了。记得小时候父亲出差去乌鲁木齐都要坐两天的班车，在坑坑洼洼的路面上晃到天黑才能走到乌苏，在乌苏简易的旅馆里留宿一晚，下车后人的腿都是肿的。如果遇到天气不好，还要困在果子沟滞留几天。父亲每每想起这些往事都感慨万分。如今伊犁的交通状况今非昔比，从伊宁市乘高铁前往乌鲁木齐只需五六个小时就能抵达。

此时驻足伊犁河大桥景观道上，回眸伊犁河的那一刻，眼前的这条河，依旧是一条充满希望及活力的生命之河，是一条不断见证伊犁发展与进步的河，是一条日新月异、时常让我流连忘返的河。这里四季分明、水草繁茂、资源丰富。如果你来过伊犁，呼吸过伊犁的空气，那沁人肺腑的瓜果之香、美食之味会让你久久难忘。

图书在版编目 (CIP) 数据

我与一座城 / 人民日报文艺部主编 . -- 北京：人民日报出版社，2022.3

ISBN 978-7-5115-7279-0

Ⅰ . ①我… Ⅱ . ①人… Ⅲ . ①散文集 – 中国 – 当代 Ⅳ . ① I267

中国版本图书馆 CIP 数据核字 (2022) 第 031840 号

书　　名：我与一座城
WO YU YI ZUO CHENG
主　　编：人民日报文艺部

出 版 人：刘华新
策 划 人：欧阳辉
责任编辑：宋　娜　万方正
内文插图：罗雪村
装帧设计：奇文云海 · 设计顾问

出版发行：人民日报出版社
社　　址：北京金台西路 2 号
邮政编码：100733
发行热线：（010）65369509　65369527　65369846　65363528
邮购热线：（010）65369530　65363527
编辑热线：（010）65369521
网　　址：www.peopledailypress.com
经　　销：新华书店
印　　刷：北京中科印刷有限公司

开　　本：880 × 1230mm　1/32
字　　数：210 千字
印　　张：8.625
版次印次：2022 年 3 月第 1 版　2022 年 3 月第 1 次印刷

书　　号：ISBN 978-7-5115-7279-0
定　　价：58.00 元